Jenn Crowell · Der englische Maler

Jenn Crowell

Der englische Maler

Roman

Deutsch von Hanna van Laak

Goldmann Verlag

Die Originalausgabe erschien 1997 unter dem Titel »Necessary Madness«
bei G. P. Putnam's Sons, New York

Umwelthinweis:
Dieses Buch und der Schutzumschlag wurden auf
chlorfrei gebleichtem Papier gedruckt.
Die Einschrumpffolie (zum Schutz vor Verschmutzung)
ist aus umweltschonender und recyclingfähiger
PE-Folie.

Der Goldmann Verlag ist ein Unternehmen
der Verlagsgruppe Bertelsmann

1. Auflage

Satz: Uhl + Massopust, Aalen
Druck: Presse-Druck, Augsburg
Bindung: Großbuchbinderei Monheim
Printed in Germany
ISBN 3-442-30785-6

Für meine Eltern,
weil sie das Verlangen verstanden
und den Worten Nahrung gaben,
die nur in großzügigen Freiräumen
und ehrlicher Stille
entstehen können.

Man hat mir nie erzählt,
daß Trauer
sich wie Angst anfühlt.

C. S. Lewis

Gegen das Leid anzukämpfen
bringt keine heitere Gelassenheit;
der Kampf gegen das Leid führt nur
zu neuen Formen von Leid.

Simone Weil

1. Kapitel

Auf den Tag genau neun Jahre nach dem Tod meines Vaters wurde mein Mann Bill zu Grabe getragen. Während der Beerdigung versuchte ich, weder über diesen Umstand noch über den künftigen Verlauf meines Lebens nachzudenken. Ich stand einfach auf dem nackten Boden des Friedhofs in Lamberhurst, den Arm um meinen Sohn Curran gelegt, und starrte auf die jungen, schockierten Gesichter der Sargträger, die den Sarg in die Erde senkten.

Uns gegenüber tupfte sich Bills Mutter mit einem Papiertaschentuch die Augen und stieß dabei hysterische, keuchende Laute aus. Ich zog Curran enger an mich und preßte meine Wange an sein blondes Haar. Normalerweise hätte er sich mir entwunden, doch nun, als spürte er die Trostlosigkeit in mir, hielt er still, bis der Pfarrer energisch die Bibel schloß.

In düsteres Schweigen gehüllt, gingen wir zu unseren Autos zurück. Es war ein grauer, feuchter Januarmorgen, und während ich über den Hügel auf das alte Farmhaus blickte, in dem Bill seine Kindheit verbracht hatte, und auf die tristen Umrisse der kahlen Bäume ringsum, dachte ich an die herrlichen Wochenenden, an denen wir, noch ganz in der Unschuld des Glücks, von London aus hergefahren waren, um Bills Eltern zu besuchen. An einem

Nachmittag voll praller Frühlingserwartung hatte Bill mich gemalt, wie ich über den Rasen den Hügel hinablief. Mein langes, dunkles Haar wehte, mein Sommerkleid blähte sich, und in meinem Gesicht standen Euphorie und auch Schrecken, als ich auf die Grabsteine zurannte.

Nun stand ich neben meinem Auto und tastete nach den Schlüsseln.

»Gloria.«

Ich blickte auf. Vor mir stand Jim, Bills bester Freund aus Studienzeiten. Außer an meiner Hochzeit hatte ich ihn nie zuvor im Anzug gesehen. Als ich bemerkte, wie schön sein Hemd gebügelt war, stieg ein heftiger Schmerz in meiner Brust auf. Wir hatten immer gewitzelt, daß Jim ein Bügeleisen nicht einmal erkennen würde, wenn er sich daran verbrannt hätte. In seinen Augen standen Tränen.

»Bill war der Beste von uns«, sagte er. »Ein echter Purist.«

»Ja.«

Seine Schultern bebten. »Ich dachte, mich könnte nichts mehr überraschen«, sagte er. »Aber jetzt – ich meine… Himmel, ausgerechnet *Bill*, er hat doch nicht verdient…«

Seine Worte lösten sich auf, während sein Gesicht sich vor Schluchzen verzerrte. Die weiche, rosige Verletzbarkeit brachte in mir eine seit langem vergessene Saite zum Klingen, und ich umarmte ihn. »Ich weiß«, sagte ich. »Ich weiß.« Einen gefährlichen Augenblick lang dachte ich, während meine Hände auf Jims Schulterblättern lagen, an meinen Vater.

»Mum.« Currans kleine, klagende Stimme. »Gran will mit dir sprechen.«

Wir lösten uns voneinander. Jim entfernte sich, immer noch verzweifelt. Er hob zum Abschied die Hand, genau in dem Augenblick, als meine Schwiegermutter die ihre auf meinen Arm legte. »Bitte komm doch zum Mittagessen zu uns«, sagte sie mit bittender, aber vorsichtiger Stimme, als erwartete sie, daß ich ihr beim geringsten Anlaß ins Gesicht springen würde. »Das heißt, falls du ein bißchen Gesellschaft willst.«

Das wollte ich nicht, aber ihre blassen, haselnußbraunen Augen blickten so verloren und das Haus auf dem Hügel barg so viele Erinnerungen an Bill, daß ich nickte. »Ich komme gerne.«

Regen trommelte leise auf die Fensterscheibe. Mit untergeschlagenen Beinen und einer Decke um die Schultern saß ich auf dem karierten Sofa im Wohnzimmer, die Hände um eine Tasse Earl Grey geschlossen. Bills Vater stocherte im Feuer, während seine Mutter die Teller mit Roastbeef und Mangochutney abräumte. Ich fuhr mir mit der Zunge über die Lippen und dachte an die sanften, schläfrigen Stunden des frühen Abends, in denen ihr Sohn und ich unter Decken gelegen und die Hände unter den Laken nacheinander ausgestreckt hatten, um die Erinnerung an den anderen festzuhalten, während wir dem Regen auf dem Dach lauschten und uns nochmals zehn Minuten zubilligten, bevor wir endgültig aufstehen wollten, um die herabgelassenen Jalousien hochzuziehen und das Abendessen zuzubereiten.

»Möchtest du noch etwas Tee, meine Liebe?« fragte Bills Mutter.

»Ja«, sagte ich. »Danke, Louise.«

Sie kam aus dem Eßzimmer und reichte mir mit kummervollem Gesichtsausdruck eine zweite Tasse. Sie strich mir eine Haarlocke aus dem Gesicht. »Meine Lieblingsschwiegertochter«, sagte sie, ein Scherz, denn ich war ihre einzige. Ihre Augen waren gerötet.

Bei unserer ersten Begegnung war sie mir nervös und farblos vorgekommen, so bestrebt zu gefallen, daß es beinahe unterwürfig wirkte, aber trotz ihrer Marotten war sie mir sympathisch gewesen. Nach einundzwanzig Jahren mit meiner Mutter, der Modegöttin, war ich entzückt, eine Frau kennenzulernen, die die Haustür in löchrigen Jeans öffnete.

Nun ließ sie sich auf der Kante eines mit Cordsamt bezogenen Ohrensessels neben mir nieder. »Gloria«, sagte sie, »du sollst wissen, daß du hier immer willkommen bist. Du wirst uns Curran doch auf Besuch vorbeibringen, oder?«

»Natürlich.« Ich schaute mich um. »Wohin ist er eigentlich verschwunden?«

Sie lachte. Es war das gleiche bebende, gebrochene Lachen, das schon unzählige Male aus ihrem Mund gequollen war, das gequälte Gelächter einer Mutter, die um ihre Selbstbeherrschung ringt. »Der Goldjunge. Er hat sich freiwillig zum Abwaschen gemeldet, kannst du dir das vorstellen?«

»Ganz wie sein Vater«, sagte ich. Ich nahm einen Schluck Tee, stellte die Tasse dann auf dem Tisch ab. »Als ich Bill kennenlernte, haben meine Freunde gesagt, ich hätte das große Los gezogen. Ein Künstler, der mit Geld umgehen und kochen und saubermachen kann.«

Am Kamin wischte sich Bills Vater mit dem Daumen eine Träne aus dem Augenwinkel. Er fing meinen Blick auf, und ich lächelte ihm zu; er wandte den Kopf ab. Es kam mir so vor, als hätte ich den ganzen Tag über den Schmerz der anderen – Jims, Louises – bezeugt und bestätigt, während mein eigener verschüttet lag und darauf wartete hervorzubrechen, und zwar nicht in einer annehmbaren Form wie etwa Tränen oder Lobesreden, sondern in einem verzweifelten Flehen, einem zornentbrannten Aufschrei, Fingernägeln, die sich in eine unschuldige Wange gruben.

Aus der Küche ertönte ein schepperndes Geräusch.

Bills Mutter stand auf. »Ich sehe besser mal nach ihm«, sagte sie. Ich beobachtete, wie das alte Arbeitshemd, das sie nach der Beerdigung angezogen hatte, beim Hinausgehen flatterte. Meine Augenlider wurden schwer. Ich zog die Decke über mich, rollte mich auf dem Sofa zusammen und starrte auf das Wiesenblumenmuster auf der Teeuntertasse, bis ich einnickte. Seit jeher war Schlaf meine Zuflucht vor Schmerz. Nach der Sache mit meinem Vater, mit der Kugel, hatte ich zwei Tage geschlafen.

Als ich erwachte, hörte ich Curran und Louise in der Küche miteinander sprechen. Bills Vater saß noch immer am Kamin. Ich schlang meine Arme um die Knie, starrte in die Flammen und spielte das sentimentale Spiel »Was wäre, wenn«. Ich überlegte, ob Bill, wenn sich seine weißen Blutkörperchen nicht gegen ihn aufgelehnt hätten, mit sechzig gewesen wäre wie er. Hätte er Pfeife geraucht und sich in grüne Strickjacken gewickelt? Bestimmt wäre er sanfter als sein Vater gewesen – er hatte bereitwillig zugegeben, daß er mit Curran nachsichtiger war als sein Vater mit ihm. Selbst wenn er berechtigten Grund dazu hatte, erhob Bill nie seine Stimme gegen unseren Sohn. Er besaß die erstaunliche Fähigkeit, mit wenigen ruhigen Worten, einem wissend um die Schultern gelegten Arm tiefe, entschiedene Mißbilligung zu vermitteln – sei es wegen Currans Note in einer Prüfung, für die er zu lernen vergessen hatte, sei es wegen der Art, wie ich meine Mutter behandelte. Wäre Bill nicht gewesen, hätte ich Curran wegen jeder Kleinigkeit – Türenknallen, Klamotten auf dem Boden – angefahren. *Laß doch*, hatte Bill immer gesagt, während seine grobknochigen Finger die schmerzhaften Verspannungen in meinem Nacken lösten. *Das ist es nicht wert. Entspann dich.*

Bills Vater räusperte sich jetzt.

»Auf dem Speicher sind ... sind noch ein paar alte Skizzenbücher von Bill«, sagte er. »Sachen von Bill. Du kannst ja mal einen Blick darauf werfen. Curran interessiert sich doch für Kunst, oder? Vielleicht würde er sie sich gerne ansehen.«

Ich stand auf und trat in meinem mittlerweile zerknitterten schwarzen Kleid und auf Strümpfen zu ihm. Ich hatte immer ein wenig Angst vor ihm gehabt, vor seiner barschen Stimme und dem hochtrabenden Namen: *Edward Ladbrooke Burgess*. Als ich zum ersten Mal zum Abendessen hierhergekommen war, hatte er mir herzlich die Hand geschüttelt, doch sein Gesicht verriet, wie sehr er es mißbilligte, daß die Frau, die sein Sohn erwählt hatte, keine anmutige englische Blume war, sondern eine wortkarge amerikanische Austauschstudentin, die gerade eine Punkphase durchmachte. Ich hatte ihm sein vorschnelles Urteil nicht verziehen, doch jetzt sehnte ich mich danach, meine Hand auf seine Schulter zu legen und ihn durch eine menschliche Berührung zu erweichen.

»Ich gehe ihn fragen«, sagte ich.

Wir stiegen im Dunkeln die knarrende Treppe zum Giebelspeicher hinauf.

»Gibt es hier Fledermäuse?« fragte Curran.

»Das glaube ich nicht«, sagte ich. »Aber wenn es dir lieber ist, gehe ich voraus und sehe nach.«

Ich blickte in den Hauptraum. Curran hinter mir geriet ins Schwanken. Da er kein Geländer zum Festhalten fand, griff er haltsuchend nach mir, und seine Hand legte sich auf mein Kreuz. Ich dachte daran, wie Bills Finger über meine Wirbelsäule strichen und erotische Gefühle weckten.

»Alles in Ordnung«, sagte ich. »Keine Fledermäuse in Sicht.«

Ich führte ihn die letzten Stufen hinauf. Die staubige Stille auf dem Dachboden war unheimlich, als wäre Bill nur kurz in die Küche hinuntergelaufen, um einen Happen zu essen, und würde bald zu seinen Kohlestiften und Ölfarben und Pinseln zurückkehren. Ich umrundete Kaffeedosen und Zeitungen aus den siebziger Jahren, ergriff ein Skizzenbuch und setzte mich auf das Fensterbrett, um es durchzublättern. Die erste Bleistiftzeichnung, auf die ich stieß, zeigte ein schmalgesichtiges, dunkelhaariges Mädchen, das auf den ersten Blick wie ich aussah. Die Unterschrift lautete »Sarah«. Wahrscheinlich eine seiner ersten Freundinnen, den noch unfertigen Malkünsten nach zu schließen. Ich runzelte die Stirn und blätterte um. Die nächste Zeichnung war ein Farbporträt von Louise. Er hatte ihre freundlichen Augen und den braunen Haarschopf genau getroffen. Ich grinste.

Ich überflog ein paar recht hübsche, aber langweilige Zeichnungen efeuumrankter Spaliere, Nebengebäude und Gärten. Dann lehnte ich mich zurück und wischte das schmutzige Fenster ab, so daß ich hinausschauen konnte. Von meinem Sitzplatz aus sah ich den Friedhof und sein frischestes Grab.

»Erinnerst du dich«, fragte ich, »wie wir früher deine Großeltern besucht haben und du immer zum Friedhof gehen wolltest, weil du Angst hattest, daß die Toten sich einsam fühlen könnten?«

Curran tat so, als hätte er mich nicht gehört. Seine Hände strichen über die lädierte Staffelei, den mit Leinwand beladenen Tisch, die vertrockneten Farbkrusten auf einer Palette. Schließlich machte er den Mund auf. »Nein«, sagte er. In seiner Stimme lag eine scharfe, wütende Skepsis, die ich von meinem sanften, folgsamen Kind gar nicht gewohnt war. »So was Blödes.« Er zuckte die Achseln. »Aber damals war ich wohl noch klein.«

Wie schnell ein Kind vergißt, etwas mit einer Handbewegung abtut. Ganze Jahre ausgelöscht. Ich war fünf; jetzt bin ich acht. Ein Weiser. Grotesk!

Würde er den Klang von Bills Stimme vergessen? Würde der Geruch seines Vaters aus seiner Erinnerung entschwinden?

Als er noch jünger war, hatte er den Friedhof geliebt. Er bettelte mich an, ich solle ihm die Namen der totgeborenen Babys aus dem neunzehnten Jahrhundert vorlesen, die auf den verwitterten weißen Grabsteinen eingraviert waren, und bald schon konnte er die Geburts- und Todesdaten all der geliebten Mütter, Töchter und Söhne herunterrattern. Er sprach von den Toten, als wären sie Freunde mit unverkennbaren Wünschen und Bedürfnissen und Persönlichkeiten, und pflückte Blumen, um ihre Gräber zu schmücken. »Komm, wir wollen Hannah Cartwright besuchen«, sagte er, als wäre sie eine liebenswerte alte Tante, die ihn mit Tee und Keksen und offenen Armen empfing, wenn er zu ihr kam. »Kann sie uns hören?« fragte er einmal.

Ich schluckte. »Nein, Schatz«, sagte ich. »Wenn man tot ist, kann man nichts mehr sehen oder hören oder tun.«

»Ach«, sagte er und runzelte die Augenbrauen, während er sich die Sache einen Augenblick durch den Kopf gehen ließ. Dann rannte er los, um sich einen hohen Grabstein zu suchen, von dessen Sims er herunterspringen konnte.

Als Louise mich heute zum Mittagessen eingeladen hatte, war er davongeschlendert. Ich hatte mich umgedreht und ihn mit gesenktem Kopf neben Bills Grab stehen sehen. Er sah klein aus in seinem nagelneuen schwarzen Anzug. Seine blonden Haare wehten. Sein Gesichtsausdruck schien zu sagen: *Das war's also*.

Nun fingerte er an einer Schachtel mit Pastellkreide herum. »Gran hat mir einen ellenlangen Vortrag gehalten, während du geschlafen hast«, sagte er. »Daß ich nun der Mann im Haus bin und mich um dich kümmern und mir nichts daraus machen soll, wenn du ein bißchen durchdrehst, weil du so traurig bist.«

Bitte nicht noch mal, dachte ich.

»Curran«, sagte ich. »Komm her.«

Er wandte sich um und kam zu mir. Sein Gesichtsausdruck war feierlich. Ich öffnete die Arme. Er schmiegte sich hinein und legte seine Wange an meine Schulter. Er roch nach Kreide und Pfefferminz und zerstörtem Kinderglauben.

»Mach dir um mich keine Sorgen«, flüsterte ich auf seinen Scheitel hinab. »Versprich mir, daß du dir um mich keine Sorgen machen wirst.«

Ich fühlte sein Nicken an meinem Wollkleid. Ich umklammerte ihn und schloß die Augen. In Gedanken war ich weit weg von der Farm und ihrem rustikalen Charme; ich war auf der anderen Seite des Atlantik, im Haus meiner Kindheit, einem Elfenbeinpalast voller Kronleuchter und Wendeltreppen und Wände, über die ich nicht mit den Händen streichen, und Teppiche, die ich nicht mit Schuhen betreten durfte, und ich hörte ein Cellostück von Vivaldi, die Schreie meiner Mutter, das schreckliche klagende Weinen meines Vaters.

2. Kapitel

Unter dem Vorwand, ich wolle englische Literatur im Land ihres Ursprungs studieren, war ich im Alter von einundzwanzig Jahren in ein Flugzeug nach London gestiegen. In Wirklichkeit jedoch war ich aus zwei anderen, paradoxen Gründen fortgegangen: um vor meinen Eltern zu fliehen und um mit eigenen Augen dieses beängstigend verführerische Land zu sehen, in dem mein Vater geboren worden war und meine Mutter sich in ihn verliebt hatte. Während des Flugs kritzelte ich eine jugendlich trotzige Erklärung in mein Tagebuch: »Selbst wenn ich aus einem verrückten, unheimlichen, santayanamäßigen Grund am Ende einen Engländer heiraten und ein Kind von ihm bekommen sollte«, schrieb ich, »schwöre ich bei Gott, daß ich niemals so gehässig und unzufrieden werde wie meine Mutter oder so traurig und krank wie mein Vater.«

Einen Monat später lernte ich Bill kennen. Er war herrlich normal, und ich sehnte mich nach Vergessen. Anfangs glaubte ich, es wäre nicht weiter schwer, mein Versprechen zu halten.

Nun aber, nach Bills Tod, spürte ich die schrecklichen Seiten meiner Eltern in mir, unausweichlich wie ein Pulsschlag. Die Frage, die jahrelang in meinem Hinterkopf gelauert hatte, drängte sich nun mit Macht in den Vordergrund meines Bewußtseins: *Was ist, wenn ich wirklich* bin *wie sie*?

Ich mußte mehr erfahren. Ich mußte die Umstände ihres Lebens und meines Lebens mit ihnen festhalten können wie in Seidenpapier gewickelte Engelsstatuen, die man in eine Schachtel gesteckt und ein Jahrzehnt lang nicht mehr angerührt hat, deren Münder zersprungen und deren Nasen abgeschlagen sind, deren keramischer Elfenbeinschimmer zu einem schmuddligen Gelb verkommen ist und von deren gefalteten Händen und weit aufgerissenen, schönen Augen eine subversive Kraft ausgeht, verwüstete Figuren, die man erst ans Herz drückt und dann an der Wand zerschmettert.

Und so bemühte ich mich, sie wiederauferstehen zu lassen. Meine Mutter Caroline war diejenige, von der die Regeln stammten, man dürfe den Teppich nicht mit Schuhen betreten und nicht mit den Händen über die Wände streichen. Sie kämmte sich das kurze blonde Haar streng aus der Stirn, reckte energisch das Kinn, und wenn sie an einem vorbeiging, pfiff es. Ihre kräftigen, eckigen Gesichtszüge und die spöttischen blaßblauen Augen verliehen ihr eine Aura des Hochmuts, was sie faszinierend wirken ließ, zugleich aber verhinderte, daß man sie als hübsch bezeichnete. Sie gehörte zu jenen Frauen, die samstags nie ohne Mascara und hochhackige Schuhe einkaufen gehen, zu jenen seltenen Chamäleons, die am Rande eines Nervenzusammenbruchs stehen und sich, wenn das Telefon klingelt, dennoch mit einem unbewegten »Hallo« melden können.

Sie gab bei uns zu Hause Cellostunden, nicht so sehr

aus finanziellen Gründen als deshalb, weil sie behauptete, sie würde als reine Hausfrau verrückt werden. Es wäre eine Untertreibung zu sagen, daß sie Talent hatte; sie hatte am Juilliard studiert und in Übersee ihren Abschluß gemacht. Sie sehnte sich danach, in ein Symphonieorchester einzutreten und rund um die Welt zu reisen, und sei es nur des theatralischen Beiwerks wegen: Flüge erster Klasse, Rosen im Hotelzimmer, lange, fließende schwarze Röcke bei den Aufführungen, der Stolz, das eigene Gesicht in einer Nahaufnahme im Fernsehen zu sehen, wie es sich konzentriert über die Saiten beugt.

Aber sie konnte nicht. Sie hatte mich.

»Ich bin in einer Zeit aufgewachsen, in der Erfolg nichts anderes bedeutete als ein, zwei Jahre Zerstreuung vor der Ehe«, sagte sie einmal zu mir, als ich schon älter war. »Du hast es gut, Gloria. Du kannst tun, was du willst; du brauchst dich nicht zu verstellen. Damals aber mühten wir uns einzig und allein deswegen ab, in eine gute Schule zu kommen und unser Diplom zu machen, damit wir die Männer mit unserem Verstand becircen konnten. Pah!«

Sie sagte nie unumwunden, daß ich der Klotz am Bein war, der sie von den Konzertsälen in Paris und Wien fernhielt, aber ihr Groll strömte aus jeder Pore und beeinflußte sowohl ihren Umgang mit mir als auch mit ihren Schülern und Schülerinnen. Nicht selten trieb sie sie mit ihrer Kritik gar in Tränen aufgelöst aus dem Haus – wohl wissend, daß ihre Musik den gleichen dumpfen Klang angenommen hatte wie die ihrer Schüler.

Mein Vater Riordan war dagegen so sanft, daß er mich,

wenn ich später an ihn dachte, immer an die Jaina erinnerte, jene Inder, die Insekten vom Gehsteig kehren, damit niemand sie zertritt. Er unterrichtete am nahe gelegenen öffentlichen College Chemie und erzählte gern Geschichten über Jugendliche, die beinahe das Labor in die Luft gejagt hätten. Beim Abendessen erging er sich langatmig darüber, daß jedes einzelne Atom wiederverwertet würde und nichts je verlorenginge.

»Stell dir vor«, sagte er oft, während er über seinen Spaghetti gestikulierte, »du – *du* – könntest die Atome von Albert Einstein in deinem Körper haben.«

Meine Mutter verdrehte dann die Augen. »Ach, um Himmels willen, Riordan«, sagte sie. »Ich kann die Relativitätstheorie nicht von Hühnerdreck unterscheiden, das weißt du doch.«

So phantastisch mir die Gespräche meiner Eltern auch erschienen, sie folgten einem Muster, das mich verwirrte. Die ernste Intensität meines Vaters, die auf den Sarkasmus meiner Mutter traf, ließ mich an eine Hand denken, die sich verzweifelt nach einem abgewandten Gesicht ausstreckt. Sie blickten auf ihre Teller, schoben sich die letzten Bissen in den Mund, tranken Wasser. Mit sechs beherrschte ich bereits die Kunst, Gesprächspausen zu füllen, ob ich nun über meine Weihnachtswünsche sprach oder darüber, daß jemand während des Sozialkundeunterrichts erbrochen hatte. Bald schon rückte meine Mutter ihren Stuhl zurück und verkündete, daß sie in wenigen Minuten eine Stunde habe. Dann murmelte mein Vater, daß der Stapel von Prüfungen sich auch nicht von allein korrigiere.

Während meine Mutter sich beschwerte, wenn ich während ihrer Stunden bei ihr anklopfte, ließ mein Vater die Tür seines Arbeitszimmers immer offenstehen. Ich lehnte mich an den Türrahmen und sah zu, wie er im grünen Schimmer seiner Lampe korrigierte, eine Hand flach auf der Seite, während die andere dahinglitt und Einser, Dreier und Fünfer zu Papier brachte, jedoch niemals mit roter Tinte, da er überzeugt war, daß sie die Studenten nur unnötig beunruhigen würde. Sein Gesicht war im Licht schmal und jungenhaft. Vorzeitig ergraute Haarsträhnen wölbten sich wie silbrige Halbmonde über seinen Schläfen. »Komm herein, Liebling«, sagte er mit seiner wunderbaren britischen Stimme, die mir einen köstlichen Schauer über den Rücken jagte. »Nur zu.«

Wenn er fertig war, setzte ich mich auf seinen Schoß und malte schiefe Herzen und Sterne und Regenbogen auf sein Löschpapier, während er mir Geschichten über das Leben vor meiner Geburt erzählte. Die elementarsten Tatsachen wurden in diesem kleinen Zimmer zu Mythen; zwischen muffigen Lehrbüchern und Maroquin verschwamm die Chronologie unserer Familie zu einem aquarellierten Mandala. Mommy war die strahlende Muse gewesen, die voller Leben steckte und Hoffnung und den Duft von Gardenienparfüm verströmte. Sie hatte seine Hände genommen und ihn gezwungen, wieder zu leben; sie hatte ihn in Flammen gehüllt und seinen Schmerz zu Asche verbrannt, während sie in den Morgen tanzten. Ich malte mir das aus: Ihre Körper, die sich langsam in der rauchigen Luft drehten. Sie hatten die Rollen getauscht, seine Wange war an ihrem Hals vergraben, ihre Finger streichelten über seinen Rücken. »Und seitdem lebt ihr glücklich und zufrieden, stimmt's, Daddy?«

»Natürlich«, sagte er, und seine Stimme stockte nie.

Seine Geschichten waren tröstliche Versicherungen. Sie glichen die scharfen Lücken zwischen den Worten meiner Eltern aus, ihre spitzen Bemerkungen und scharfen Blicke. Die Picknicks, die müßigen Spaziergänge durch enge Gassen, die Nachmittage, die sie mit dem Anstreichen ihrer ersten »grauslichen« Wohnung im Australiergetto von Londons Earl's Court zubrachten, wobei sie mehr sich selbst als die Wände mit Farbe übertünchten – all seine nostalgischen Erinnerungen lullten mich ein in einen mit Zuckerguß überhauchten Dunst, der verhieß, wenn ein Leben in Glück und Zufriedenheit damals möglich gewesen war, war es das auch heute noch.

Was mich im nachhinein schockierte, war nicht die Tatsache, daß ich seine verzuckerten Erinnerungshappen schluckte. Was mich schockierte, war die Tatsache, daß die Wahrheit auch jetzt, fünfundzwanzig Jahre später, nebulös blieb. Küßten sie sich wirklich auf Treppenabsätzen, kicherten sie wirklich über die Weissagungen, die in den Keksen chinesischer Restaurants verborgen waren? Vielleicht, doch rückblickend erschien mir das rosa Netz, das mein Vater gewoben hatte, wie eine Verschleierung, ein Betäubungsmittel, die Strategie eines schwermütigen Mannes, der seinen wahren Erfahrungen ausweichen will. Ich saß auf seinem Schoß und malte, seine Erinnerungen dicht an meinem Ohr, während wir beide uns davon zu überzeugen suchten, daß der hinreißende Engel, den er einst gekannt hatte, und die elegante, aufbrausende Xanthippe, die auf der anderen Seite des Flurs kleine Mädchen wegen ihrer schrecklichen Intonation anschrie, ein und dieselbe Person waren.

Der einzige konkrete Beweis waren Fotografien. Sie hatten immer einen ganzen Film auf einmal verschossen, ließen die erinnerungswürdigen Ereignisse zu Gerinnseln im Strom der Zeit werden. Meine Eltern, wie sie mit schiefem Grinsen auf einem Strandtuch in Eastbourne auf dem Bauch lagen, sein Arm locker um ihre Schultern. Sie trug einen gelben Bikini, und sie lachte. Mein Vater blickte nach unten, seine Nase sonnenverbrannt. Eine Thermosflasche – voll Limonade? Brandy? unmöglich zu sagen – lag zwischen ihnen. Ein anderes Bild zeigte sie an Silvester, wo sie in enger Umarmung in einem Eingang standen, Wange an Wange, er im Anzug, sie in Samtumhang und Pelzkappe. Irgend jemand hielt eine Tröte an sein Ohr.

Doch es gab noch zwei andere Schnappschüsse, die mir jahrelang im Gedächtnis blieben, hauptsächlich deshalb, weil meine Eltern auf beiden die gleiche Kleidung trugen, was den Fotos den Vorher-nachher-Anstrich einer schaurigen Verwandlung verlieh.

Auf dem ersten saßen sie unter einem Baum auf einer Decke im Gras. In der rechten Ecke hinter ihnen ragte der massive Bau eines College auf. Sie knieten, die Reste eines Mittagessens – etwas, was aussah wie das Kerngehäuse eines Apfels, die allgegenwärtige Thermosflasche – um sich verstreut. Wieder hatte er seinen Arm um ihre Schultern gelegt. Ihre Hand hielt die seine. Er drückte sie eng an seine Brust, als könnte sie davonfliegen, wenn er losließ. Sie warf den Kopf zurück, und ihre Augen strahlten. Sie trug eine weiße Bauernbluse und einen dunkelblauen oder schwarzen, mit Wildblumen bedruckten Rock – auf dem Schwarzweißfoto war es nicht zu erkennen. Ein mädchenhafter Schalk, den ich an ihr nie gesehen hatte, blitzte in ihrem Gesicht. Mein Vater sah genauso aus, wie ich ihn kannte, abgesehen davon, daß seine Jacke mit den Ledereinsätzen am Ellbogen neu und seine Haare dunkler waren, beinahe schwarz wie meine. Er hatte die Augen geschlossen, das Kinn gesenkt, die Lippen waren gespitzt, um den Rand ihres schmalen, lächelnden Mundes zu streifen. Sie sahen übermütig aus, mein süßer, heißhungriger Vater und meine Mutter, die die Relativitätstheorie nicht von Hühnerdreck unterscheiden konnte, aber ein Fulbright-Stipendium für Oxford bekommen hatte. Bei genauerem Hinsehen wurde jedoch offensichtlich, daß sie von unterschiedlichen Sehnsüchten und in entgegengesetzte Richtungen getrieben wurden. Mein Vater war begierig, sie an den groben Stoff seines Hemdes zu ziehen und ihr mit rauher Stimme: »Verlaß mich nicht, hörst du, nie«, zuzuflüstern, während meine Mutter, den Körper durchgebogen, zwar vor fotogener Verspieltheit funkelte, jedoch zum Sprung in ihren eigenen Raum ansetzte.

Auf dem zweiten Foto, das einige Monate später aufgenommen worden war, befanden sie sich auf der *Queen Elizabeth II.*, auf dem Rückweg in die Vereinigten Staaten, damit meine Mutter ihre reichen Verwandten um Geld angehen konnte. Sie sollten Jahrzehnte dort bleiben, zuerst in der Nähe von Philadelphia, in Bryn Mawr, wo sie aufgewachsen war und wo sie mich schon bald in der dunstigen Dämmerung eines Sommerabends zur Welt bringen sollte. Später ließen sie sich, verlockt durch die bescheidenen Aussichten, die die Stelle meines Vaters als Lehrer bot, zwei Stunden weiter westlich in einer anderen kleinen Stadt in Pennsylvania nieder, die meine Mutter mit den Worten »zum Sterben niedlich« beschrieb, erstickend idyllisch, kein Vergleich zu London, kulturlos, konservativ. Dort kümmerten sie in einem riesigen Backsteinhaus im Kolonialstil, das ihre Eltern finanziert hatten, vor sich hin. In ihrem pseudovornehmen Viertel versanken sie langsam in der allzu neuen Eleganz, lernten, einander zu mißtrauen. Damals jedoch wußten sie das noch nicht.

Sie trugen auf beiden Bildern denselben Rock, dieselbe Jacke, lächelten das gleiche Lächeln, und dennoch lag eine unmerkliche Distanz zwischen ihnen, so unmerklich, daß der Passagier, der das Foto freundlicherweise aufgenommen hatte, sie wahrscheinlich gar nicht wahrnehmen konnte. Das Gesicht meiner Mutter war voller. Feine Fältchen um ihre Augen kündeten von einem Gefühl, das für Jubel zuviel Frustration enthielt, zu damenhaft war für Wut. Ihre langen Haare – sie schnitt sie erst nach meiner Geburt ab – wurden von Haarspangen hochgehalten, was ihr einen schelmischen, kindlichen Anstrich verlieh; doch einige hatten sich gelöst und flatterten nun frei in der Meeresbrise. Sie hielt einen Strohhut mit einem marineblauen Seidenripsband in der Hand. Mein Vater hatte ihren Ellbogen ergriffen. In seinem blinzelnden Blick lag eine gewisse Leere, ein passives Hinnehmen der Tatsache, daß sie nicht auf etwas zu-, sondern von etwas wegsegelten. Sie wandten der Reling, dem Wasser, dem Horizont den Rücken zu.

Und natürlich gab es noch einen weiteren entscheidenden Moment, einen, der nicht für die Kamera geeignet war. Nachdem ich selbst Mutter geworden war und am eigenen Leib erfahren hatte, wie oft einem die Kindererziehung den Verstand und den letzten Nerv rauben konnte, dachte ich oft daran. Ich malte mir die ausgehungerte Stunde meiner Empfängnis aus.

Ich stellte mir ihr Schlafzimmer mit der Einrichtung aus Kirschholz vor, den goldenen Barockspiegel, die Nippsachen und Spitzendeckchen auf der Kommode. Ich sah ihn vor mir, wie er sich, die Hände auf dem Bauch gefaltet, auf der schweren, rosenroten Steppdecke zurücklehnte und auf den Moment wartete, wo sich beim Hochschieben seines auberginefarbenen Pullovers die Wollfäden in ihren kurzgeschnittenen Musikerfingernägeln verfangen würden. Sie schritt auf ihn zu, bis ihre Knie die Matratze berührten, und schob sich das glatte, glänzende Haar hinter die Ohren. Er betrachtete sie mit einem trägen Lächeln, während sie ihre kornblumenblaue Seidenbluse und dann ihren Rock aufknöpfte und dabei die Schwellung ihrer Brüste und die bebenden Rippen entblößte, den flachen Bauch und den leicht hervorstehenden Nabel, die granatapfelrote Höhlung ihres Herzens. »Bitte«, sagte er dann mit mitleiderregender Stimme; in meiner Vorstellung hatte sie von seinem festen Griff rote Abdrücke auf den Schultern und am

Rücken. Sie glitt ihm im Bogen entgegen wie ein Taucher, weil sie jung war und geschmeichelt und noch nicht gehässig, und weil sie sich ihm und der anschwellenden Erregung ihres Blutes hingeben wollte wie dem mitreißenden Crescendo eines großen Orchesters.

Flüsterte er ihr zu, daß er sie glücklich machen werde, wenn sie ihm die Chance dazu ließe? Hatte sie eine Ahnung von seiner verzerrten Sehnsucht, vom Ausmaß seines Schmerzes? Ich glaube schon. Nach meiner Geburt wurden die Stapel mit fröhlichen Fotos immer kleiner.

3. Kapitel

In jenen ersten Wochen nach Bills Tod erwartete ich, daß ich jeden Morgen beim Aufwachen eingeworfene Fensterscheiben und ausgebrannte Wände um mich vorfinden würde, daß die ganze Stadt verloren wäre im sinnlosen Echo nachhallender Trauer. Statt dessen fand ich nur mich selbst wieder, eingerollt, unter einer Festung aus Decken, zitternd in der Mitte der Matratze liegend.

Als Bill noch im Krankenhaus war, war ich jeden Tag vor dem Läuten des Weckers aufgestanden, fiebrig vor Erwartung und falscher Hoffnung, war barfuß in der grauen Stille der Dämmerung auf dem kalten Boden auf und ab marschiert, bevor ich in die Küche ging und unzählige Tassen schwarzen Kaffee trank, während ich für den noch schlafenden Curran Toast in Ei tunkte und ausbriet. Nun aber streckte sich meine schlafschwere Hand reflexartig aus, um zwei- oder dreimal auf die Schlummertaste zu drücken, während ich in die trüben Ozeane des Schlafs zurücktauchte, überspült von Träumen von einer Schulter, an der ich mein Gesicht vergraben, von einem Körper, an den ich mich schmiegen konnte, bis ich fühlte, wie kleine Finger mich schüttelten, eine kleine Stimme in die Tiefen rief: *Mama, du mußt aufwachen* – Currans Finger, Currans Stimme, drängend, verängstigt, süß.

Ich konnte hören, wie er in der Küche Schranktüren zuwarf und Kühlschrankschübe öffnete und schloß, während ich hastig meine Strumpfhose hochzerrte. Allmählich stellte ich mich ein auf seinen Ruf: »Ich mache Frühstück für dich!«, während ich mich mit noch immer verquollenen Augen zum Spiegel beugte, um Lippenstift aufzutragen. Als ich aus meinem Zimmer kam, saß er bereits fertig angezogen für die Schule da. Seine Haare waren ordentlicher gekämmt als meine, Hausaufgaben und Bücher waren schon im Rucksack auf dem Boden verstaut, und auf dem Tisch warteten ein Teller mit gebuttertem Toast und eine Tasse Amarettokaffee mit Sahne und Zucker auf mich. »Seit wann kannst du denn Kaffee kochen?« fragte ich gähnend.

»Seit letzter Woche. Dein Lippenstift ist verschmiert.«

Ich wischte mit der Handkante darüber.

»Auf der anderen Seite. Da. Jetzt ist es super.«

Er erinnerte mich so sehr an Bill. Ich setzte mich an den Tisch und pickte am Toast herum. »Ich habe keinen großen Hunger«, sagte ich. »Hier, nimm was davon.«

»Nein«, sagte er mit einem Kopfschütteln. »Ich habe schon gegessen, und außerdem bist du bald nur noch Haut und Knochen, Mama. Du solltest mehr essen.«

Ich lächelte abwesend. Zusammengesackt saß ich am Tisch und kam mir wie ein Verb im Passiv vor, ein Kind.

»Wie spät ist es?« fragte ich.

»Zeit zum Aufbrechen«, antwortete er. »Ich habe Mrs. Romdourl unten angerufen. Sie sagte, ich kann mit Raj in die Schule fahren.«

Er schulterte seinen Rucksack und steuerte auf die Tür

zu, schrecklich klein und zugleich schrecklich klug in seinem marineblauen Pullover. Plötzlich durchzuckte mich Sehnsucht.

»Warte noch eine Minute, Liebling«, sagte ich.

Er drehte sich um. »Ich muß gehen. Wir kriegen Minuspunkte, wenn wir zu spät zur Morgenversammlung kommen.«

Früher hatte ich ihn immer antreiben müssen, um ihn aus der Tür zu bekommen. *Hör auf zu trödeln, sonst bekommst du Ärger!* Bill, der soeben aufgestanden war, kam dann in seinem alten, verblichenen Morgenmantel in die Küche getrottet und küßte mich, nicht sehr zielsicher, im Halbschlaf auf den Hals. »Ein paar Minuspunkte schaden niemandem, Liebste. Ich hatte jede Menge.«

Jetzt streckte ich die Arme aus. »Hast du nicht mal Zeit für eine Abschiedsumarmung?«

Er rannte zu mir, umarmte mich fest. Ich schloß die Augen, fühlte mich wieder ganz, wieder in Ordnung. »An deinem Kleid fehlt hinten ein Knopf«, sagte er.

»Mach dir deshalb keine Sorgen«, sagte ich. »Also los.«

Die Tür fiel krachend hinter ihm ins Schloß. Ich tastete mit der Hand am Rückgrat hinab, entdeckte einen Fleck nackte Wolle, legte den Kopf auf den Tisch. Ich war bereits zwanzig Minuten zu spät dran. Und er hatte recht.

Ich unterrichtete Englisch an einer Gesamtschule direkt außerhalb Londons. Geleitet von einem gewissen Trotzgefühl, war ich in diese Laufbahn gestolpert – von der künstlerischen Begabung meiner Mutter war vor meinen Augen zuviel vergeudet worden, als daß ich ihr hätte nacheifern wollen, und Chemie kam für mich nicht in Frage, seit ich alt genug war, um die abwegigen Theorien meines Vaters zu durchschauen. Englisch war mir daher am College als brauchbare Wahl erschienen, eine Art Mittelfeld, wo Zungenfertigkeit endlich einmal nicht mit Wunderlichkeit gleichgesetzt werden würde. Da ich ganz gewiß keine entrückte, surreale, in Sprache vernarrte Muse (was mein Vater sich erträumte) und auch keine nutzlose Pedantin, die verbissen Bachtin durchpaukte (was meine Mutter verachtet hätte) werden wollte, war ich entzückt gewesen, als mir vor sieben Jahren diese ziemlich bodenständige Arbeit angeboten wurde. Ich hatte im Sommer frei, konnte das Wort *polyglott* aus meinem Wortschatz verbannen und eignete mir eine unglaubliche Geduld an an den Tagen, wo ich am liebsten jeden mürrischen Vierzehnjährigen erwürgt hätte, der in meinem Unterricht saß und jeden Text, den wir durchnahmen, zu einem »Haufen beknackter Schwachsinn« erklärte.

Abgesehen von ihrem Mangel an Manieren kam ich mit den meisten meiner Schülerinnen und Schüler gut aus. Sie beklagten sich über meine strengen Noten, aber sie liebten es, wenn ich sie an trüben Wintermorgen, an denen keiner von uns Lust auf Chaucer hatte, auf ihren Pulten herumlümmeln und einfach nur reden ließ. »Wißt ihr, Leute«, zog ich dann die mit den Nasenringen auf, »ich hab' die *richtige* Revolution mitgemacht.«

Sie schnappten nach Luft und kämpften, um ihre heißgeliebte Individualität zu verteidigen. »Bestimmt nicht«, sagten sie und musterten meine Wildlederschuhe und meinen Pullover von Marks & Spencer mit solchem Mißtrauen, daß ich am nächsten Tag ein Foto von mir als Fünfzehnjähriger mitbrachte. Der Raum hallte wider von ihrem Gelächter über meine Fetzen und das gefärbte Haar und den schwarzen Lippenstift, aber danach meckerten sie deutlich weniger über ihre Aufsatznoten und paßten im Unterricht merklich besser auf.

Während des langen Martyriums mit Bill hatten sie ein tapferes Mitleid an den Tag gelegt, dessen ich Heranwachsende nie für fähig gehalten hätte. Niemals machten sie eine Bemerkung über das Zittern meiner Hände, wenn ich Arbeiten zurückgab, oder über das Beben in meiner Stimme, wenn ich das Lektürepensum für diesen Abend vorgab, nachdem ich einen Anruf aus dem Krankenhaus erhalten hatte. Sie erkundigten sich oft nach Bill, mit einer erfrischenden Unverblümtheit, die der meines Sohnes seltsam ähnelte: »Und Ihrem Mann, geht es ihm schon besser?«

»Noch nicht.«

Freches und zugleich schüchternes Lächeln. »Also, wenn es soweit ist, schmeißen wir eine Party für Sie.«

»Gott helfe uns an diesem Tag«, sagte ich lachend, innerlich zerbrochen.

Nun allerdings, nachdem sie mich mit einer Woche Verspätung, hohläugig vor Erschöpfung und zehn Pfund leichter, aus den Weihnachtsferien zurückkehren gesehen hatten, nachdem sie wußten, daß es kein wildes Fest geben würde, verhielten sie sich anders. Sie veranstalteten noch immer ihren üblichen ausgelassenen Lärm beim Hereinkommen und verzogen die Gesichter, wenn ich ihnen in ihren Augen ekelhaft kurze Fristen für schriftliche Arbeiten setzte, aber sie machten nie mehr Witze, baten mich nie mehr um eine Stunde, in der wir »Chaucer zum Teufel schickten«, wie ich sie das hatte nennen hören, als sie mich außer Hörweite wähnten. Statt dessen konzentrierten sie sich mit einer so unerbittlichen Beherrschung auf meinen Unterricht, daß es schon unheimlich war, und wenn sie gruppenweise zusammenarbeiteten, flüsterten sie und blieben bei der Sache, anstatt sich in lautstarken Debatten darüber zu ergehen, wer wen am vergangenen Wochenende auf dem Gelände der Hauptschule geschubst hatte.

Hätte diese Verwandlung unter anderen Umständen stattgefunden, wäre ich entzückt gewesen, so aber sah ich darin einen subtilen Vertrauensbruch, einen schrecklichen Vorstoß in die verkrampfte Erwachsenenwelt gesellschaftlicher Etikette, als ob man sie, wie Curran in der Küche seiner Großmutter, dazu angehalten hätte, mich, die durchgedrehte Mrs. Burgess, die aus der Bahn geworfene Englischlehrerin, schonend zu behandeln. Unzählige Male, wenn ich Aufgaben an die Tafel schrieb oder mich vorbeugte, um den einleitenden Abschnitt einer Schülerin zu lesen, sehnte ich mich danach herumzuwirbeln, sie an ihren forsch-unschuldigen Schultern zu packen und in einem erstickten, bitterlichen Klagen herauszuschreien: »Ich bin doch dieselbe, ich benote noch immer gnadenlos und erzähle Punkgeschichten, kann euch immer noch zum Lachen bringen oder zur

Weißglut, weil ich euch wegen Rechtschreibfehlern Punkte abziehe, und wir können Chaucer immer noch von Zeit zu Zeit zum Teufel schicken, ich bin die gleiche, die Trauer hat mich nicht verwandelt, seht ihr das denn nicht?«

Aber manchmal fällt es mir schwer, selbst daran zu glauben.

Abends, wenn ich, eingemummt in meinen Mantel, mit der U-Bahn nach Hause fuhr, zerbiß ich meine Fingernägel und sah zu, wie an jeder Station allgegenwärtige blonde Mädchen in Lederjacken behende ein- und ausstiegen. Ihre Körper waren mager wie meiner, aber voll warmen Lebens, und mühelos glitten sie durch das stumpfe Metall der Schiebetüren, während meiner zitterte und seinen Refrain von Kälte, Winter, Verlust, Es-gibt-kein-Entrinnen hervorstieß. Die blühenden Blumen der Graffiti an der Northern Line verschwammen vor meinen Augen – sie erinnerten mich an die vielen halbverwelkten Sträuße in meinem Wohnzimmer, im Eßzimmer, in der Küche, und damit an all die Leute, denen ich für ihre Freundlichkeit, ihre süßlichen Worte, ihre Nelken danken mußte.

Ich legte den Kopf in den Nacken. Die Welt donnerte in der Dunkelheit an mir vorbei. In Gedanken gab ich mir Anweisungen, und es klang nicht viel anders als die samtigen, körperlosen Stimmen auf den Bahnsteigen, die die Passagiere freundlich ermahnten, beim Aussteigen vorsichtig zu sein, und fröhlich verkündeten, die nächste Station sei St. Pancras.

Wenn kurz vor dem nächsten Halt die Schilder an den Wänden so langsam vorbeiziehen, daß man sie lesen kann, wenn sie dich anstarren und endlos ANGEL ANGEL ANGEL wiederholen, Engel, dieses durchdringende Wort, das er war, wirst du aufstehen, dir einen Weg nach draußen bahnen, beim Aussteigen vorsichtig sein, in der glatten Helligkeit mit der Rolltreppe nach oben zur automatischen Schranke fahren, Tränen werden deine Augen verschleiern, aber du wirst blinzeln und so tun, als läsest du die Werbeanzeigen für Harvey Nic's Dillons, die neueste internationale Ausstellung in der Tate Gallery – o Gott, das wird weh tun –, aber du wirst weitergehen, wirst die Fahrkarte in den Schlitz schieben, zusehen, wie sie wieder herausspringt, kein Zaudern hier, und dann hinaus ins Freie, in die mörderische Winterkälte, du wirst Richtung Upper Street gehen, die drei- oder vierköpfigen, manchmal, aber nicht oft, fünfköpfigen, selten, niemals zweiköpfigen Familien ignorieren, du wirst an den Ehemännern in Wollpullovern und ihren Frauen im Trenchcoat, die sie nicht verdienen, vorbeisehen, du wirst, falls nötig, die Zähne zusammenbeißen und auf deine Straßenseite wechseln, den Weg zu deinem Haus, Theberton Street 10a, einschlagen, der runden grünen Tür und dem gefrorenen leeren Blumenkasten, auf glatten Straßen und im Schein der Straßenlaternen, es ist so, wie du es dir mit zwanzig erträumt hast, es ist, wie du es dir erträumt hast, nur daß ein Stück fehlt, o Gott, das wird weh tun, aber du gehst die Vordertreppe hinauf, du nimmst zwei Stufen auf einmal, du zitterst, du sehnst dich nach Wärme, nach Armen und Fingern und Stimmen und

Mündern, die dich umgeben, du weinst, du schließt auf und betrittst 10a, du warst beim Aussteigen immer vorsichtig, hast nicht im Türenbereich gestanden, was bekanntlich gefährlich ist, und du bist zu Hause, aber du bist allein, die Wohnung ist ein einziges Chaos, zu viele Blumen, zuviel Fruchtbarkeit angesichts der Nachmittagsstunde um fünf, aber du wirst deinem Sohn zuwinken, wenn er hereinsaust, du wirst durch die nasse Maske aus Tränen lächeln, die dein Gesicht bedeckt, du wirst eintreten. Und das tat ich.

Nachdem ich mich abends am Bettrand zusammengekauert und zum zehnmillionsten Mal, wie mir schien, geweint hatte, nachdem ich mich aus meinen Strümpfen und Kleidern geschält und meine Ohrringe abgenommen hatte, kroch ich in die alte Badewanne auf Klauenfüßen und aalte mich in so heißem Wasser, daß es fast schmerzte.

Dort, in der abgerissenen Wohligkeit abblätternder Wandfarbe und im Dämmerlicht schwacher Glühbirnen, das den Spiegel einhüllte, schwand mein Zittern, während mein Haar sich wie ein Fächer um mich ausbreitete. Während das Wasser lauwarm wurde, dachte ich kurz an zauberdurchwirkte Winternachmittage, als ich, jung und konzentriert, in derselben Porzellanwanne, Farbe und Terpentin von Bills Hals und Schultern schrubbte. Er ging so sehr in seiner Malerei auf, malte praktisch mit dem ganzen Körper; seine Hemmungslosigkeit war sowohl irrsinnig komisch als auch bewundernswert anzusehen. »Gott, du schaust vielleicht aus«, sagte ich. »Wie bringst du das nur fertig?«

Er tat so, als hörte er mich nicht. »Etwas, was viele Künstler nicht verstehen«, sagte er, »ist der grundlegende Begriff der Vergänglichkeit.«

»Als Beschränkung?« fragte ich und fuhr ihm sanft durch die Haare. Ein Wasserfall grüner Farbsprenkel rieselte herunter. »Höchst attraktiv, Liebling.«

Er grinste. »Als Beschränkung, ja, aber auch als Fortschritt. Jeder, der kreativ tätig sein will, muß lernen, wann er etwas wegwerfen muß. Wann man loslassen muß. Fünf, zehn Jahre lang an etwas arbeiten und es dann kurz und klein hauen, weil es nicht funktioniert, weil es inzwischen abgestanden ist, und dann die wirklich guten Aspekte des Alten integrieren ... das ist Fortschritt.«

Vergänglichkeit. Jetzt mußte ich lachen, als ich dachte, wie naiv ich mich enger an ihn gedrückt, meine Wange an seine seifigen Schultern gepreßt und gedacht hatte: *Scheiß auf die Vergänglichkeit, scheiß auf den Fortschritt. Das hier werde ich nie loslassen.*

Schließlich hörte ich, wie die Tür mit einem lauten Knall zufiel; Curran, der von seinem unter uns wohnenden Freund Raj nach Hause kam (er hatte jetzt seinen eigenen Schlüssel, nun, da man sich nicht mehr darauf verlassen konnte, daß ich immer rechtzeitig wach wurde und pünktlich nach Hause kam und meine Mutterpflichten erfüllte), und bald darauf ertönte ein lautes: »Ich mach' uns Sandwiches; willst du Roastbeef oder Schinken?«

»Roastbeef!« schrie ich zurück. »Und wie oft, verdammt noch mal, muß ich dir noch sagen, daß du leise reinkommen sollst?«

Erst als ich nach meinem Bademantel griff und den Flur entlangging, um meine Jeans anzuziehen, traf mich die Erkenntnis, daß ich in letzter Zeit wie eine schaurige Verschmelzung der negativen Seiten meiner Eltern klang: der Bedürftigkeit meines Vaters und der Gereiztheit meiner Mutter. Und da stand Curran in der Küche, immer noch in seiner Schuluniform, und löffelte pflichtbewußt Chutney auf die Sandwiches. Ein zarter Kuß auf die Wange. »Wie war dein Tag, Mum?«

Ich sollte das machen, dachte ich, während ich mich an den Tisch setzte und zum zweiten Mal an diesem Tag zusah, wie er Servietten holte, Tee einschenkte (er konnte also Tee *und* Kaffee kochen? Hatte Bill ihm das beigebracht? Oder hatte Louise das während ihrer Lektion nach der Beerdigung in die Hand genommen?), weiteres Brot für mich in Scheiben schnitt. Er mampfte sein Sandwich in sich hinein und trat dabei dauernd mit dem Fuß gegen seinen Stuhl – »hör auf«, sagte ich, »ich brauche keine Kopfschmerzen« –, während ich mir schwor, morgens früher aufzustehen und mich nach der Arbeit nicht mehr in Tränen und heißem Wasser zu suhlen, damit ich wieder die Verantwortung übernehmen konnte, und sei es nur um seinetwillen. Ich suchte an Curran nach Anzeichen meiner eigenen ruhigen, widernatürlichen Kindheit, nach Kummer in aufgerissenen Kinderaugen und verstörender Frühreife, aber ich entdeckte keine. *Siehst du?* sagte ich mir mit der falschen Munterkeit der Vernunft. Mich beunruhigte nicht die Tatsache, daß es ihn drängte, diese kleinen, liebevoll ausgeführten Pflichten zu übernehmen, Sandwiches für mich zu machen und mich auf meinen verschmierten Lippenstift hinzuweisen. Was mich beunruhigte, war die Tatsache, daß ich sie inzwischen, wie früher von Bill, erwartete.

Eines Nachts Ende Januar lag ich unter einer roten Wolldecke zitternd auf dem Rücken und kaute an einem Fingernagel, bis Blut in meinen Mund trat. Das Licht einer Straßenlaterne malte hieroglyphenartige Schattensymbole auf die Bettlaken.

Die Tür ging auf. Mir stockte der Atem. Jedesmal, wenn ich eine Hand auf einem Türknauf sah, geriet mein Körper vor illusorischer Hoffnung ins Stottern. Aber nein. Es war nur mein Sohn. »Mum«, flüsterte er, »es ist Zeit zum Abendessen. Stehst du auf?«

Ich nickte, drehte mich auf die Seite und stützte mich auf einen Ellbogen. Er setzte sich neben mich auf die Matratze.

»Soll ich beim Chinesen anrufen und was bestellen?« fragte er.

»Genau.« Ich strich ihm über die Haare. Er entzog sich mir nicht und protestierte auch nicht gegen meine Berührung, sondern hielt still und wandte mit einem in seinem Stoizismus geradezu beängstigenden Gesichtsausdruck den Blick von mir ab; mir war klar, daß er eigentlich am liebsten durch den Flur gerannt wäre und süß-saure Krabben bestellt hätte, aber er wußte, daß er mit mir Nachsicht haben mußte. Ich zog meine Hand zurück.

Während er anrief, stolperte ich ins Bad, spritzte mir

Wasser ins Gesicht und band meine Haare nach hinten. Nach einem Jahrzehnt war ich mit den Eigenheiten britischer Heizungen vertraut und hatte mich daran gewöhnt, zwei Paar Socken anzuhaben und ein immerwährendes leichtes Frösteln zu ertragen, aber nach Bills Tod war mir noch kälter geworden. Ich nahm meinen Morgenmantel vom Haken und wickelte mich darin ein.

Es läutete. »Der Geldbeutel liegt auf dem Tisch im Flur, Curran!« rief ich.

Nach einer kurzen Pause hörte ich ihn zurückrufen: »Ich glaube nicht, daß es der Mann vom Lieferdienst ist, Mama – er hat keine Schachteln dabei und sieht nicht sehr chinesisch aus.«

»Na, das ist nett und so richtig schön ethnozentrisch von dir«, sagte ich, als ich in die Küche trat. Der Mann an der Tür mit den kurzen schwarzen Haaren und den abstoßend weißen Zähnen lachte. In seinem Seidenhemd, der schwarzen Jeans und den Doc-Martens-Schuhen sah er aus wie ein x-beliebiger Islingtoner Szenetyp um die Dreißig, eine Gestalt, vor der nicht einmal ich, die romantische Angloamerikanerin, meinen Abscheu verbergen konnte. Der Erinnerungsgeschmack von Wodka schwappte in meine Kehle, als ich seine Springerstiefel bemerkte.

»Gloria Burgess?« fragte er.

»Ja.«

»Ich heiße Jascha Kremsky.« Er streckte mir die Hand entgegen. Obwohl ich aus seinem Namen schloß, daß er Russe war, war sein Akzent schwer einzuordnen.

»Und worum geht es?«

»Ich bin Bildhauer in einer Künstlerkooperative in Chelsea. Die ... dieselbe, zu der auch Bill gehört. Gehörte.«

»Ach. Kommen Sie rein.«

Sein Name war mir nicht vertraut. Allerdings war die Gruppe sehr groß gewesen, viele hatten schon mit fahrigen Händen und aufgeregten Stimmen um unseren Küchentisch gesessen und hochgestochen dahergeredet. Diejenigen, die Bill nähergestanden hatten – Lorin, Sean, Taylor –, waren bei der Beerdigung gewesen.

»Tut mir leid, daß ich nicht vorher angerufen habe«, sagte er. »Es ist mir sehr unangenehm, Sie zu einem so ungünstigen Zeitpunkt zu überfallen und beim Abendessen zu stören, aber ich war gerade in der Gegend und dachte, ich könnte kurz bei Ihnen vorbeischauen.«

»Sie brauchen sich nicht zu entschuldigen«, sagte ich, während ich auf einen Stuhl deutete und mich auf den daneben fallen ließ. »Bei uns ist seit kurzem jeder Zeitpunkt ungünstig.«

»Davon bin ich überzeugt.« Mir gefiel die Ausdruckslosigkeit in seiner Stimme, die darin enthaltene Objektivität. Kein Mitleid, keine Weinerlichkeit, nur die Anerkennung einer Tatsache.

»Möchten Sie etwas Tee?«

»Nein, danke, ich will nichts.« Er lehnte sich im Stuhl zurück. »Ich möchte mit Ihnen über Bills Arbeit sprechen.«

»Über seine Arbeit?«

»Ja. Genauer gesagt, über die Idee einer Retrospektive.«

»Es ist nicht üblich, daß Künstler mit zweiunddreißig eine Retrospektive bekommen, oder?«

»Nein, aber Bill war schließlich kein Nullachtfünfzehn-Künstler.«

Seine Stimme war sanft, anerkennend, einschmeichelnd.

»Lassen Sie mich eine Frage stellen«, sagte ich. »Warum jetzt? Warum nicht vor sechs Monaten, als Bill in Hochstimmung und voller Zuversicht war, daß er überleben würde, als er liebend gerne eine Ausstellung gemacht hätte? Warum nicht vor zwei Monaten, als es ihm schon schlechter ging, er aber immer noch arbeitete? Warum nicht in der Nacht vor seinem Tod, als er mit Morphium vollgepumpt war, um Himmels willen? Warum zum Teufel jetzt?«

Jascha blickte mir direkt in die Augen. Ich bewunderte ihn, weil sein Blick mir nicht auswich.

»Es gibt da ein paar Bilder, die Bill in den letzten Monaten seines Lebens gemalt hat«, sagte er. »Ich habe sie im Atelier gesehen. Sie sind äußerst ausdrucksstark und innovativ, sie sind ...«

»Genug Kritikastergerede, ich weiß, welche Sie meinen.«

»Worauf ich hinauswill, ist, daß sie eine große Anziehungskraft haben. Was nicht heißen soll, daß seine früheren Arbeiten schlecht wären, aber könnten sie eine große Menge Leute ansprechen? Nein. Nun aber, wenn man seine letzten Arbeiten hinzunimmt, besonders unter den gegebenen Umständen, denn sie bringen uns einen Mann nahe, der sich mit seiner Sterblichkeit aussöhnt –«

»Letzten Endes wollen Sie sagen, daß mein Mann nur deswegen eine Retrospektive verdient, weil Tote interessanter sind.« Er nickte. »Das ist das Widerwärtigste und Infamste, was ich je gehört habe.«

Es klingelte erneut. Curran, der unserem Gespräch halb fasziniert, halb furchtsam zugehört hatte, rannte zur Tür. Dieses Mal war es wirklich der Mann vom Lieferservice.

Jascha beobachtete, wie Curran einen Zehnpfundschein gegen eine riesige Schachtel und einen Plastikbehälter mit Wantansuppe tauschte. »Wie alt ist Ihr Sohn?« fragte er.

»Acht.«

Sein Gesicht wurde weich. »Er ist ein nettes Kind«, sagte er und nahm seinen Überredungsversuch wieder auf. »Sie müssen verstehen, Mrs. Burgess, daß niemand beabsichtigt, Bill auszubeuten. Wir müssen nur den richtigen Zeitpunkt erwischen, das richtige Klima.«

»Opferkunst«, sagte ich. »Kontroverse. Ich verstehe vollkommen, was Sie meinen, aber ich halte es immer noch für pervers.«

»Tut mir leid, wenn das hart klingt, aber die Verbreitung von Kunst hat auch eine kommerzielle Seite. Was Bill meiner Meinung nach nicht ganz wahrhaben oder zugeben wollte.«

Ja. So war Bill, sanft, idealistisch, Kunst kann alles überwinden. In seinen letzten Lebensmonaten war er oft mit einem grünen Farbklecks auf der Wange und Sepiaflecken auf der Nase aus dem Atelier nach Hause gekommen und hatte Fernsehklischees wie: »Ich glaube, ich werde diese Krankheit besiegen«, von sich gegeben. Ich küßte ihn und sagte, ich sei froh. Dummer, dummer Liebling. Glaubte er wirklich, er könnte Leukämiezellen mit einem Pinselstrich aufhalten?

»Es wird eine große Sache«, sagte Jascha. »Es wird sehr geschmackvoll organisiert werden. Wir hoffen, die Hayward oder die Whitechapel Gallery dafür gewinnen zu können.«

Curran kämpfte am Frühstückstresen mit dem Deckel des Suppenbehälters. »Paß auf«, sagte ich zu ihm, »sonst spritzt du dich noch total voll damit.«

»Glauben Sie nicht, daß Bill das gewollt hätte?« fragte Jascha.

»Ich weiß, daß Bill das gewollt hätte«, antwortete ich und stand auf.

»Aber ich weiß auch, daß weder eine rührselige Gedenkveranstaltung noch irgendeine Zeitgeistshow Bills wahrem Wesen gerecht werden kann. Er war zu komplex.«

»Sie wollen uns Ihre Einwilligung zu diesem Projekt also nicht geben?«

»Gut erkannt.« Ich lotste ihn zur Tür. »Ich wäre Ihnen sehr dankbar, wenn Sie jetzt endlich verschwänden, damit mein Sohn und ich in Ruhe zu Abend essen können.«

Er zog ein Stück Papier aus seiner Tasche und reichte es mir. »Meine Telefonnummer. Für den Fall, daß Sie Ihre Meinung ändern.«

»Das habe ich nicht vor.«

Er ging hinaus und drehte sich dann um, um noch etwas zu sagen.

»Mrs. Burgess –«

Ich knallte ihm die Tür vor der Nase zu.

Nach dem Abendessen blieb ich am Küchentisch sitzen und starrte auf die zusammengeknüllten Servietten, die verschmierten Wassergläser, Currans halbfertige Hausaufgaben, die so unleserlich waren, daß sie mehr Ähnlichkeit mit der kyrillischen Schrift als mit einem Satz Multiplikationsaufgaben hatten. Ich fühlte mich wie zerrissen. Mein Hals schmerzte, obwohl ich Jascha gar nicht angeschrien hatte.

Vor Jahren hatten Bill und ich an einem Nachmittag mitten im Winter eine Museumstour unternommen, und ich hatte meine Handschuhe vergessen. Als wir nach Hause kamen, ließ er mich auf der roten Paisleycouch im Wohnzimmer Platz nehmen, kniete sich vor mich auf den Boden und massierte meine abgestorbenen Hände. »Das wird weh tun«, sagte er, und so war es. In tiefen, schmerzhaften Stichen kehrten die Empfindungen zurück, und nun fühlte ich diese Stiche abermals.

Curran trottete wieder herein, barfuß und frisch aus der Badewanne, in einem hellblauen Flanellschlafanzug und mit feuchten Haaren. Er schwang einen Kamm in der Hand. »Komm her«, sagte ich. »Laß mich deine verfilzten Haare in Ordnung bringen.«

Er kam und wandte mir den Rücken zu, damit ich die

widerborstigsten Strähnen in seinem Nacken zu fassen bekam. Seine Wärme war tröstlich. Ich zog die Zinken des Kamms durch die feuchten, wirren Locken und sah Bills Haare vor mir, weich und braun und büschelweise ausfallend.

Curran zappelte.

»Mum«, sagte er, »wenn Dads Bilder ausgestellt werden, kann ich dann mit dir kommen?«

»Es wird keine Ausstellung geben.«

Er schoß herum, um mir ins Gesicht zu sehen. »Aber du hast doch gesagt, daß Dad das gewollt hätte.«

Ich legte den Kamm auf den Tisch und nahm sein Gesicht in die Hände. »Vergiß es«, sagte ich und küßte ihn auf die Stirn. »Zieh dir ein Paar Hausschuhe an und mach deine Matheaufgaben fertig, ja?«

In dieser Nacht hatte ich den Traum.

Ich stand mit meinem Vater in völliger Dunkelheit neben der Autobahn M6 nach Manchester. Plötzlich fuhren zwei Autos aus entgegengesetzten Richtungen aufeinander zu, tauchten uns in die schrecklichen Strahlen ihrer Scheinwerfer und prallten zusammen. Wir sahen, wie die Fahrerin des einen Autos, ein junges Mädchen, mit aufgerissenen Augen gegen die Windschutzscheibe flog. »Adrienne«, schluchzte mein Vater und preßte mich an sich, barg mein Gesicht an seiner Brust und hielt mich fest, bis ich keine Luft mehr bekam.

Seit Jahren schon hatte ich diesen Traum. Dieses Mal jedoch schreckte ich nicht sofort aus dem Schlaf hoch wie gewöhnlich. Ich träumte, daß Jascha Kremsky meinen

Kopf in den Lethe drückte und daß ich mit mir rang, unfähig zu entscheiden, ob ich mich an die Oberfläche hochkämpfen oder mich vom Wasser in die Tiefe ziehen lassen sollte, hin- und hergerissen zwischen der Notwendigkeit, mich zu erinnern, und dem Verlangen, zu vergessen.

4. Kapitel

Nach einiger Zeit wurde mein Vater es leid, von meiner Mutter als seiner Muse zu berichten. Darauf begann er an unseren Abenden im Arbeitszimmer mit der Geschichte von Adrienne.

Sie war in Manchester mit ihm zusammen auf die höhere Schule gegangen. In der Abschlußklasse hatte sie in Englisch vor ihm gesessen, und während des Unterrichts hatte er auf die dunkle Haarpracht gestarrt, die sie auf dem Hinterkopf aufgetürmt hatte – bis auf eine einzige verführerische Strähne, die sich an ihrem langen, klassischen Hals herabringelte.

Ihretwegen konnte er sich nicht auf Keats konzentrieren. Sie hatte Angst, sie könnte die Abschlußprüfung in Mathematik nicht bestehen, weil sie ein furchtbares Kapitel in der Infinitesimalrechnung stolpern ließ. Er gab ihr Nachhilfe; sie lieh ihm ihre Mitschriften. Als die Prüfung heranrückte, waren sie ineinander verliebt.

Wie alle Geschichten meines Vaters war auch diese herzzerreißend, rührselig und an der Grenze zum Kitsch, aber als Kind liebte ich das. »Erzähl mir noch mehr darüber«, bettelte ich. »Über ihre hübschen, bunten Pullover, daß sie einen für jeden Wochentag hatte. Und daß sie die Lehrer verblüfft hat, weil sie in der Schule immer so lange Wörter verwendete.«

Adrienne war zwar sehr schön gewesen, aber sie war, wie mein Vater, eine Einzelgängerin. »Sie hatte den Unterschied zwischen Einsamkeit und Alleinsein klar erkannt«, sagte er. »Sie war hochintelligent. Gespräche über Existentialismus und Literaturtheorie waren für sie etwas völlig Alltägliches, sie waren ebenso normal wie die Frage, was es zum Abendessen geben sollte.«

Obwohl ich keine Ahnung hatte, was er damit meinte, nickte ich glücklich und schmiegte meinen Kopf an seine Schulter, gebannt von seiner Sprache und seinen Geschichten über dies wundervolle Geschöpf.

»Sie war ein empfindsamer Mensch«, sagte er. »Ein starker Geist, aber ebendiese Stärke machte sie so empfindsam. Ich habe sie beschützen müssen. Ich habe für sie aufpassen müssen. Man hätte sie leicht ausnutzen können.«

Ich konnte mir nicht vorstellen, daß er meine Mutter je beschützt hatte.

»Diese Frau war wie ein Geschenk für mich«, sagte er. »Auf der einen Seite ich, dieser große, magere Bursche, ohne Freunde, in abgewetzten Pullovern und mit ungekämmten Haaren – und wenn man sich dann vorstellt, daß sie mich liebte, daß sie diejenige war …«

Mehr noch als andere Geschichten erstarb diese schnell in gemurmelten Monologen über seine eigene Unwürdigkeit.

»Aber ihr wart beide anders. Ihr wart euch ähnlich«, sagte ich und stellte mir beide vor, Zwillingsgenies, die im grauen Labyrinth einer Stadt des Nordens gefangen waren, in einem kalten, zugigen Klassenzimmer saßen und großartigen Gedanken nachhingen, während sie ihre Köpfe vom allzu banalen Vortrag ihres Lehrers abwandten und aus den regennassen Fenstern blickten.

»Ja«, sagte er. »Es hieß, wir beide gegen den Rest der Welt, und wir waren am Gewinnen.«

Eines Abends zeigte er mir ein Foto von Adrienne. Er holte den zweiten Band der Enzyklopädie aus dem Regal und blätterte bis zu der Seite mit einem Artikel über Robert Browning, wo er das Foto eingelegt hatte. »Ihr Lieblingsdichter«, sagte er. »Sie sagte, sie liebe ihn, weil er ohne Rücksicht auf Verluste nach Verbundenheit mit der Welt strebte. Seine Freunde hielten ihn für verrückt, weil er Blumen aß.«

»Das war ja auch verrückt«, sagte ich.

»Nein, war es nicht«, sagte er. »Er wollte alles in sich aufnehmen.«

»Na, die müssen scheußlich geschmeckt haben.«

Er lachte und reichte mir das Foto. Adrienne lächelte darauf, das sanfte Lächeln eines Mädchens, das wie ihr Lieblingsdichter alles aufnehmen wollte. Die Haare fielen ihr in Locken um die Ohren und auf die zerbrechlichen Schultern herab; ihr Gesicht war knochig und schmal. An ihren Ohren baumelten Glasohrringe, und sie trug einen dunklen Pullover mit spitzem V-Ausschnitt. Ihre Augen leuchteten.

»Sie sieht mir sehr ähnlich«, sagte ich. »Ich meine, sie ist viel hübscher, aber …«

»Ach, Kind, du hast mein Talent zur Selbstabwertung geerbt«, sagte er und legte seinen Arm um mich. »Du siehst genauso aus wie sie.«

Ich drehte das Foto um. Auf die Rückseite hatte Adrienne in einer kunstvollen, fast kalligraphisch anmutenden Handschrift eine Widmung geschrieben. Sie hatte eine Strophe aus »Zwei in Latium« zitiert:

Riordan –

»Ich wollte, könnte dir zu Willen sein,
Mit deinen Augen sehen, mein Herz
Nach deinem Herzschlag richten,
  an deiner Seele Quell
Mich laben – dein Platz mein Platz
Im Leben, im Guten und im Bösen.«

Obschon R. B. vermutlich seine Zweifel hätte, wenn er hier wäre, ich habe es getan, Geliebter, wirklich, und ich werde nie wieder zu einer anderen Sichtweise zurückkehren.

Adrienne

Später an der Uni sollte ich dieses Gedicht analysieren, fünfzehn Seiten lang über spirituelle Einheit und Wahlverwandtschaft und den Widerhall der Gedichtthematik im Werk Graham Greenes schwadronieren, doch alles, was ich als Neunjährige damals von der archaischen Ausdrucksweise erfaßte, war die reine Macht der Liebe. Der gefährlichen Art von Liebe, die einmal und nur einmal von uns Besitz ergreift, die entweder heilt oder Narben schlägt, bindet oder zerschmettert.

»Weiß Mum von Adrienne?« fragte ich.

»Sie weiß, daß es sie gegeben hat, das schon«, sagte er. »Sie weiß nicht, wie sehr ich sie geliebt habe.«

»Hast du sie mehr geliebt als Mom?«

Er blickte zur offenen Tür. Über den Flur hörten wir eine forsche Aufforderung hallen. »Können wir *bitte* beim zweiten Takt noch einmal anfangen?«

»Adrienne war rein«, sagte er. »Deine Mutter ist nichts als schöner Schein. An ihr ist nichts Echtes.«

»Warum hast du sie dann geheiratet?«

»Sie hat mir Wärme gegeben. Sie war eben da. Sie war witzig und schlagfertig und eifrig, und ich wollte vergessen.«

»Was wolltest du vergessen?«

Er beugte sich zu mir herab und küßte mich auf den Kopf. »Das erzähle ich dir ein andermal«, sagte er, »jetzt ist es Zeit zum Schlafengehen.«

Er und Adrienne waren zusammen nach Oxford gegangen, zwei von den fünfen aus ihrer Klasse, die einen Studienplatz bekommen hatten. Ihre Gesichter strahlten selbstvergessen vor Jugend, als sie auf dem Bahnsteig standen, Adrienne in einem weichen, grüngeblümten Kleid mit einem cremefarbenen Schal um die Schultern, mein Vater in seinem einzigen abgetragenen Anzug. Sie winkten ihren Familien zu, voll Erleichterung darüber, daß sie, die Begabten, das Proletarierschicksal ihrer Eltern gewiß nicht erdulden müßten , nicht mit einem Abschluß in Literatur und Chemie. Dann stürzten sie in den Zug, umklammerten in schwindelnder Erregung die Hand des anderen, schauten zu, wie die Fabrikschornsteine vorüberzogen, bis diese schließlich der düsteren Überladenheit einer Universitätsstadt wichen – so sahen sie es jedenfalls später, als sie sich auf dem Fensterplatz ihres Mansardenzimmers zusammenkuschelten, seine Arme um ihren Leib geschlungen, seine Wange an ihrem Nacken, während sie ihm Passagen aus Joyce vorlas und die übrigen Oxfordstudenten in den Pubs unter bierseligem Gelächter das nächste Pint Bitter kippten.

In ihrem Abschlußjahr bat er sie, ihn zu heiraten. Natürlich sagte sie ja.

»Wir waren so unglaublich glücklich«, sagte er. »Wir hatten die Hochzeit auf Juli festgesetzt – wir wollten eigentlich traditionsgemäß im Juni heiraten, aber wir wußten, wir würden durchdrehen, wenn wir während der Abschlußprüfung zu heiraten versuchten –, wir hatten uns unser ganzes Leben schon zurechtgelegt. Wir wollten beide den Doktor machen, und sie wollte unterrichten und publizieren – sie hatte schon etwas veröffentlicht –, und ich wollte ebenfalls unterrichten, wir hatten vor, eine Weile Akademiker zu sein, ein richtiges Renaissancepaar, und dann Kinder zu bekommen...«

»Warum habt ihr es nicht getan?«

Er seufzte und rieb sich die Schläfen. »Sie ist gestorben«, sagte er.

Es war an einem Freitag abend Anfang Dezember passiert. Er und Adrienne wollten übers Wochenende zu ihren Eltern nach Manchester fahren. Da mein Vater jedoch länger bleiben mußte, um ein Laborprojekt zu überwachen, war sie in jener Nacht allein nach Hause gefahren.

»Wir haben uns im Hof voneinander verabschiedet«, sagte er. »Es hat ein bißchen geschneit. Sie hat einen tiefblauen Schal und eine weiße Kappe getragen. Sie hat mich geküßt, und ihr Mund war trotz der Kälte warm. ›Mach dich wegen der Analyse nicht zu fertig, Riordan‹, hat sie gesagt. Ich wollte sie hochheben und in die Falten meiner Jacke hüllen. Ich wollte sie einatmen. Ich habe sie beschworen, mich anzurufen, sobald sie zu Hause sei, egal wann, und vorsichtig zu fahren. ›Das tue ich doch immer‹, hat sie gesagt. Und dann ist sie über den Rasen gerannt. Die Autoschlüssel in ihrer Hand haben geklimpert, und ihr Mantel hat sich aufgebläht.«

»Und dann?« fragte ich.

Sie wollte gerade auf die M6 fahren, als plötzlich ein Wagen auf ihre Straßenseite geriet und sie frontal erwischte. Sie flog mit solcher Wucht an die Windschutzscheibe, daß ihr Hals brach, dieser schlanke, klassische Hals, auf den mein Vater in der Abschlußklasse so gebannt gestarrt hatte. Der Fahrer des anderen Wagens – der möglicherweise betrunken war, aber wer konnte das sagen? – war zu Fuß weitermarschiert und wurde nie gefunden. Adrienne war sofort tot gewesen.

Ich zitterte. Im Arbeitszimmer, das zuvor in sanfte Wärme getaucht war, breitete sich nun unwirtliche Kälte aus. Das Glas auf der Schreibtischplatte meines Vaters wurde zum Glas der Windschutzscheibe, und der Schein seiner grünen Lampe wurde zum Aufleuchten nahender Scheinwerfer – das letzte, was Adrienne gesehen hatte.

»Sei still«, sagte ich. »Mir gefällt die Geschichte nicht mehr.«

»Warum nennst du es immerzu eine Geschichte?« fragte er. Es war das erste Mal, daß er scharf mit mir sprach. »Das ist ihr Leben, *mein* Leben.«

Er legte den Kopf auf den Schreibtisch und schluchzte. Es war ein herzzerreißender, klagender Laut; er durchbohrte mich und weckte in mir den Wunsch, mit ihm zu weinen und ihn gleichzeitig zum Aufhören zu bringen. Ich schlang meine Arme um ihn und preßte meine Wange wieder an seinen Nacken. »Bitte hör auf«, flüsterte ich. »Daddy, bitte hör auf.«

Nach einigen Augenblicken beruhigte er sich. Langsam richtete er sich wieder auf. Sein Gesicht war gerötet, sein Mund schmerzverzerrt. Ich holte ein paar Taschentücher aus einer Schachtel auf dem Regal hinter mir und setzte mich behutsam auf sein Knie. Eine Hand legte ich ihm besänftigend auf die bebende Schulter, mit der anderen tupfte ich seine tränenüberströmten Wangen ab. »Bitte weine nicht«, sagte ich. »Du machst mir angst. Bitte. Das ist schon so lange her. Es ist alles gut.«

Im Musikzimmer kreischte meine Mutter: »Das nennst du ein Vibrato?«, während ich ihm wieder und wieder über das Gesicht wischte. Dennoch lief ihm das salzige Naß weiterhin aus den geröteten Augen.

5. Kapitel

Ein paar Tage nachdem ich die Tür hinter ihm zugeknallt hatte, rief ich Jascha Kremsky an. »Von Ihnen hatte ich nun wirklich nicht mehr zu hören erwartet«, sagte er.

»Ich muß mich bei Ihnen entschuldigen«, gab ich zurück. »Sie wollten sich in Ruhe mit mir unterhalten, und ich habe mich wie eine Wilde aufgeführt.«

»Ich bin derjenige, der sich entschuldigen muß, schließlich bin ich zur Abendessenszeit in ihre Wohnung geplatzt und habe Ihnen einen Haufen postmodernen Scheiß serviert, während Sie nur auf Ihr chinesisches Essen gewartet haben.«

Ich lachte.

»Ich hatte kein Recht, so zu tun, als wüßte ich, was Ihr Mann gewollt hätte«, sagte er.

»Nein. Das hatten Sie nicht.«

»Aber ich bin noch immer sehr angetan von der Idee einer Retrospektive. Nicht um der Kontroverse oder des Zeitgeistes willen, sondern für Bill.«

»Wie gut haben Sie ihn denn gekannt?«

»Nicht sehr gut, muß ich zugeben.«

»Warum sind Sie dann so angetan von Ihrer Idee?«

»Bill kam jeden Tag ins Atelier und hat sich sofort an die Arbeit gemacht«, sagte er. »Er hat nie rumgesessen und blödes Zeug über künstlerische Verantwortung geredet wie wir anderen, wenn wir mit einer Sache nicht weiterkamen und nicht wußten, welchen Weg wir einschlagen sollten. Bill hat es immer gewußt. Und er hat nie über seine Arbeit gesprochen. Zum Teufel, wir haben so lange darüber geredet, was wir alles tun würden, bis unsere Energie verpufft war und wir dann gar nichts zustande brachten, aber Bill war ganz anders. Ich habe ihn oft beim Hereinkommen gesehen«, fuhr er fort. »Er hat immer einen alten Mantel und ein kariertes Hemd getragen, und nachdem ihm die Haare ausgefallen waren, hatte er einen Schal um den Kopf gebunden. Manchmal ist er nur eine halbe Stunde geblieben, so schwach war er, aber er ist gekommen.«

Ich spürte Bill als geisterhaften Geliebten hinter mir, seinen Mund an meinem Hals, seine Hände, die an meinen Armen herabglitten und die Güte in mir freilegten.

»Mrs. Burgess? Sind Sie noch dran?«

Ich fuhr hoch.

»Ja«, sagte ich, während ich das Telefonkabel um die Finger wickelte, »und bitte sag doch Gloria zu mir.«

»Gloria, ich möchte, daß du es dir noch einmal überlegst.«

»Warum nur habe ich das Gefühl, daß du nicht eher aufgeben wirst als ich?«

»Weil es so ist.«

»Ich weiß nicht. Es ist – ich glaube, ich werde damit nicht fertig. Das mußt du verstehen. Zur Zeit fällt es mir schon schwer, morgens aufzustehen.«

»Ich verstehe.«

»Und ich möchte dich zwar nicht verletzen, aber ich

habe dieses affektierte und nur selten aufrichtige Zeug gesehen, das deine Gruppe so ausstellt, und ich will nicht, daß –«

»Du hast in allen Punkten volles Mitspracherecht, alle Entscheidungen müssen von dir abgesegnet werden, und ich werde mich bemühen, dich mit der Sache so wenig wie möglich zu belasten.«

Ich seufzte.

»Also gut«, sagte ich.

Seine Stimme strömte über vor Erleichterung. »Danke«, sagte er. »Ich werde dich nicht enttäuschen.«

Etwa eine Woche später bat er mich, ins Atelier zu kommen und die Bilder durchzusehen, die er als potentielle Exponate ausgewählt hatte, und ich vereinbarte ein Treffen für einen Abend.

Es war merkwürdig, an den Ort zurückzukehren, wo Bill und ich uns kennengelernt hatten. Wenn er abends im Atelier gearbeitet hatte, hatte ich ihn manchmal dort abgeholt, und wir hatten in einem Imbiß auf der anderen Straßenseite etwas gegessen. Ich hatte mich immer etwas unwohl gefühlt, wenn ich in meinem großen, schwarzen Mantel dort stand, die Hände in die Taschen vergraben, eine Anomalie, eine einsame Exakademikerin inmitten von zwanzig Künstlern, die zu dröhnender Rockmusik an Marmor, Holzklötzen und Leinwand kratzten und hämmerten und schabten. Selbst wenn ich den völlig verzückten Curran bei mir hatte, waren die Ateliers für mich nie etwas anderes als eine ärgerlich unpassende, aber unerläßliche Kulisse für das Leben, das mein Mann liebte. Nun allerdings, da er nicht mehr da war, wurde der Ort von einer beinahe mystischen Bedeutung erfüllt, einer wilden Energie, die die Bilderspotlights in strahlende Leuchtfeuer und die mißtönende Konservenmusik in herzzerreißende Hymnen verwandelte.

Bei meinem Eintreffen fand ich Jascha auf dem Fensterbrett sitzend vor. »Bist du also doch gekommen«, sagte er.

»Hast du gedacht, ich hätte dich versetzt?«

»Würde ich dir zutrauen.«

Er führte mich in einen kleinen Raum abseits des Hauptateliers. In den Regalen befanden sich diverse audiovisuelle Geräte. In einer Ecke stand ein Wagen mit einem Fernsehapparat und einem Videogerät. An der gegenüberliegenden Wand hing eine Filmleinwand.

»Wie, und du hast mir gar kein Popcorn gemacht?« fragte ich. Ich hatte vergessen, daß einige Mitglieder der Gruppe mit dem Film zu tun hatten.

Jascha lachte nervös. »Du verblüffst mich«, sagte er.

»Warum? Glaubst du, daß ich jedes Quentchen Humor verloren habe, nur weil mein Leben zur Zeit die Hölle ist? Zugegeben, es war ein schlechter Witz…«

Er zog eine Schachtel aus einem Regal. »Zum Glück haben wir von allen Bildern, die er hier bei uns gemacht hat, Dias«, sagte er, während er den Projektor aufstellte.

Ich setzte mich auf die ausgeblichene grüne Couch, die nach Ale und Zigaretten und fiebrigen idealistischen Träumen roch, und Jascha dämpfte das Licht und setzte sich neben mich.

»Dir ist hoffentlich klar«, sagte ich in die Dunkelheit,

»daß ich mir das, im Gegensatz zu dir, nicht wie eine Kunstkritikerin anschauen kann.«

»Ja.«

»Ich werde weder Perspektive noch Form oder Kontrast beurteilen können.«

»Ich weiß.«

Er projizierte das erste Bild auf die Leinwand. Die Bewegung wirkte beinahe komisch, erinnerte an eine Vorführung von Urlaubsdias im Hobbykeller, nur daß die Dias dieses Mal nicht den Grand Canyon oder Hawaii zeigten, sondern die innere Landschaft meines Mannes.

»Dieses hier hat mir gefallen«, sagte er. »Ich fand, es strahlt Jugendlichkeit aus, Zartheit. Die Farbe ist ungeheuer stark.«

Es war das Bild, auf dem ich den Hügel vor der Farm von Bills Eltern in Lamberhurst hinabrannte.

»Bist das du?« fragte er.

»In jüngeren Jahren.«

»Ach komm«, sagte er. »Wie alt bist du denn? Neunundzwanzig? Dreißig?«

Ich nickte. »Das war kurz nach unserer Heirat. Es war die unschuldigste, allerglücklichste Zeit meines Lebens.«

»Deines ganzen Lebens?«

»Meines ganzen Lebens. Wir waren wie berauscht voneinander. Wir vergaßen alles um uns herum. Wir waren ganz durchdrungen von jener Art Glück, die einen glauben macht, man sei unbesiegbar, gewappnet, während man in Wirklichkeit furchtbar verwundbar wird.«

»Wenn du damals so glücklich warst, warum siehst du dann auf dem Bild so entsetzt aus?«

»Ich weiß nicht genau«, sagte ich. »Wahrscheinlich war ich schon immer zwiespältig.«

Ich rieb mir die Augen. Wir hatten zwei Stunden lang Dias angeschaut und waren nur drei Jahre weit gekommen. Ich hatte gar nicht gewußt, wie produktiv Bill gewesen war.

»Alles in Ordnung?« fragte Jascha. Er berührte meine Schulter. Ich fuhr hoch.

»Mir geht es gut. Wirklich.«

»Laß uns doch eine Pause machen«, schlug er vor.

Wir gingen in die Küche, wo ich mich, noch immer in meiner guten Seidenbluse und den hochhackigen Schuhen aus der Arbeit, auf den Tisch setzte, während Jascha im Kühlschrank wühlte.

»Den letzten Mann, mit dem ich in dieser Küche war, habe ich geheiratet«, sagte ich.

Er sah zu mir herüber. »Was?«

»Vergiß es – ich war nur in Gedanken. Es sollte keine Vorübung zu einem Heiratsantrag sein. Obwohl ich fest davon überzeugt bin, daß die Geschichte sich für die, die es zulassen, wiederholt.«

Er grinste. »Also«, sagte er, »wir hätten einen halben Kopf Salat, eine Flasche Mineralwasser, ein Bier –«

»Her damit, ich geb' dir die Hälfte ab.«

»Im Ernst?«

»Im Ernst.«

Er schenkte zwei Gläser ein, reichte mir eines und setzte sich neben mich. »Macht es dir was aus?«

»Würde ich es tun, wenn dem so wäre?« Ich nahm

einen Schluck. »Ehrlich gesagt, es bedrückt mich schon. Es tut weh, so wie jede Erinnerung an ihn weh tut. Aber was mir wirklich zu schaffen macht, das… das ist das Leben ohne ihn.«

Ich lehnte mich zurück und lachte.

»Wahrscheinlich findest du das alles ziemlich komisch«, sagte ich. »Oder zumindest leicht amüsant. Da sitzt du nun und willst etwas sehr Kontrolliertes, sehr Logisches durchziehen, ein *Projekt*. Und dann mußt du dich mit mir herumschlagen, der melodramatischen Witwe.«

»Ich finde es nicht komisch«, sagte er. »Obwohl ich zugeben muß, daß ich bei meinem ersten Besuch nicht im Traum darauf gefaßt war, daß du mich im Bademantel zur Schnecke machst.«

Ich starrte in mein Glas. »Es ist so merkwürdig«, sagte ich, »aber seit Bills Tod habe ich das Gefühl, als würde ich genau zu der Frau, genau zu der Mutter, die ich mir geschworen habe, nie zu werden. Die Leute, die ich so treffe – meine nette indische Nachbarin, die unter mir wohnt und manchmal auf Curran aufpaßt, die anderen Lehrer meiner Klasse –, erzählen mir unentwegt, wie stark ich sei, wie gut ich mit allem fertig würde. Aber das stimmt nicht. Ich bin gefährlich. Denn Trauer ist vor allem egoistisch. Trauer ist vor allem Hunger.

Mein Gott, was ich nicht alles nie sein wollte, was ich nicht alles nie tun wollte! Jeden Tag stehe ich fassungslos vor der Schmierenkomödiantin, die ich bin. Ich ertappe mich dabei, wie ich rührselig werde. Natürlich darf ich das auch, aber… Ein Pullover von ihm, der über einem

Stuhl hängt, genügt, um mich in Tränen ausbrechen zu lassen. Ich decke drei Teller statt zwei auf. Wie in einem schlechten Film.

Bill war mein Anker. Meine Freundinnen haben mich immer damit aufgezogen und gesagt, ich sei emotional abhängig, aber ich konnte ihnen nie erklären, was für Gefühle Bill in mir ausgelöst hat. Er war ein Mann, der Unbeschwertheit einflößte, der einem das Gefühl vermittelt hat, daß man von aller Schlechtigkeit, die in einem steckte, gereinigt war. Was auch immer man falsch gemacht hatte, es war vergeben und vergessen.«

Jascha betrachtete mich mit nachdenklicher Miene und speicherte jede Einzelheit im Gedächtnis, während er den wohlwollenden, forschenden Blick eines Psychoanalytikers beibehielt – *fahren Sie fort, ja, selbstverständlich, jede Nuance ist wichtig, jeder Gedanke zählt.*

Ich stellte mein Glas ab. »Das bringt uns bei der Auswahl der Gemälde allerdings kaum weiter, stimmt's?« meinte ich.

»Nein«, sagte er. »Hör mal, vielleicht belassen wir es für heute dabei. Wir können die Sache ein anderes Mal zu Ende bringen.«

Ich warf einen Blick auf meine Uhr. »Du hast recht. Ich sollte zu meinem Sohn nach Hause fahren.«

Ich glitt vom Tisch und strich meinen Rock glatt.

»Dir ist doch klar«, sagte ich, »daß Bill trotz allem, was ich dir erzählt habe, kein Heiliger war.«

»Ja«, sagte er, »natürlich.«

»Es wird also wirklich eine Ausstellung geben, Mum«, sagte Curran, als er ins Bett kroch. »Darf ich mit zur Eröffnung?«

»Ich glaube nicht«, sagte ich und setzte mich neben ihn.

»Warum nicht?«

»Ach, du würdest dich nur langweilen.«

»Woher weißt du das?«

»Ich habe schon einige Vernissagen erlebt. Da steht bloß ein Haufen Leute herum und trinkt Wein, und jeder tut so, als sei er schlauer als die anderen.«

»Das ist mir egal.«

»Wir werden sehen«, sagte ich. »Bei dem Tempo, mit dem die Vorbereitungen laufen, wirst du zwanzig sein, ehe die Ausstellung eröffnet wird.«

Mit einem sanften, vor Befriedigung weichen Gesichtsausdruck sank er auf die Kissen zurück. »Dann kann ich in jedem Fall hingehen und sogar den Wein trinken, egal, was du sagst«, meinte er.

Ich lachte und streckte ihm meine Arme entgegen. »Ich hab' dich lieb«, sagte ich und atmete den Geruch von Talkumpuder und frisch gewaschenem Haar ein, der mir das Herz zerriß.

»Ich dich auch«, murmelte er. Ich schloß die Augen und fühlte, wie er in meiner Umarmung bebte. Er ist zur Hälfte Bill, dachte ich; er könnte Bill wirklich *sein*, wenn man nach dieser verqueren Logik ging – der Logik der Atome –

»Mum«, sagte er, »mach bitte das Licht aus.«

Ich ließ ihn los und setzte mich auf. In letzter Zeit hatte

ich in mir Verzweiflung gespürt, fühlte mich von hartnäckigem Verlangen getrieben, und an ihm hatte ich Ungeduld, ein verdrossenes, aus Ärger geborenes Schweigen bemerkt. Die meiste Zeit spielte ich die Starke und er den Wohlerzogenen, aber wer wußte schon, wie lange das noch gutgehen würde?

Ich streckte die Hand aus, um die Lampe auszuknipsen. Mein Blick fiel auf meine Hand – die Hand einer Mutter, einer Verrückten –, und sie flößte mir Angst ein. »Träum schön«, sagte ich. Die Worte schmeckten wie Kieselsteine.

6. Kapitel

Nachdem ich die Geschichte über Adriennes Tod gehört hatte, fingen meine Alpträume von ihr an. Ich sah, wie ihre Hand protestierend hochfuhr und ihre Augen sich vor Entsetzen weiteten, als ihr Hals wie der einer Puppe brach. Manchmal saß ich selbst in dem Auto und fuhr in den Tod. Kurz vor dem schrecklichen metallischen Geräusch des Aufpralls wachte ich dann auf, mein Nachthemd war schweißgetränkt, mein Atem rasselte laut. Benommen und noch in meinem Wahn gefangen, kletterte ich aus dem Bett, stolperte zum Schlafzimmer meiner Eltern und riß die Tür auf.

Erstaunlicherweise war es meine Mutter, die aus dem Bett kroch und zu mir kam, weil sie meine stummen Drei-Uhr-morgens-Qualen erkannte. Die Nacht ließ sie weich werden. Sie beklagte sich nicht darüber, daß sie geweckt worden war, sondern legte mir ihre starken, knochigen Hände auf die Schultern und führte mich in mein Zimmer zurück. »Es war nur ein Traum«, sagte sie immer wieder mit beschwörender Stimme, während ich mich auf den Rücken legte, ihre warmen Finger umklammerte, in ihr ruhiges Gesicht starrte und dachte: *Ich bin nicht Adrienne.*

Tagsüber jedoch war ich mir nicht mehr so sicher. Was hatte es mit den Bemerkungen meines Vaters beim

Abendessen auf sich? Wenn meine Mutter die Atome Albert Einsteins in ihrem Körper haben konnte, konnte ich dann nicht die von Adrienne haben? Würde das nicht erklären, warum mein Vater meine Mutter nachsichtig wie ein ungezogenes Kind behandelte und mich als kluge, erwachsene Vertraute? Würde es nicht auch erklären, warum er mich mit soviel trauriger, mitleiderregender Sehnsucht im Blick betrachtete?

Die Samstagnachmittage verbrachte ich mit einem seiner Lehrbücher auf dem Sofa und suchte nach Antworten. Ich staunte über die Abbildungen von Atompilzen und Elektronenkonfigurationen und versuchte die Worte auszusprechen: *Valenz, Kation, Nukleotid.*

»Du findest dieses Zeug wohl toll, was?« rief meine Mutter über das Klappern der Töpfe und Pfannen hinweg, als sie mit der Zubereitung des Abendessens begann. »Laß dir Zeit. Dann wirst du schon noch merken, daß Bildung einen in dieser Welt nicht weiterbringt. Gütiger Gott«, murmelte sie, »es ist schon schlimm genug, einen Akademiker zum Mann zu haben, aber eine Akademikerin als Tochter ...«

Sosehr ich Bücher liebte, sowenig mochte ich die Schule. Sie war ein riesiger, einschüchternder Ort mit Gängen wie in einem Irrgarten und zu vielen Gerüchen von anderen Menschen, zuviel Lärm und Schmutz. Bevor ich in die Schule kam, war ich ein intimes Universum mit geschmackvollen Tapeten und Mozart und Debatten über Ästhetik gewohnt, wo ich mich mit den Eigenarten von nur zwei Menschen auseinandersetzen mußte. Unvermittelt wurde ich in ein riesiges Labyrinth mit fünfhundert anderen Kindern aus einem ländlicheren, weniger hochtrabenden Milieu versetzt, die alle anders waren als ich, und dabei erwartete man von mir nicht nur, daß ich diese verwirrende Ungerechtigkeit ertrug, sondern daß ich an den Massenauftrieben vom Klassenzimmer in die Cafeteria und wieder zurück auch noch Gefallen finden sollte.

Ich nahm den Lehrern übel, daß in ihren Augen alle Kinder fröhlich, aber dumm waren, freche Gemüter, deren Leben keinerlei Komplexität aufwies und die man bändigen konnte, indem man ihnen zur Belohnung Smileygesichter auf Papier aufmalte oder ihnen etwas auf die Hand stempelte und mit einem kurzen Ausschluß oder, in extremeren Fällen, einem Gang zum Büro des Rektors zum Zwecke einer kleinen Unterhaltung maßregelte. Ich haßte die Zankereien der anderen Kinder, ihre dumme Wetteiferei, welche Klasse sich am ordentlichsten und ruhigsten zum Mittagessen angestellt und sich dadurch eine verlängerte Pause verdient hatte.

Am meisten haßte ich die anderen Mädchen in meiner Klasse, die ich mit der gleichen Mischung von Angst und Sehnsucht ansah wie meine Mutter. Sie hatten flotte Namen wie Becki oder Mindi, kleine Spitznamen mit gezierter Schreibweise, und trugen mit Rüschen und Röschen geschmückte Söckchen und bebänderte Haarspangen. Sie hatten rosafarbene Federmäppchen mit Reißverschluß und Schultaschen mit Monogramm. Sie saßen in der vordersten Reihe und erledigten ihre Schularbeiten ordentlich genug, um ihre Lehrer zufriedenzustellen, jedoch nicht mit so eifriger Perfektion, daß sie ihre Achtung riskierten. Es waren Mädchen mit vollen Lippen und untertassengroßen Augen, die unablässig darüber sprachen, daß sie Modeschöpferin, Innenarchitektin oder Fotomodell werden wollten. Sie sprudelten förmlich über. Sie kreischten. Sie tauschten kleine Napfkuchen zum Mittagessen und flochten einander Zöpfe und sonderten eine schmollmundige, kokette Sinnlichkeit ab, die fast noch Unschuld war. Sie waren flatterhaft, aber es waren brave Mädchen, die sich sicher und selbstzufrieden in ihren kleinen Zirkeln bewegten, und ich sehnte mich nach gerade solch einem sorglosen, glücklichen Bund.

Doch ein undurchdringlicher Schleier, eine äußere Hülle, die für mich unsichtbar war, aber allen anderen ins Auge sprang, trennte mich von ihnen. Vielleicht war es meine Zurückhaltung. Vielleicht war es der Feuereifer, mit dem ich mich in die Schularbeiten stürzte, als ob das Jonglieren mit Zahlen und das Aneinanderreihen von Sätzen Kriege wären, die nur durch Sternchen und hervorragende Zeugnisse gewonnen werden konnten. Was auch immer der Grund sein mochte, ich war allein.

Meine Eltern stritten sich oft meinetwegen.

»Sie ist begabt«, sagte mein Vater. »Sie ist einsam und ausgehungert nach intellektuellem Kontakt.«

»Mein Gott, sie ist ein Kind!« sagte meine Mutter. »Ich möchte nicht, daß sie zu einer kleinen Streberin wird. Sie muß lernen, daß die Welt grausam zu Intellektuellen sein kann.«

»Ich finde, wir sollten sie auf eine Privatschule schicken.«

»Nein.«

»Wir können es uns leisten.«

»Das ist keine Frage des Geldes oder des Wohlstands oder was auch immer du daraus machen willst. Tatsache ist, daß sie ein sensibles Kind ist und sich abhärten muß. Sie muß den Tatsachen ins Auge blicken.« Etwas in ihrer Stimme sagte mir, daß sie nicht bereit war, den Tatsachen ihres eigenen Lebens ins Auge zu sehen.

Aber meine Mutter siegte. Also ging ich zur Schule und hörte dem Gekicher der braven Mädchen zu und las *Die Geschichte des Atoms* auf dem Spielplatz und kam in Tränen aufgelöst nach Hause. Mein Vater schloß mich dann in die Arme und streichelte mir über die Haare und flüsterte: »Psst, psst, mein Engel, du muß es einfach ertragen; aber denk daran, daß du besser bist als die anderen.«

Er riet mir, meine Zeit nicht mit solchen Dummköpfen zu verschwenden, und so hielten wir uns voneinander fern, die braven Mädchen und ich, die Wißbegierige mit den langen schwarzen Haaren, die ihre Tage über den Schreibtisch gebeugt zubrachte. In gewisser Weise war es eine Erleichterung, mit niemandem sprechen zu müssen.

In seiner sentimentalen und gefühlsbetonten Art war mein Vater derjenige, der sich mir zuwandte, aber meine Mutter war diejenige, zu der ich mich hinwenden wollte. Ich fürchtete sie, das war wohl wahr, aber meine Furcht war durchsetzt von heftiger abgöttischer Verehrung. Für mich war sie eine lila-violette Blumengöttin, eine Amazone in Laura-Ashley-Kleidern, und ich sehnte mich verzweifelt danach, ihr nahe zu sein. Manchmal äugte ich während ihrer Stunden durch eine Türritze und beobachtete die aufreizende Bewegung ihres Handgelenks, wenn sie mit dem Bogen über die Saiten strich, und tief in meiner Brust antwortete darauf ein wildes Flattern.

Ich wollte ihr sagen, sie solle dem größten, berühmtesten Orchester beitreten, das es gab. Ich wollte meine Arme um ihren Hals schlingen und ihren Duft nach Körperpuder und Kolophonium und Eau de Cologne riechen. Ich wollte meine Finger unter ihr Kinn legen und den zornigen Puls fühlen, der dort pochte, doch ich konnte ihr nie nahe genug kommen, und ich traute mich nie, es zu versuchen.

Wenn meine Mutter mir ihre Aufmerksamkeit widmete, war das ein kostbares Geschenk. Hin und wieder sagte sie ihre Termine am Samstagnachmittag ab und beschloß, daß es an der Zeit für einen Nachmittagsausflug wäre. Dann band sie sich einen Gazeschal ins Haar und packte ihre Kreditkarten ein, und wir fuhren in eine andere Kleinstadt, die ungefähr eine Stunde von unserer entfernt lag und von einem massiven Kolonialbau mit Kaufhaus und Galerie und französischem Restaurant lebte. Während der Fahrt schaltete sie klassische Musik im Radio ein, und wir wetteiferten, wer als erster den Komponisten eines Stückes erkannte – »Debussy, nein Bartók, warte, Liszt!« riefen wir, noch bevor die rauhe Stimme des Ansagers den Titel des Werkes ausspuckte.

Vor meiner Punkphase hatte ich mich nie so besessen mit meiner Kleidung beschäftigt wie meine Mutter – selbst als Erwachsene gab ich mich mit ein paar schlichten schwarzen Kleidern zufrieden –, aber an diesen Nachmittagen war ich so entzückt, weil sie mir einen ganzen Tag widmete, daß ich mich widerspruchslos von ihr am Handgelenk packen und von Kleiderständer zu Kleiderständer schleifen ließ. So gerne sie auch über »Modesklavinnen« herzog, in der säuberlich abgegrenzten Welt der Abteilungen und Preisschilder war sie in ihrem Element, das gestylte Gegenteil meines Vaters und meiner selbst. Ihr Schwung und ihr Flair maskierten ihre gequälte Bitterkeit, wenn sie lachte und lächelte und sich über sich selbst lustig machte. »Was hältst du davon? Steht mir das?« Sie klimperte grotesk mit den Wimpern, nachdem sie sich einen breitkrempigen grünlichen Hut auf den Kopf gedrückt und einen Umhang mit Leopardenmuster über die Schultern geworfen hatte. Und ich kicherte, wenn die grauhaarigen Verkäuferinnen uns schreckerfüllt anstarrten.

Sie probierte duftige Sommerkleider an, in denen sie aussah wie eine Achtzehnjährige, und schwarze Abendkleider mit schweren Goldkolliers (»ich sehe aus wie Nofretete, oder?« flüsterte sie begeistert), und dann fuhren wir in die Kinderabteilung hinauf. »Gefällt dir das?« fragte sie. »Und das hier?« Jedesmal, wenn ich nur den leisesten Hauch von Interesse zeigte, legte sie es sich über den Arm, und schließlich segelten wir mit ungefähr zehn Kleidungsstücken mehr als erlaubt in eine Ankleidekabine.

Nie war ich meiner Mutter so nahe wie in diesen verschlossenen Kästen, in denen nicht einmal Platz zum

Umdrehen war. Sie nörgelte nicht an mir herum, wenn ich einen Rock achtlos zusammengeknüllt hingeworfen hatte, sie schalt mich nicht, wie sie es zu Hause getan hätte, wenn ich mit den Knöpfen herumfummelte, und sie bemängelte nicht unaufhörlich, daß ein Kleidungsstück an mir herunterhinge oder daß ich eine Figur wie eine Bohnenstange hätte. Sie lehnte sich nur mit verschränkten Armen an die Wand und beobachtete mich, Sehnsucht im Blick, aus den Augenwinkeln.

Wenn ich mit den Trägern eines Trägerrocks kämpfte oder mich mit dem Reißverschluß eines Kleides abmühte, kniete sie hinter mir nieder und half mir mit langsamen, sorgsamen Fingern, und dann legte sie das Kinn auf meine Schulter und starrte unser Spiegelbild an. »Weißt du eigentlich, daß manche Frauen für deine Figur zur Mörderin werden würden?« sagte sie oft, und dann war ich hoffnungslos glücklich.

Danach ließen wir unsere Einkäufe eintippen; sie schob der Kassiererin ihre Kreditkarte über die Ladentheke und machte eine Bemerkung im Stil von: »Mein Mann wird mich umbringen, wenn er das sieht«, obschon wir beide wußten, daß er das nicht tun würde. Mit marineblau-goldenen Plastiktüten in der Hand rannten wir atemlos über die Straße, um in einem Restaurant, das eine erstaunliche Dessertauswahl zu bieten hatte und umfassende Kenntnis der Etikette erforderte, zu Mittag zu essen. Sie bestellte mehrere Gläser Burgunder, genug, um ihre Wangen zu röten, und alle paar Minuten streckte sie die Hand über den Tisch und drückte meine mit den Worten: »Das sollten wir öfter machen, was?«

Auf dem Heimweg hüllte uns ein vertrauliches Schweigen ein. Ich legte meine Wange an die Fensterscheibe und sah zu, wie Stadthäuser, Bauernhöfe der Amish, gleichförmige Wohngegenden vorüberzogen. Ihr Blick war unverwandt auf die Straße gerichtet, aber sie strahlte eine Lockerheit, eine lässige Ruhe aus, die vermutlich vom Alkohol rührte, die ich jedoch ihrer Zufriedenheit zuschrieb.

Wenn wir in die Einfahrt einbogen, stellte sie den Motor ab, rutschte über den Sitz und zog mich in die Arme. »Hat es dir Spaß gemacht?« Ihre Stimme war emotionslos, brüchig. »Ja?«

Ich nickte, den Kopf in den Falten ihrer Jacke vergraben.

»Liebst du mich? Ja?« Ihre Hand strich nervös über meinen Rücken, als wäre sie vom Rest ihres Körpers losgelöst. Ich nickte erneut.

Sie ließ von mir ab, rutschte zur Seite, bereit, den Türgriff zu packen. Sie biß sich auf die Lippe. Sie sagte: »Okay.«

Dann gingen wir ins Haus und flitzten die Treppe hoch, bevor mein Vater einen Blick auf unsere Einkäufe werfen konnte – »es ist eine *Überraschung*«, sagten wir mit theatralischem Flüstern –, und breiteten alles auf dem Bett aus. Das Zimmer war in das schwache, tröstliche Glühen des frühen Abends und das Licht ihres Frisierspiegels getaucht, und über die Wand zuckten Schatten von den Scheinwerfern der Autos, die in der Sackgasse draußen kehrtmachten. Ich zog ein neues Kleid oder einen Rock oder Pullover an, und sie flocht meine Haare zu einem französischen Zopf und ließ mich ihren Lippenstift auftragen. Dabei lachten und sprachen wir nicht, wir sahen uns nicht einmal an.

Wenn sie es geschafft hatte, daß ich wie zwanzig aussah, drehte sie mich um und starrte mir ins Gesicht. Sie legte ihre Hand an meine Wange und blinzelte heftig. »Du bist wie dein Vater«, sagte sie dann, nicht voll Bewunderung oder Abscheu, sondern mit schlichtem Bedauern, als wüßte sie, daß ich aufgrund dieser Tatsache einmal etwas Trauriges tun könnte.

Dann aber lächelte sie, und ich lächelte zurück, und wir gingen nach unten, ihre Hände auf meinen Schultern, und unten drehte ich mich vor meinem Vater in dem neuen Outfit. Er spendete uns begeistert Beifall, und ich behielt es während des ganzen Abendessens an. Selbst wenn die Spannung zwischen ihnen wieder einsetzte, war ich noch zu glücklich, um sie zu spüren. Ich wünschte mir, diese Abende würden nie ein Ende nehmen.

7. Kapitel

Manchmal wundere ich mich, daß die Welt sich noch immer dreht«, sagte ich eines Abends zu Jascha. Wir saßen im Imbiß gegenüber dem Atelier. Wir hatten beschlossen, zu Abend zu essen, bevor wir weitere Dias in Angriff nahmen. »Ich weiß, es klingt solipsistisch, aber … Im Mittelalter gab es eine sehr populäre Theorie, laut der das Leid eines einzigen Menschen das ganze Universum aus den Angeln heben kann. Man findet das oft bei Shakespeare, und ich habe in meiner Klasse darüber gesprochen, aber erst heute kann ich ihre Anziehungskraft nachvollziehen. Denn für mich müßte eine Welt ohne Bill aus den Angeln gehoben werden. Ich möchte Sturmfluten. Ich möchte Brände. Ich möchte Erdbeben.«

Er kaute an seinem Schellfisch herum und warf mir quer über den Tisch einen Blick zu, in dem die gleiche erschreckte Neugier lag, die ich oft an meinem Sohn bemerkte.

»Es ist mir schrecklich, so zu denken«, sagte ich, »aber ich kann nicht anders. Ich gehe nach Hause und sehe Lichter in den Fenstern brennen und würde am liebsten schreien. Ich stelle mir Millionen von Paaren in einer Million warmer Zimmer vor, die sich küssen und miteinander reden und indisch essen, und ich koche über.«

Ich blickte aus dem Fenster. Ein kleines, ungefähr siebzehn Jahre altes Mädchen ging auf der Straße vorbei. Sie hatte kurze, zottige blonde Haare und trug einen großen beigefarbenen Mantel. Im Vorübergehen warf sie uns einen sehnsüchtigen Blick zu. Sie mußte uns für ein Liebespaar gehalten haben.

»Ich glaube, eine der schlimmsten Folgen von Bills Tod ist«, sagte ich, »daß ich mich mit der Art meiner Liebe zu ihm auseinandersetzen muß, mit der Natur unserer Beziehung, als er noch lebte. Ich habe immer geglaubt, sie sei rein, das einzig wirklich Reine in meinem Leben. In Bills Augen war ich nicht seltsam oder aufsässig oder asozial, alles Etiketten, die ich verpaßt bekam, bevor ich ihn kennenlernte.«

»Ist das nicht der Kern der Liebe? Daß es keine Verstellung mehr gibt?«

»Für mich schon«, sagte ich. »Aber ich werde das dumpfe Gefühl nicht los, daß ich ihn… benutzt habe. Daß ich sehr wenig gegeben und sehr viel genommen habe. Im letzten Herbst hat er sich eine Infektion geholt – sein Immunsystem war durch die Medikamente geschwächt – und hatte hohes Fieber. Nicht annähernd so hoch wie bei seiner letzten, aber schlimm genug, daß er ins Krankenhaus mußte und mir der Tod in den Sinn kam. Er war schweißgebadet. Er hat an allen Gliedern gezuckt, hat um sich geschlagen, und ich habe seine Hand festgehalten. Es war, als umklammerte man die Schnur eines Ballons mit zwei Fingern, während er wild im Wind schaukelt. Weißt du, was ich zu ihm gesagt habe? Ich hab' gesagt: ›Du wirst ganz bestimmt nicht vor mir sterben, Schatz, denn wenn du das tust, werde ich noch verrückter, als ich es schon bin.‹ Es sollte ein Witz sein, und er hat es auch so verstanden. Lachte, obwohl er glühte. Aber man muß sich einmal vorstellen, daß ich ihn nicht getröstet habe, ihm nicht Mut zugesprochen habe – daß ich mir viel zu viele Sorgen gemacht habe, was aus mir würde, wenn er mich verlassen würde ...«

»Das war eine berechtigte Sorge.«

»Du klingst wie er«, sagte ich. »Er hat mir immer meinen Willen gelassen. ›Ach nein, Liebste, ich habe nichts dagegen, zünde ruhig das Haus an, wenn dir dann wohler ist.‹«

»Natürlich lasse ich dir deinen Willen. Wenn ich es nicht tue, gibt es keine Retrospektive.«

Ich lachte. »Du redest auch nicht gerne um den heißen Brei herum, oder?«

»Ich sehe keinen Grund dazu.«

Ich spielte mit einem Pommes frites auf meinem Teller. »Und dann war da noch diese Geschichte mit Australien«, sagte ich. »Solange ich zurückdenken kann, war Bill von der Kultur der Aborigines, von der ganzen Idee der Traumzeit fasziniert. Jahrelang hat er sich ausgemalt, in den Busch zu gehen. Wir haben ernstlich mit dem Gedanken an eine Reise gespielt, aber wir hatten Curran und nicht viel Geld. Als er letzten Herbst im Krankenhaus lag und es fraglich war, ob er je wieder herauskäme, habe ich zu ihm gesagt: ›Bill, du stehst das jetzt durch, und dann nehme ich dich nach Australien mit, das verspreche ich dir.‹

Nun, er hat es durchgestanden, aber wir sind nicht weggefahren. Es wäre natürlich idiotisch von uns gewesen;

was, wenn er dort erkrankt wäre? Aber ich habe es gar nicht erst versucht. Habe mich nie nach den Preisen für Flugtickets oder eine Route erkundigt. Acht Jahre lang hat er mir Halt gegeben, und ich habe es nicht einmal geschafft, in einem verdammten Reisebüro anzurufen und mich nach einem Urlaub in Australien zu erkundigen.«

»Ich glaube, du machst dir Vorwürfe wegen eines Verbrechens, das du gar nicht begangen hast«, sagte Jascha.

»Natürlich tue ich das«, sagte ich. »Diese Schuldgefühle wegen eines Satzes und eines gebrochenen Versprechens sind idiotisch. Ein tröstliches Wort oder eine Reise hätten ihn auch nicht gerettet. Aber jetzt, wo er nicht mehr da ist ...«

Ich seufzte.

»Ich weiß nicht, wie ich die Beziehung zwischen Bill und mir erklären soll«, sagte ich. »Ich weiß nicht, ob es dafür eine Sprache gibt. Bei ihm hatte ich ein Gefühl absoluter Vertrautheit. Ich meine nicht das Klischee von den Liebenden, die eins sind und jeden Satz des anderen beenden können, ich meine ein Gefühl, als entsprängen Bills Gesten meinen Händen, als wäre ich so mühelos in seinen Körper eingetreten wie durch einen Perlenvorhang. Er war mein Zaubertrank, meine Sucht. Ich weiß, daß es pervers ist, den Mann, den man liebt, mit einer Droge zu vergleichen, aber so war es. Er sang in meinem Blut. Seine Berührungen haben mich eingelullt. Er hat Worte auf meine schweigende Zunge gezaubert. Wenn man so geliebt wird, wird man egoistisch. Man fragt sich unweigerlich, wie man überleben soll, wenn man diese Liebe verliert.«

Jascha beugte sich mit der Serviette in der Hand vor. »Beweg dich nicht«, sagte er. »Du hast Ketchup am Mund. Laß mich mal machen.«

Sein Daumen strich über meine Wange. Unter dem Tisch grub ich die Fingernägel in die Handballen. Ich biß die Zähne zusammen, um nicht laut herauszuschreien. Ich wußte, daß es dumm war, daß er nicht Bill war, egal, wie sanft seine Finger waren, doch mein verstörter Körper verzehrte sich nach Händen, die mir über die Arme strichen und mich mit ihrer festen Berührung erweckten.

Er sagte: »Sollen wir uns wieder an die Arbeit machen?«

Wir gingen über die Straße und ließen uns in unserem dunklen, muffigen Zimmer nieder. Ich zog die Schuhe aus und setzte mich mit hochgezogenen Beinen auf die Couch, schlang meine Arme um die Knie und breitete meinen Rock um mich aus. Angst wühlte meinen Magen auf, als Jascha sich neben mich setzte und wir uns Dia für Dia von den hellen, sorglosen Jahren entfernten und den letzten Monaten im Leben meines Mannes näherten.

»Das nächste Bild ist unglaublich«, sagte er. »Es ist das Beste, was ich je von ihm gesehen habe.«

Ich keuchte, als ich in der rechten unteren Ecke des Dias das Datum der Fertigstellung las. »Das hat er mir nie gezeigt.«

Dunkle, an Munch erinnernde Farben starrten uns an. Im Vordergrund des Bildes streckten sich knorrige, unheimliche schwarze Hände nach Bill aus, um ihn in ein grünlich-braunes Grab hinabzuziehen, während sein Mund sich zu einem Schrei verzerrte. Am linken Rand standen Curran und ich ganz in Schwarz. Mit finsterem Blick und hochgezogenen Schultern, die grellroten Lippen besitzergreifend verzogen, preßte ich Curran an mich, meine allzu langen Fingernägel an seiner schmalen Taille. Auf ein Entkommen hoffend, vergrub er den Kopf an meiner Schulter, doch mit meiner freien Hand zwang ich sein Gesicht dem Grauen entgegen, ohne seine angstvollen Augen zu beachten.

»O Gott, Bill«, sagte ich.

»Kein sehr schmeichelhaftes Porträt, oder?« fragte Jascha.

»Nein«, sagte ich, »aber es könnte ein wahres sein, wenn ich nicht aufpasse.«

»Was meinst du damit?«

»Ich habe erlebt, wie Trauer eine Ehe zerrüttet hat«, sagte ich. »Ich habe erlebt, wie sie das Verhältnis meiner Mutter zu mir vergiftet hat. Ich will nicht, daß mir als Mutter das passiert. Ich kann das nicht zulassen.«

Er zeigte auf das Bild. »Warum hat er dich dann so porträtiert?«

»Weil die Versuchung immer da ist«, gab ich zurück.

»Welche Versuchung?«

»Zu kneifen. Das Credo über Bord zu werfen, von dem jede Mutter sich leiten läßt, das lautet: Sei stark, sei stark um jeden Preis. Stell die Bedürfnisse und Leiden deines Sohnes über deine eigenen, selbst wenn deine eigenen dich aufzufressen drohen. Such ihm seine Handschuhe, koche ihm sein Lieblingsgericht, hilf ihm bei den Hausaufgaben, auch wenn du in Wahrheit nur auf die Knie fallen und heulen möchtest.«

»Hast du Angst, du könntest kneifen?«

»Schreckliche Angst. Immer schon.«

»War Bill das klar?«

»Bevor ich dieses Bild gesehen habe, hätte ich gesagt, nein«, sagte ich. »Er hat nicht viel mitbekommen, weißt du. Rein gar nichts hat er gemerkt. Er hat Gewitter immer verschlafen, während ich dagelegen und zugesehen habe, wie die Vorhänge sich im Wind blähten, wie die Blitze zuckten.

Nach Currans Geburt bin ich ständig in Tränen ausgebrochen. Dann hat Bill sich neben mich gesetzt und meinen Rücken gestreichelt. ›Was hast du denn, Liebste?‹ hat er mich gefragt, und ich habe gesagt: ›Jetzt nichts mehr.‹ Er hat gelacht. ›Worüber weinst du dann?‹ So war er. Fröhlich. Naiv. Vergaß, daß Licht auch Schatten wirft. Ich konnte ihm nie begreiflich machen, daß ich wegen der Zukunft geweint habe, wegen Dingen, die einmal geschehen könnten.«

»Aber er hat die Zukunft gesehen, hat gesehen, was geschehen könnte, und hat es gemalt.«

»Ja«, sagte ich leise. »Ja, das hat er.«

»Gloria, stört es dich, wenn wir das hier verwenden? Würde es dich bedrücken?«

»Nein«, sagte ich. »Nur zu.«

»Bist du dir sicher?«

»Bin ich.«

»Laß mich mal nachsehen, wie es heißt«, sagte er und beugte sich vor, um seine Liste durchzusehen. »Da haben wir es. *Unumgänglicher Wahnsinn*.«

»Unumgänglicher Wahnsinn«, wiederholte ich.

»Ja. Ich frage mich, was das bedeuten soll.«

»Selbsterhaltung«, sagte ich. »Ein Ertrinkender klammert sich an alles. Weil er muß. Weil er keine andere Wahl hat.«

»Selbst wenn es Wahnsinn ist?« fragte er. »Selbst wenn man gerade durch den Überlebenskampf den Halt verliert?«

»Selbst dann.«

Als ich nach Hause kam, war es zehn Uhr. Mrs. Romdourl saß auf dem Wohnzimmersofa und las im Schein einer Lampe.

»Er ist vor etwa einer halben Stunde schlafen gegangen«, sagte sie.

»Wie ging es ihm?«

»Gut.«

»Hat er seine Hausaufgaben gemacht?«

»Ohne daß ich ihn dazu auffordern mußte.«

Ich nahm einen Zehnpfundschein aus meiner Geldbörse und reichte ihn ihr.

»O nein«, sagte sie. »Das kann ich nicht annehmen. Behalten Sie es.«

»Keine Widerrede, Deepa«, sagte ich. »Sie opfern mir zuviel von Ihrer Zeit, um es umsonst zu tun.«

Sie lächelte und tätschelte meinen Arm, dann ging sie. Ich schlüpfte in Currans Zimmer und setzte mich neben ihn aufs Bett. Er schlief auf dem Bauch, ein Ellbogen und ein Knie hingen über den Matratzenrand. Er atmete schwer. Im Schein der Nachtlampe, die wie ein Segelboot geformt war, blickte ich auf ihn und dachte daran, wie mir als Dreiundzwanzigjähriger sieben Pfund neuen Lebens überreicht worden waren, eingewickelt in eine blaue Häschendecke, erinnerte mich, wie ich seinen Kopf in der Handfläche gewiegt, in die saphirblauen Augen gestarrt hatte und unter der Last erzittert war. Ich dachte an Bill, der neben mir auf dem Bett gesessen und seinen Arm um uns beide geschlungen hatte. Euphorie und Staunen hatten sich auf seinem Gesicht ausgebreitet, als Curran seinen Finger packte. »*Wahnsinn!*« sagte er.

Und wir hatten ihm einen eigenen Namen gegeben, wollten keine Litaneien für die Toten, keine Falle wie die, in der ich gefangen war, nicht einmal aus Ehrerbietung.

Nun beobachtete ich, wie die durchscheinenden Augenlider meines Sohnes flatterten, und hörte ihn im Schlaf seufzen. Sanft drehte ich sein Handgelenk um und ließ meine Fingerspitzen über die milchigblaue, makellose Vene wandern. Wie einfach wäre es, auf seiner blassen, flaumigen Stirn Furchen der Verwirrung zu ziehen, ihm meine Qual getarnt als süßlichen Zuckerguß einzuflößen, ihn zur Rebellion zu verführen.

8. Kapitel

Bei Ausbruch der Pubertät fühlte ich mich wie eine wandelnde Bombe, ein unentwirrbares Durcheinander aus zu langen Armen und Beinen und grellen Gelüsten. Die Vorstellung, mit einer Horde boshafter Freundinnen zu klatschen und zu streiten und in der Kosmetikabteilung von Drogeriemärkten Lidschatten auszuprobieren, war mir zutiefst zuwider. Wenn ich mit meinen zu einem hastigen Knoten aufgesteckten Haaren und dem Lederranzen voller zwanghaft ordentlicher Notizen über der Schulter durch die Schulflure wanderte, verloren im Labyrinth der Schulsportbanner und dem Geschnatter an den Garderobenspinden, war ich überzeugt, daß mir eine Million Bezeichnungen der Andersartigkeit auftätowiert waren, deren unauslöschliche Brandzeichen auf meiner Haut glänzten: *dunkel, seltsam, verrückt.* Ich war Haut und Knochen, wenn die Welt Fleisch sehen wollte, ich trug schwarze Rollkragenpullover und Cordjeans, wenn die Parole weiche Pullis und knallige Röcke lautete, war zweiflerische Kopflastigkeit, wenn die anderen, mit sich und der Welt zufrieden, aus dem Bauch handelten.

Mein Vater sagte: »Mach dir keine Sorgen deshalb, Liebling. Du bist deiner Zeit voraus. Du bist ein Kopfmensch.«

Meine Mutter sagte: »Warum trittst du nicht der Schülermitverwaltung bei?«

Er sorgte dafür, daß ich das Leistungsfach Geometrie mit Auszeichnung abschloß, sie lud dauernd übersprudelnde, hohlköpfige Mädchen zum Übernachten ein, um mir soziale Kontakte zu verschaffen. An diesen schrecklichen Abenden zuckte ich beim Läuten der Türglocke zusammen, während sie in einem schicken Schlauchkleid und Pumps über den polierten Holzboden der Eingangshalle glitt, um ein Miststück nach dem anderen hereinzulassen, die alle vor Erstaunen über die Größe unseres Hauses aufkreischten und den ganzen Abend lang die Wendeltreppe hinauf- und hinuntersausten, in der Mikrowelle Popcorn machten und auf dem Gästebett herumhüpften. Unter dem Vorwand, mir die Zähne putzen zu wollen, sperrte ich mich im Bad ein und hörte ihnen zu, wie sie darüber stritten, wer der heißeste Typ im Literaturkurs war, während ich auf mein bleiches Gesicht starrte und mich danach sehnte, den Spiegel zu zertrümmern.

Doch nach dem Frühstück am nächsten Tag war alles überstanden, ihre Schoppersocken und Nachthemden und Reisetaschen wurden vom Boden meines Zimmers aufgesammelt, ihre Getreideflockenschüsseln abgespült. Meine Mutter wirbelte selbstzufrieden durch die Küche und summte vor sich hin, höchst angetan von sich, weil sie eine so fürsorgliche Mutter war. »War das nicht nett?« fragte sie.

»Es war eine Farce«, sagte ich, »und das weißt du ganz genau.«

Ihr Gesicht verzog sich traurig, und bevor sie noch protestieren konnte, stürmte ich schon den Flur entlang. Das Arbeitszimmer meines Vaters war in goldenes Sonntagmorgenlicht getaucht. Er blickte von seinem Schreibtisch hoch, dirigierte meine gesamten ein Meter siebzig auf den Rand seines Stuhls und schlang seine Arme um mich. »Ist der Spuk vorbei?«

»Hoffentlich für immer«, sagte ich lachend. »Ich habe die Nase voll von Vergleichsstudien über alle männlichen High-School-Besucher im Umkreis von fünfzig Meilen.«

Er lächelte. »Und wer war deiner Meinung nach der Würdigste?«

Ich lehnte meinen Kopf an seine Schulter. Er strich mir eine Locke aus der Stirn. Ich konnte seinen Atem spüren. Die Einsamkeit perlte wie Wasser von mir ab. »Keiner«, sagte ich.

Als ich vierzehn war, begann die Punkära. Plötzlich war Subversion etwas Anerkanntes. Ich kaufte die Stiefel, die Ketten, die Fetzen. Ich lackierte mir die Fingernägel schwarz und schnitt mir die Haare und färbte sie so, daß sie im Licht violett schimmerten. Ich schloß mich dem Schulsender an, der von Anarchisten geleitet wurde, und während unserer Zusammenkünfte nach dem Unterricht im Hörsaal saßen wir auf Tischen und erstellten Songlisten, während wir The Clash lauschten, uns den Kopf über die notwendige Revolte zerbrachen und diskutierten, wie man die politische Einstellung eines Menschen an der Farbe seiner Schuhbänder an den Doc-Martens-

Stiefeln erkennen konnte. Wir gaben Kellerpartys ohne Ende.

Erstaunlicherweise schaffte ich es auch in dieser Zeit, einen makellosen Notendurchschnitt zu halten. Nach den Zusammenkünften im Sender ließ ich mich von jemandem, der ein Auto hatte, am College meines Vaters absetzen und recherchierte in der Bibliothek für Geschichtsarbeiten, bis seine letzte Stunde zu Ende war. Dort fand er mich dann auf der Couch sitzend vor, den schwarzen Lederstiefel auf den Glastisch gestützt, das Gesicht in *Rolling Stone* oder *Newsweek* vergraben; das las ich, sobald ich meine akademische Lektüre beendet hatte.

Dann fuhren wir in ein italienisches Restaurant in der Stadt, das uns gefiel, mit petrolgrünen Wänden und frischen Blumen auf jedem Tisch. Wenn die Kellnerin uns unsere Linguine Marinara brachte, starrte sie uns an, den grauhaarigen Vater mit der Shetlandwolljacke um die Schultern und die mürrische Tochter im grell karierten Rock mit Netzstrümpfen. Während ich ein Stück Rumkuchen verschlang, streichelte mein Vater meine Hand und erzählte mir Geschichten über die sechzehnjährige schwangere Tochter seines Kollegen. »Du weißt, daß ich zu dir halten werde, egal, welche Entscheidungen du triffst«, sagte er, und seine blassen, sanften Augen forderten mich auf, etwas Schlimmes zu tun.

Jedesmal wenn ich spät nach Hause kam, fing er mich an der Tür ab und führte mich nach oben, legte mir den Arm um die Schultern und einen Finger auf die Lippen, um mein schwerzüngiges Lachen zu ersticken. Er saß auf dem Teppich in meinem Zimmer und half mir um zwei Uhr morgens bei den Lateinhausaufgaben. Wenn ich betrunken war, hielten seine sanften Hände meinen Kopf über dem Waschbecken, während ich mich übergab, und wenn mir die Beine den Dienst versagten, hob er mich auf und brachte mich ins Bett, zog die Laken mit einer Hand zurück und legte mich auf die Matratze.

»Ich sage deiner Mutter, du hättest etwas Schlechtes gegessen«, sagte er. Ich nickte. In meiner Kehle brannte noch immer der Wodka, und der Text von »Anarchy in the U. K.« strömte durch mein Gehirn, während ich unruhig von England träumte. Er senkte den Kopf, knickte meine Finger nach innen und preßte die Knöchel an seinen Mund. Ich wußte, daß er an Adrienne dachte.

In meinem dritten Jahr an der High-School fing ich an, mit Mike zu gehen, der im letzten Schuljahr und ebenfalls Mitglied des Senders war, eine abgewetzte Lederjacke trug und stachlige, gebleichte Haare hatte. Er war von drei Privatschulen geflogen und lebte ein Stück die Straße runter in einem hübschen, viktorianischen Haus. Im Gegensatz zu mir hatte er reizende, bescheidene Eltern.

Eines Abends im Dezember ging ich zu ihm hinüber, während seine Eltern beim Einkaufen waren. Wir saßen auf dem grünen, neu aufgepolsterten Sofa im Wohnzimmer. Ich starrte auf die Kerzen am Weihnachtsbaum, und ihr weiches Licht rief tausend Regungen des Bedauerns, eine Sehnsucht nach Zuhause in mir wach. Er zündete sich eine Zigarette an, nahm einen Zug und gab sie mir. Ich inhalierte und versuchte nicht zu weinen.

»Du hast es gut«, sagte ich. »Noch sechs Monate, dann hast du es hinter dir.«

»Nicht, wenn ich im Aufsatz durchfalle.«

»Na ja, wenn du nicht so verdammt stur wärst und mich Korrektur lesen ließest, könntest du es vielleicht schaffen.«

Er lachte. Drehte mein Kinn zu sich herum. »Du bist ein verrücktes Weib«, sagte er.

Ich rückte näher an ihn heran, so daß unsere Knie sich berührten. Ich legte meine Hände auf seine Schultern und grub meine Fingernägel in seinen Hals. »Mike«, sagte ich leise. »Ich mache mir selber angst.«

»Das solltest du nicht«, sagte er und preßte seinen Mund auf meinen. In einem Anfall von Gier glitt ich nach hinten und knöpfte meinen Rock auf. Wir stürzten auf den Boden. Ein stechender Schmerz durchzuckte meine Wirbelsäule, als ich auf dem Teppich landete. Ich packte sein Hemd mit beiden Fäusten. Sein Reißverschluß scheuerte an meiner nackten Haut. Ich biß mir auf die Lippen. Schmeckte Blut. Sein Gesicht verschwamm über meinem Kopf, als er in mich hineindrängte.

Danach beugte er sich zu mir und küßte mich grob auf den Hals. Ich erhob mich und zog meine Kleider wieder an, und dann standen wir am Küchentresen und aßen die russischen Teeplätzchen seiner Mutter, als ob nichts gewesen wäre, gefühllos, trotzig.

In dieser Nacht raffte ich auf dem Heimweg meinen schwarzen Wollkittel fest um mich. Auf Gehsteig und Straße schimmerte ein Hauch von Schnee, und in jedem Haus, an dem ich vorüberging, brannte Licht. Wieder dachte ich an Adrienne, Adrienne, die in einer Nacht wie dieser mit ihrer weißen Kappe auf dem Collegegelände in Oxford gefunkelt hatte. Ich ballte meine Hände zu Fäusten. Ich bin nicht sie, sagte ich zu mir selbst. Ich bin nicht dieses reine, intellektuelle Goldkind.

Ich sperrte die Tür auf und war halb die Treppe hinaufgestiegen, als ich meinen Vater rufen hörte: »Gloria? Bist du es?«

»Ja, Dad.« Seufzend ging ich wieder nach unten und blieb in der Tür zu seinem Arbeitszimmer stehen. »Ich bin wieder da.«

Er legte seinen Stapel Versuchsbeschreibungen beiseite. »Ich habe mir Sorgen gemacht«, sagte er. »Ich wußte nicht, wo du bist.«

»Tut mir leid. Ich bin nur zu Mike gegangen.«

»Das hast du mir nicht gesagt.«

»Ich habe es Mom gesagt. Sie war mitten in einer Stunde, wahrscheinlich hat sie es deshalb vergessen. Sie sagte, es sei in Ordnung, wenn ich bis zehn zurück wäre.«

»Aber ich habe es nicht gewußt.«

»Mein Gott, Dad, ich habe doch gesagt, es tut mir leid. Glaubst du nicht, daß ich mit sechzehn alt genug bin, um mich einen Häuserblock von dir zu entfernen? Oder darf ich ruhig abhauen, solange es unser kleines Geheimnis bleibt, aber sobald meine Mutter davon weiß, ist es aus?«

Er winkte mich in sein Zimmer. Ich setzte mich neben ihn an den Schreibtisch und legte den Kopf auf die Arme. Ich fühlte mich schmutzig, ausgelaugt. »Was fehlt dir, Liebling?« fragte er.

Er streckte die Hand nach mir aus und strich sanft über meine Haare. Es war eine so schlichte Bewegung, aber sie schmerzte mehr als der Aufprall auf dem Boden mit Mike.

Ich sagte: »Ich weiß es nicht.«

Eines Nachts in jenem Winter setzte Mike mich zu Hause ab. Abgefüllt mit Schnaps, stolperte ich den glatten, vereisten Weg zum Haus hinauf. So modisch meine Springerstiefel waren, sie hatten eine miserable Bodenhaftung, und ich stürzte mit dem Gesicht auf die Veranda. Auf Händen und Knien kroch ich zur Tür, packte den Türknauf, um mich hochzuziehen, und fummelte nach meinem Hausschlüssel. Er war nicht da. Ich klingelte. Meine Mutter öffnete mir, und ausnahmsweise war ihr geblümtes Seidennachthemd einmal zerknittert und ihr Haar zerrauft.

»Komm rein«, sagte sie. »Sofort.«

Ich trat ein und knallte auf den Boden.

»Du bist betrunken«, sagte sie. »Du bist sternhagelvoll, stimmt's?«

»Natürlich nicht, Mom«, brachte ich lallend heraus. »Ich bin vollkommen und absolut im Vollbesitz meiner geistigen Fähigkeiten, merkst du das denn nicht?«

Sie packte mich am Handgelenk und zog mich hoch.

»Schau dich doch bloß an«, sagte sie.

Ich starrte auf mich hinab. Von einem Schnitt an meinem Kinn tropfte Blut auf mein Sex-Pistols-T-Shirt und den schwarzen Rollkragenpulli, den ich darunter trug. Meine Strümpfe waren zerrissen, und an beiden Knien war die Haut aufgeschürft.

»Komm schon«, sagte sie und lotste mich ins Bad. »Es ist halb drei Uhr morgens, Gloria Merchant, halb drei in der Frühe, und ich finde das wirklich untragbar.«

Sie setzte mich auf die Toilette und wühlte im Arzneischränkchen herum. »Fangen wir zuerst mit dem Kinn an. Himmel noch mal. Wie hast du das nur fertiggebracht?«

»Hingefallen«, murmelte ich. Ich lehnte mich an die Wand und schloß die Augen.

»Schlaf mir jetzt bloß nicht ein, verdammt noch mal.« Sie hielt meinen Kopf fest, während sie mein Kinn verpflasterte. »Du wirst es überleben, aber nicht ohne Narbe, darauf wette ich.«

Sie ging in die Hocke und tupfte meine Knie ab. Als ich das Brennen des Desinfektionsmittels spürte, zuckte ich zusammen. »Ja, ich weiß, daß das weh tut«, sagte sie, »aber vielleicht solltest du das nächste Mal daran denken, bevor du versuchst, eine ganze Flasche Schnaps in dich hineinzuschütten, hm?«

Ich nickte.

»Rebellieren.« Sie stand auf und stellte das Desinfektionsmittel und die Verbandsschachtel in den Schrank zurück und knallte die Tür zu. »Verdammt, ich hatte nie die geringste Chance zu rebellieren.«

Ich rappelte mich hoch. Sie drückte mich wieder nieder und legte mir die Hände auf die Schultern. »Warte, ich bin noch nicht mit dir fertig«, sagte sie.

Ich starrte blinzelnd zu ihrem verschwommenen Gesicht empor.

»Hör zu«, sagte sie, »dein Vater mag dir diesen Scheiß

durchgehen lassen, aber ich nicht. Du bist zu intelligent, um dir so etwas anzutun. Ich will dich nie, nie wieder in einem solchen Zustand sehen. Hast du mich verstanden?«

»Ja«, flüsterte ich.

»Du kannst mir vorjammern, daß ich das größte Miststück auf Erden bin, solange du willst, aber das ändert nichts an der Tatsache, daß ich dich liebe und nicht zulassen werde, daß du dein Leben ruinierst.« Sie zerrte mich hoch. »Und jetzt möchte ich, daß du nach oben gehst und schläfst.«

Sie ging in die Küche, um ein Glas Wasser zu holen, und ich kroch ins Arbeitszimmer meines Vaters. Ich schaltete die grüne Lampe ein, ging zum Bücherregal und griff nach dem Band B der Enzyklopädie. Ich schlug die Seite mit Robert Browning auf, und da lag Adrienne und lächelte mir sanft zu. »Du blöde Kuh«, sagte ich. »Was mußtest du übers Wochenende nach Manchester fahren? Du hättest doch bei ihm bleiben können.«

Ich legte das Buch hin und durchsuchte die Schreibtischschublade nach einer Schere. Als ich sie gefunden hatte, setzte ich mich im Schneidersitz auf den Boden und hackte auf Adrienne ein, bis von ihr nur noch ein Haufen schwarzweißer Fetzen übrig war.

»Gloria«, rief meine Mutter in der Tür, »was zum Teufel machst du da? Ich habe dir doch gesagt, du sollst schlafen gehen.«

Sie trat ein und setzte sich vor mich hin.

»Schatz«, sagte sie, »warum weinst du?«

Ich blickte auf. Mein Mund bebte vor Schluchzen. Salzige Tränen rannen meine Wangen hinab.

»O Gott«, sagte ich. »Er wird mich umbringen. Ich muß es wieder zusammensetzen.«

Sie zog mich mit einem Arm an sich und küßte mich auf die Stirn. »Ich helfe dir«, sagte sie. Eine Stunde lang saßen wir schweigend auf dem Boden; unsere Hände berührten sich, während wir eine ganze Rolle Klebstreifen verbrauchten, um sein Idol zu reparieren.

9. Kapitel

Eines Abends stand ich am Herd und rührte in einem Eintopf, sah zu, wie die Kartoffeln und Karotten infolge der Bewegung meiner Hand herumwirbelten, und dachte: *Ich habe mein Versprechen gehalten. Ich bin weder Riordan noch Caroline. Ich respektiere die Jugend meines Sohnes. Ich bügle meine Blusen, aber es macht mir nichts aus, wenn sie Falten bekommen. Ich benutze Wimperntusche, aber ich bekomme keinen Anfall, wenn sie zerläuft. Ich habe einen Menschen verloren, aber ich funktioniere trotzdem noch.*

Summend deckte ich zwei Schüsseln, zwei Löffel und zwei Servietten auf. Im Wohnzimmer hörte ich Curran über eine banale Show im Fernsehen lachen. *Hörst du das?* fragte ich mich. Dieses sanfte, süße, hohe Kinderlachen? Er ist dein Kind, aber er ist nicht du. Er ist intelligent und wißbegierig, aber er liest keine Chemiebücher und kommt auch nicht in Tränen aufgelöst nach Hause. Natürlich trauert er, innerlich leidet er, aber er wird darüber hinwegkommen, und die Wohnung ist wohlig warm, und du hast deine Sache gut gemacht, hörst du? Du hast es gut gemacht…

Ich kehrte zum Herd zurück und rührte den Eintopf ein letztes Mal um. Zu heftig, wie mir klarwurde, denn im nächsten Augenblick kippte der Topf um, knallte auf den Boden und durchnäßte mich und das Linoleum, und überhaupt war es Freitag abend in der Stadt, die mir ans Herz gewachsen war, und die Wohnung war wohlig warm, und Bill war nicht in meinen Armen.

»Curran!« schrie ich. »Curran, hilf mir!«

Er kam in die Küche gerannt, streckte die Hand aus, um mich aufzufangen, aber ich rutschte auf den Boden und krachte mit dem Rücken gegen den Herd. Der Schmerz raubte mir den Atem. Ich saß da, fassungslos, klatschnaß, um mich lauter Gemüse, und fing an zu weinen. Ich schlug die Hände vors Gesicht, während es mich vor Schluchzen fast zerriß.

»Mum? Alles in Ordnung?«

Ich hob den Kopf. Biß mir auf die Lippen. Streckte die Hände aus. »Komm her, Kleiner«, flüsterte ich. Er kniete neben mir nieder. Ich sah Suppenspritzer auf seinen Jeans, als er sich bewegte, und das brachte mich noch mehr zum Weinen.

»Mach dir nichts draus«, sagte er. »Ich helfe dir beim Saubermachen.«

»Nein, nein, das brauchst du nicht, mein Engel«, sagte ich. »Halt mich nur fest. Bitte, bitte, halt mich fest.«

Er legte seine Arme, seine winzigen, kleinen Arme um mich. »Fester«, flüsterte ich. Er umarmte mich so fest, daß mir die Rippen weh taten. Er küßte meine brennende Stirn.

»Mum, ich hab' Hunger«, sagte er.

»Ich weiß, mein Schatz«, sagte ich. Rotz lief mir aus der Nase in die Mundwinkel. Im Fernsehen brüllten die Zuschauer vor Lachen.

Ich schloß die Augen und schickte meinem Sohn stumme Botschaften: Deine Chromosomen bestehen zur Hälfte aus den Neigungen und Sehnsüchten und Gerüchen und Hoffnungen und abergläubischen Vorstellungen deines Vaters, des Mannes, mit dem ich das Bett geteilt habe, aber du bist nicht er. Und ich werde es auch nicht von dir erwarten. Ich werde dich nie verletzen. Das sagte ich ihm auch ins Ohr: »Ich werde dich nie verletzen.« Auf dem Küchenboden sagte ich es immer und immer wieder, als könnte es mich davon abhalten, es zu tun, ihn zu verletzen, wenn ich die Worte wie ein Mantra wiederholte.

Nach einiger Zeit löste er sich aus meiner Umklammerung, und als er ins Bad ging, hörte ich seine Schritte und dann den köstlichen Klang von laufendem Wasser. Er kam zurück und wusch mein gerötetes Gesicht mit einem nassen Waschlappen ab. »Vielen, vielen Dank«, sagte ich.

Ich war auf Händen und Knien und schrubbte gerade die letzten Eintopfspritzer vom Boden, als es läutete. Curran rief: »Es ist Jascha!«

»Jesus, Maria und Leopold Bloom«, sagte ich und griff nach dem Tresen, um mich hochzuziehen.

»Schon wieder ein chaotisches Abendessen?« fragte Jascha.

»Könnte man sagen«, sagte ich. »Nachdem ich es sozusagen an mir statt in mir habe.«

»Ich wollte nur vorbeischauen, um deine Zustimmung zur endgültigen Auswahl der Bilder einzuholen«, sagte er, »aber eigentlich könnte ich mit euch beiden essen gehen.«

»Wirklich?« Er nickte. »Das ist ja nett. Danke.«

»Tu ich doch gern.«

»Ich brauche bloß eine Minute zum Umziehen, dann bin ich fertig.«

Ich ging ins Bad und zog Jeans und einen weiten schwarzen Pullover an. In der Küche hörte ich Curran fragen: »Sind Sie wirklich Bildhauer?« Ich sah mich im Spiegel – rotgeweinte Augen in einem geschwollenen Gesicht – und funkelte die Frau an, die ich, wie mir klarwurde, nie zuvor gewesen war.

Wir aßen billige Sandwiches in einem Café in der Nähe der Universität und gingen dann die Leigh und die Gower Street entlang, die vertrauten Gefilde meiner Unizeit. Ich zeigte ihnen ein paar Orte. »Seht ihr das Café da? Da habe ich als Bedienung gearbeitet.«

»Ich kann mir nicht vorstellen, daß du *irgend jemanden* bedienst«, sagte Jascha.

»Hab' ich aber«, versetzte ich. »Ich habe schwarz gearbeitet. Bekam tonnenweise Essen umsonst. Ach – in dem Pub da drüben, der mit der Dachterrasse, haben wir uns nach der Abschlußprüfung betrunken.«

Ich dachte an die schummrige Atmosphäre im Pub, an das Stimmengewirr, den Geruch von Ale im Atem und auf der Haut. Und an mich, die ich des obligatorischen Nonkonformismus überdrüssig war, mich aber, da er doch noch irgendwie meine geistige Heimat war, daran klammerte wie an ein Rettungsboot.

Als ich, eingepackt in meinen Mantel, neben Jascha

und Curran entlangging, fragte ich mich, was die Passanten wohl von uns hielten. Ein dunkelhaariges Paar, windzerzaust, auf einem Spaziergang an einem frischen, kalten Februarabend, modisch-lässig gekleidet, und ihr ernster blonder Sohn. Ich rammte meine Hände in die Taschen und redete mir ein, es sei die Wahrheit.

Wir fuhren mit der U-Bahn in meine Wohnung zurück. Jascha setzte sich in die Küche, während ich Curran ins Bett brachte. Er sah klein und blaß aus, wie er sich auf die Kissen stützte. »Heut' abend«, sagte er, »als wir ausgegangen sind und du uns all die alten Orte gezeigt hast, wo du mit Dad immer hingegangen bist, da hab' ich mir so sehr gewünscht, daß er bei uns wäre…, na ja, es ist doof, aber ich habe mir vorgestellt, Jascha wäre Dad – ich meine, ich weiß, daß er es nicht ist, weil, er ist ganz anders, aber ich hab' mir gedacht, vielleicht ginge es mir dann besser…«

»Ich weiß, mein Liebling.«

»Aber weißt du, erst ist es mir wirklich besser gegangen. Aber dann habe ich ein schlechtes Gewissen bekommen, weil das nicht recht war. Es ist nicht recht, daß ich glücklich bin, wenn Dad weg ist und du so traurig bist.«

»Nein, Curran. Hör mir zu«, sagte ich. »Es ist vollkommen in Ordnung. Du brauchst dir keine Gedanken über mich oder deinen Vater zu machen. Wenn du glücklich bist, dann schrei es um zwei Uhr morgens aus dem Fenster, damit es alle Welt erfährt, wenn dir danach zumute ist.«

Er kicherte. »Kann ich das wirklich?«

»Na ja, vielleicht nicht gerade um zwei Uhr morgens. Wir wollen Mrs. Romdourl nicht aufwecken.« Ich beugte mich zu ihm hinab und küßte ihn.

»Du riechst immer noch nach Gemüse«, sagte er.

Ich ging in die Küche zurück und ließ mich mit einem Seufzer auf einen Stuhl Jascha gegenüber fallen. »Irgendwie habe ich das Gefühl, daß dich mehr bedrückt als die Tatsache, daß du heute abend die halbe Gemüseabteilung von Sainsbury über dich gekippt hast«, sagte er.

»Verdammt noch mal«, erwiderte ich, »warum versuchst du so hartnäckig, mich zum Lachen zu bringen, wenn mir nach Weinen zumute ist?«

»›Übermäßiger Kummer lacht; übermäßige Freude weint.‹«

»Blake.«

»Könntest du die Englischlehrerin mal einen Moment ablegen?«

»Was soll das bedeuten?«

»Daß du dich vielleicht besser fühlen würdest, wenn du aufhörst, jeden Schritt, den du getan hast oder in Erwägung ziehst, zu analysieren, als wäre dein Leben ein Gedicht, das interpretiert werden muß.«

Ich starrte auf meine Fingernägel. Ich hatte sie ganz heruntergebissen. Einsamkeit bringt schlechte Gewohnheiten hervor. In den letzten Wochen hatte ich wieder angefangen zu rauchen, etwas, was ich seit meinen Teenagerjahren nicht mehr getan hatte. Ich hatte mir die Lippen und die Haut um die Fingernägel blutig gekaut. Gierig. Bill war so gewesen in den letzten Monaten, in denen er noch die Energie dazu hatte. Wenn ich abspülte, hatte er plötzlich hinter mir gestanden, hatte seine Hand durch meine Haare wandern lassen, sie in großen Büscheln gepackt, mit heißem Atem seinen Mund an meinem Ohr gerieben. Es hatte keine Spur von Verführung darin gelegen, nur Gefräßigkeit, als wüßte er, daß er mich vor dem Ende mit allen Sinnen in sich aufnehmen mußte.

»Gloria?«

»Ja.«

»Ich habe die Liste fertig, wenn du sie sehen willst.«

»Gut.«

Er schob sie über den Tisch. Ich las sie durch.

»Damit bin ich einverstanden«, sagte ich. »Ich habe vor allem wegen der Präsentation Bedenken.«

»Es wird keinen unnötigen Rummel geben. Nur den unumgänglichen Wahnsinn.«

»Das war jetzt nicht witzig, Jascha.«

»Ich weiß. Tut mir leid.«

Ich rieb mir die Stirn. »Als mir vorhin die kleine kulinarische Katastrophe passiert ist«, sagte ich, »hat etwas in mir ausgesetzt. Meine halbwegs aufrechterhaltene Fassade ist von mir so plötzlich abgefallen, wie der Topf vom Herd gekippt ist. Und Curran, der arme Kerl, ist reingekommen und hat gesagt: ›Ich helfe dir beim Saubermachen.‹ Er hat sich auf den Boden gesetzt und mich in die Arme genommen. Dann hat er mir einen nassen Waschlappen auf das heiße Gesicht gedrückt, wo er eigentlich im anderen Zimmer hätte sitzen, Zeichentrickfilme anschauen und darauf warten sollen, daß ich ihm sein Abendessen auf einem Tablett bringe.

Aber es ist so einfach, so etwas zu tun, jetzt, wo Bill

nicht mehr da ist, um mir Halt zu geben. Es ist so leicht zu sagen: ›Liebling, mach Mummy ein Sandwich zum Abendessen, ich fühle mich gerade so schrecklich‹, oder zu sagen: ›Komm her, umarme mich, ich habe einen schrecklichen Tag hinter mir.‹ Vor kurzem habe ich abends zu ihm gesagt: ›Curran, wir *werden* das durchstehen, oder?‹ Und er hat mich angesehen und gesagt: ›Mum, ich weiß es nicht.‹«

»Glaubst du nicht, daß du dir zu viele Vorwürfe machst? Er wirkt recht ausgeglichen auf mich.«

»Aber sicher. Er geht zur Schule, er spielt Videospiele mit seinem Freund von unten. Vielleicht ist er in letzter Zeit noch ein bißchen ruhiger, ein bißchen nachdenklicher geworden, aber er war schon immer so. Er macht mir einfach angst... Kindliche Trauer ist oft so tief verschüttet. Sie bricht in den friedlichsten, unpassendsten Momenten aus. Wie heute abend. Als ich ihn zugedeckt habe, hat er gesagt, er hätte ein schlechtes Gewissen, glücklich zu sein, wenn ich so traurig bin. Kannst du dir vorstellen, was für ein Gefühl das ist, wenn dein eigener Sohn deinetwegen unglücklich ist?«

Ich dachte an den Vortrag, den Louise ihm nach Bills Beerdigung in der Küche gehalten hatte: *Du bist jetzt der Mann im Haus, mach dir nichts daraus, wenn deine Mutter ein bißchen durchdreht.*

»Du bist seine Mutter«, sagte Jascha. »Natürlich will er dir helfen. Natürlich will er, daß du glücklich bist, wenn er es ist.«

»Aber es gibt zu viele feine Linien«, sagte ich, »und ich habe nie zur Seiltänzerin getaugt.«

Ich erzählte ihm nicht, daß Curran sich vorgestellt hatte, er wäre Bill, daß ich den ganzen Abend lang die Fäuste in die Taschen gestopft hatte, um nicht nach seiner Hand zu greifen, oder daß ich das nur gewollt hatte, weil es mir falsch erschien, durch die Straßen des Univiertels, die Straßen meiner ersten Zeit mit Bill zu gehen, ohne meine Finger mit denen eines anderen Menschen zu verschränken.

10. Kapitel

Ich schloß die High-School als Zweitbeste meiner Klasse ab, was mir die Ehre eintrug, die erste Festrednerin der Schule mit purpurfarbenen Haaren zu sein. Bei der Abschlußfeier sprach ich über die Bedeutung der Individualität in einer Welt im Umbruch. Mein Vater weinte. Meine Mutter klagte über die Hitze im Stadion.

An einem kleinen, liberalen College in New York, das im Ruf stand, zu künstlerisch und zu freizügig zu sein, studierte ich Englisch. Während meines Aufenthalts dort wurde ich etwas umgänglicher. Ich ließ mir die Haare wachsen und hörte auf, sie zu färben. Ich bewahrte zwar meine Vorliebe für Springerstiefel, entdeckte jedoch auch eine für lange, hauchzarte Röcke. »Ich bin umgeben von gebildeten Menschen«, schrieb ich meinem Vater. »Mit einigen von ihnen führe ich sogar tiefsinnige Gespräche in Cafés und Kneipen, aber ich kann das Gefühl, anders zu sein, immer noch nicht abschütteln.«

Während meines Abschlußjahrs wurde ich in ein Austauschprogramm in London aufgenommen. Mein Vater kam, um mich vor meiner Abreise noch einmal zu sehen. Er saß auf dem Bettrand und sah mir mit untröstlicher Miene zu, während ich Jeans und dicke Pullover einpackte.

»Mein Gott«, sagte er mit einer weit ausholenden

Bewegung auf die Lehrbücher und Kleider und Pizzaschachteln auf dem Boden. »Caroline würde durchdrehen, wenn sie das hier sähe.«

»Warum ist sie nicht mitgekommen?«

»Sie muß Stunden geben.«

»Klar. Ich hätte an die selbstlose Hingabe denken sollen, mit der sie armen, hilflosen Schulkindern so lange die Hölle heiß macht, bis sie richtig spielen.«

»Gloria. Es ist doch besser, wenn sie nicht hier ist. So können wir wenigstens in Ruhe miteinander reden.« Er grinste.

»Aber sie hätte es versuchen können. Verdammt, auf einen Nachmittag hätte sie doch verzichten können.«

Die Tür schwang auf. Es war Beth, meine Mitbewohnerin. Ihre kurzgeschnittenen Haare standen in winzigen grünen Stacheln hoch, und sie trug ein T-Shirt mit der Aufschrift FUCK ART, LET'S KILL. Mein Vater kicherte nervös. Einen Augenblick war ich verlegen, schämte mich sogar für ihn, diesen hageren Mann mit hängenden Schultern, der inmitten von Cure-Postern dasaß.

»Fährst du schon?« fragte Beth.

»Mein Flug geht um zwei Uhr.«

»Bist du aufgeregt?«

Ich nickte. »Beth«, sagte ich, »das ist mein Vater, Riordan Merchant.«

Er streckte die Hand aus. »Hallo, Beth«, sagte er. »Ich muß sagen, meine Liebe, daß ich mir seit Jahren schon insgeheim Haare wie die Ihren wünsche, aber meine Frau würde sich mit einer unschönen Scheidung revanchieren, wenn ich je versuchen sollte, Ihnen nachzueifern.«

Beth lächelte. »Nun, in diesem Fall würde ich lieber bei meiner natürlichen Farbe bleiben.«

»Du kennst meine Mutter nicht«, sagte ich. »Sag ihm, er soll sich für deine Frisur entscheiden, Beth.«

Sie lachten beide. »Wir brechen am besten auf«, sagte mein Vater.

Ich wandte mich an Beth: »Tja, also dann...«. Sie streckte ihre Arme aus, und wir umarmten uns. Wir hatten uns gar nicht so nahe gestanden – wir wohnten erst seit einem Monat zusammen –, aber ich wurde von einem jener kurzen, heftigen Sentimentalitätsausbrüche überwältigt, die mich immer dann überkamen, wenn Menschen, die ich für gleichgültig gehalten hatte, freundlich zu mir waren.

»Du mußt mir schreiben und mir alles über deine Abenteuer mit den Engländern erzählen«, sagte Beth.

»Was sind das für Geschichten über Engländer?«

Beth kicherte. »Dein Vater ist so süß, Gloria«, flüsterte sie mir ins Ohr. »Er sieht aus wie Anthony Hopkins. Und er ist charmant.«

»Ja nun, schließlich ist er mein Vater«, sagte ich.

Auf dem Weg zum Flughafen schwiegen wir beide. Erst als wir auf den Aufruf meines Fluges warteten, fanden wir Worte.

»Du weißt gar nicht, wie gerne ich mitkommen würde«, sagte mein Vater.

»Warum? Um bei mir zu sein oder um London wiederzusehen?«

»Beides.«

»Dann komm doch mit.«

»Ich glaube, dein Flug wurde gerade aufgerufen«, sagte er.

Wir standen auf. Er hatte Tränen in den Augen, als er meine Hände ergriff.

»Versprich, daß du mir schreibst«, sagten wir beide unisono.

»Du schuldest mir ein Bier«, sagte ich.

Er lachte. »Wenn Caroline nicht zusieht, heißt das. Aber im Ernst, mein Liebling, du wirst mir schreiben, nicht wahr?«

»Selbstverständlich. Ich werde dir schreiben, sowie ich im Flugzeug sitze. Das weißt du doch.«

»Und ruf mich an, sobald du eine Telefonnummer hast.«

Ich nickte. »Ich gehe jetzt besser.«

Er umarmte mich und legte sein Kinn auf meinem Kopf.

»Dad«, sagte ich, »wenn du mich jetzt nicht sofort gehen läßt, werde ich mein Flugzeug verpassen.«

Er trat zurück. »Entschuldigung.«

»Schau nicht so traurig«, sagte ich und streckte mich, um seine schmale Wange zu küssen. Es war das letzte Mal, daß ich ihn lebend sah.

Ich wohnte mit drei anderen Mädchen zusammen in einer großen, kahlen Wohnung an der Leigh Street in der Nähe der Universität: Meg, einer Schauspielerin, die zuviel Eyeliner und hochhackige Schuhe zu Jeans trug; Sarah, einer empfindsamen Mystikerin, die Gitarre spielte und Duftkerzen abbrannte; und Pandora, einer weiteren

Amerikanerin mit gefärbten roten Haaren und einem boshaften Lachen, die ihren ursprünglichen Namen Rebecca aus prinzipiellen Erwägungen abgelegt hatte. Wenn wir keine Vorlesungen hatten, hingen wir herum und beschäftigten uns mit einem spiritistischen Buchstabenbrett und diskutierten über marxistischen versus liberalen Feminismus. »Ich bin berauscht von der Stadt, wo alles grau in grau ist«, schrieb ich meinem Vater. »Was mich selbst anbelangt … ich weiß nicht.«

An einem Wochenende schlug Pan vor, wir sollten nach Chelsea fahren und eine Künstlerkooperative besuchen, in der ein Freund von ihr Mitglied war. Es waren riesige, minimalistisch eingerichtete Räume mit greller Beleuchtung und Hartholzböden, doch die anderen äußerten überschwenglich ihre Begeisterung, während Nick, der stoppelhaarige Freund mit dem Ohrring, sie herumführte und ihnen pseudoafrikanische Skulpturen und postmoderne Keramik zeigte. Ich saß in meinen Stiefeln und einem langen schwarzen Kleid mit Wolljacke frierend auf dem Fensterbrett.

Die Vordertür öffnete sich, und ein Schwall von Blättern und Nachtluft kam herein. Ein Mann in einem alten Arbeitskittel und einem Paar Halbschuhen, deren Nähte sich bereits halb aufgelöst hatten, trat ein. Er winkte ein paar im Atelier umherschlendernden Leuten zu, nickte Pan und den Mädels flüchtig zu und setzte sich unter mir auf den Boden, als hätte er mich mein ganzes Leben lang gekannt.

»Bill Burgess«, sagte er und reichte mir die Hand.

»Gloria Merchant«, sagte ich. »Arbeitest du hier?«

»Ja«, sagte er und streckte die Beine aus. »Aber ich versuche, mir nichts darauf einzubilden.«

»Also machst du keine ›dysfunktionalen Turmtöpfe‹ oder was der Metallschrott da drüben Nick zufolge darstellen soll?«

Er grinste. »Himmel, nein. Meine Bilder und ich sind abscheulich normal.«

Ich warf den Kopf zurück und lachte. »Da bin ich aber froh.«

»Darf ich daraus schließen, daß du die überhöhten Ansprüche auch verabscheust?«

»Stimmt – was nicht heißt, daß ich nicht anspruchsvoll lebe.«

Er zeigte auf Pandora, Meg und Sarah. »Du meinst, so wie sie?«

»Genau«, sagte ich. »Es sind nette Mädels. Ist furchtbar lustig mit ihnen... Aber ich bin nicht wie sie. Ich bin wohl eine Einzelgängerin.«

»Freiwillig?« fragte er.

»Glaub' ich nicht«, meinte ich, »obwohl ich meine Einsamkeit vielleicht selbst verschlimmere.«

»Einsamkeit ist doch nichts Schlimmes«, sagte er. »Bis man den richtigen Menschen findet, den einen, der einen akzeptiert, der versteht.«

Ich zog meine Jacke enger um mich.

»Sag mal«, sagte er, »du siehst aus, als wäre dir kalt. Willst du Kaffee?«

Er führte mich in eine kleine, schmuddelige Küche. Die Leuchtstoffröhre über dem Spülbecken summte. Ich blinzelte in dem grellen Licht und dachte an Adrienne, sah sie in Gedanken wieder vor mir, ihr Gesicht, das im Scheinwerferlicht so blütengleich und entsetzt aussah. Ich dachte an mich als trauriges, klägliches Mädchen, das sich krampfhaft bemühte, aufmüpfig zu sein, als Kind, das versuchte, die Tränen seines Vaters wegzuwischen, bevor sie herunterrannen. Ich lehnte mich an den Tresen, trank meinen Kaffee, schämte mich, als ich Bill über den Rand meiner Tasse hinweg anblickte.

»Besser?« fragte er.

Ich nickte. Stellte die Tasse auf den Resopaltisch. Automatisch streckten wir die Hände nacheinander aus. Ich legte mein Kinn an seine Schulter. Er streichelte mir mit der Hand über den Rücken. Wir konnten hören, wie jemand im Atelier an einem Marmorblock meißelte. Ich schloß die Augen und stellte mir vor, er würde mich formen.

Nach einem kurzen, sanften Moment lösten wir uns voneinander. Er lächelte und sprach nicht. Ich wollte ihn wieder an mich ziehen, ihn in mich hineinatmen.

»Gloria?« rief Meg aus dem Hauptraum. »Kommst du?«

Ich drehte den Kopf. »Eine Minute noch, ja?« schrie ich.

Er lachte in sich hinein. Dann riß er, wieder ganz zielstrebig, von dem Notizblock neben dem Telefon einen Zettel ab, suchte einen Stift aus dem Vorrat in einer alten Kaffeedose auf dem Tresen heraus und schrieb seine Nummer auf. Er schien tausend Jahre für diese Handbewegung zu brauchen, aber schließlich schmierte er die Ziffern schwungvoll aufs Papier. Er reichte mir den Zettel und schloß meine Hand darüber. Auf seinem Gesicht lag keine Spur von Selbstzufriedenheit, nicht einmal von Erwartung. Nur reines Geben stand darin geschrieben.

Wir machten kehrt und gingen ins Atelier zurück. Die Mädels standen mit Nick zusammen vor mir: die spröde Sarah in ihrem Batikkleid, Meg mit den hohen Wangenknochen in Hemdbluse und Minirock und Pan, nur Pan, mit zerrissenen Jeans und wirren Haaren.

»Was hast du denn mit Bill Burgess in der Küche gemacht?« zwitscherte sie auf dem Heimweg.

»Kaffee getrunken und sonst nichts«, sagte ich. »Spar dir deine schmutzigen Gedanken.«

An diesem Abend ging ich ohne ein weiteres Wort direkt in mein Zimmer. Ich kroch in meinen Schlafanzug und ins Bett, bevor irgend jemand mich zu einer Tarotsitzung oder einer spontanen Trinkrunde auffordern konnte. Durch die Wände hörte ich die Geräusche einer Kissenschlacht, Quietschen, eine umgeworfene Lampe. Ich lag still da, hungrig und doch zufrieden. Das Mondlicht zeichnete eine Schattenblüte auf meine erhobene Hand.

Eine Woche später rief ich ihn an. Ich bekam zuerst einen seiner Mitbewohner an den Apparat. Dann hörte man Fernsehgeräusche und laufendes Wasser und schließlich seine Stimme. »Hallo«, sagte er, »ich habe mich schon gefragt, wann du anrufen würdest.«

»Ich wollte dich nicht stören«, sagte ich.

»Nun, du störst mich nicht«, sagte er. »Komm doch rüber zum Abendessen. Ich wohne zwar auch in einem grauslichen Irrenhaus, aber einer meiner Mitbewohner macht ein irre gutes Kochbeutelcurry.«

Ich lachte. Ich konnte nicht anders. Es war seine Stimme, diese beiläufige und doch so ernste Stimme, die mich so erheiterte.

»Was ist los?« sagte er. »Hat Curry etwas besonders Komisches an sich, das mir entgangen ist?«

»Nein«, sagte ich. »Eigentlich mag ich Curry sehr gern. Und ich wohne auch in einem grauslichen Irrenhaus. Aber ich hätte nichts dagegen, deins kennenzulernen.«

An diesem Abend ging ich zu ihm. Die Wohnung lag in Earl's Court, war klein und dunkel und schmuddeliger als meine. Wir saßen in der Küche, während das Curry auf dem Herd stand. Der Raum war klein und gelb, im Erkerfenster hingen wuchernde Pflanzen, und auf dem Tisch lag eine scheußliche Plastiktischdecke. Doch während sich die Dunkelheit auf uns herabsenkte und Dampf aus dem Topf auf dem Herd aufstieg, breitete sich schläfrige Wärme in meinen Adern aus.

»Und wo steckt nun dein wunderbarer Kochkumpel?« fragte ich.

»Im Atelier.«

»Setzt du deine Mitbewohner immer vor die Tür, wenn du Damenbesuch empfängst?«

Er lachte. »So viele waren noch gar nicht hier.«

»Ach, komm schon. Bei einem so hübschen Jungen wie dir?«

Wir nahmen unsere Schüsseln mit Curry ins Wohnzimmer mit und setzten uns auf ein verlottertes braunes

Cordsofa. Wir sprachen über Kunst und unsere Zukunft und die subtilen Verrücktheiten unserer Eltern und die Unaufrichtigkeit der Menschheit. Bald war es halb elf.

»Verdammt«, sagte ich. »Ich habe Sarah versprochen, daß ich heute abend mit ihr für ihre Philosophieprüfung lerne.«

Wir standen auf, und er brachte mich zur Tür und reichte mir meinen Mantel. Ich zog ihn an. »Es war sehr nett«, sagte er.

Er streckte seine Arme aus und zog mich an sich. Ich hob den Kopf, und er streifte meinen Mund mit den Lippen. Ich fuhr mit den Fingern durch seine ungekämmten braunen Haare und bedeckte sein Kinn mit drängenden Küssen. Ich schlüpfte aus dem Mantel und ließ ihn zu Boden fallen.

»Ich dachte, du müßtest einer deiner Mitbewohnerinnen beim Lernen helfen«, flüsterte er.

»Sie kann warten«, sagte ich und vergrub mein Gesicht an seinem Hals.

Gegen Morgen erwachte ich in einem Bett, das nicht meins war, vom Rauschen des Regens. Ich lag da und blickte auf die Umrisse von Bills Rücken und dachte: Es ist einfach herrlich, aber es wird nicht lange dauern. Ich wollte mich auf die Hände stützen und mich zu ihm hinüberbeugen, um seinen breiten, schlummernden Mund zu küssen, aber ich muß wohl wieder eingeschlafen sein, bevor ich es tun konnte, denn als ich die Augen wieder aufschlug, lag er an mich geschmiegt, seine Schulter an meine gepreßt. Der Regen hatte sich zu einem regelrechten Gewitter ausgewachsen, und die Fenster klirrten unter den Donnerschlägen.

In jenen Tagen war ich wie benommen vor Glück. Samstags gingen wir in die Tate Gallery und bewunderten Hockneys Bilder, aßen dann Kümmelkuchen im Restaurant unten und versuchten jedesmal, an dem epikureischen Wandgemälde etwas Neues zu entdecken. Ich bemühte mich, nicht an den wilden, verzweifelten Beiklang zu denken, der sich durch die letzten Briefe meines Vaters zog.

»Ich habe seelischen Totschlag begangen«, schrieb er. »Ich bin nicht das, was deine Mutter will, und sie ist nicht das, was ich brauche. Was ich brauche, ist für immer weg, verschwunden, und ich tue nichts anderes, als allen anderen Schmerz zuzufügen, aus ihnen einen Ersatz für sie zu machen ...«

Eines Abends rief er mich an, als ich bei Bill war. Ich hob den Hörer im Schlafzimmer ab. Bill lag da und grinste mich an.

»Dad«, sagte ich. »Hallo.«

»Ich versuche seit Tagen, dich zu erreichen, aber du warst immer unterwegs.«

»Ich hatte ziemlich viel zu tun.«

»Als ich bei dir angerufen habe, hat mir eine Frau die Nummer gegeben, unter der du zu erreichen bist. Meg hieß sie, glaube ich.«

»Meg. Ja.«

»Wie geht es dir?«

»Wunderbar. Ich habe eine Menge Freunde.«

»Und deine Noten sind brillant wie immer, hoffe ich.«

»So würde ich es nicht nennen, aber ich bin ganz gut. Es ist schwieriger hier.«

»Hab' ich dir ja gesagt.«

Bill setzte sich auf und schmiegte sich an meinen Rücken. Er spielte mit meinen Haaren.

»Gloria? Bist du noch dran?«

»Ich bin noch dran, Dad.«

»Du fehlst mir schrecklich.«

Bill fuhr mir mit den Lippen über den Hals.

»Du fehlst mir auch. Mit Mom alles beim alten?«

»Leider. Wenn am Freitagabend Gäste zum Essen kommen, macht sie ein Riesentheater darum, ob rosafarbene Kerzen zu einer malvenroten Tischdecke passen. Gloria, ich weiß einfach nicht, was ich tun soll, ich...«

Während er vor sich hin lamentierte, warf ich den Hörer ein paarmal in die Luft und fing ihn wieder auf. Bill brach in Lachen aus. »Sei still«, sagte ich und verschloß ihm mit der Hand den Mund. »Nein, nicht du, Dad. Bill führt sich nur gerade unmöglich auf.«

»Wer ist Bill?«

»Der Künstler, den ich in Chelsea kennengelernt habe. Ich habe dir von ihm erzählt. Erinnerst du dich nicht?«

»Ach. Ja. Bill.«

»Hör zu, Dad, ich muß jetzt wirklich los«, sagte ich. »Ich ruf' dich später an.«

»Du warst ja nett«, sagte Bill, als ich auflegte. »Behandelst du deinen Vater immer so herzlos?«

»Nein«, sagte ich. »Genaugenommen habe ich mich in den letzten einundzwanzig Jahren immer nach ihm gerichtet. Ich glaube, es ist an der Zeit, damit aufzuhören.«

Er lächelte. »Komm her.«

Später, als ich zur Decke starrte, dachte ich: Der Kreis hat sich geschlossen. Wie einst meine Mutter liege ich nun in einer schmuddeligen Wohnung in Earl's Court auf dem Rücken im Bett, und über mir ist ein sanfter Mann mit betörender Stimme.

11. Kapitel

Als ich eines Abends nach der Arbeit zu Deepa ging, um Curran abzuholen, herrschte in der gewöhnlich lärmerfüllten Wohnung wachsame Stille. Der achtjährige Raj öffnete mir die Tür. »Curran ist im Wohnzimmer«, sagte er mit düsterer Stimme und wies mit dem Daumen auf meinen Sohn.

Curran saß auf dem Tweedsofa der Romdourls und hatte den Kopf in den Händen vergraben. Deepa saß neben ihm, einen Arm um ihn gelegt. »Deine Mum ist da«, sagte sie.

Er sah auf. Sein linkes Auge war blau.

»Bitte sei mir nicht böse«, sagte er.

»Es gab eine Schlägerei in der Schule«, flüsterte Deepa. »In der Schultasche ist ein Brief von der Lehrerin.«

»Komm«, sagte ich zu ihm. »Wir gehen nach Hause und sprechen darüber.«

Oben in der Küche las ich den Brief und seufzte, während Curran den Flur hinunterrannte und seine Zimmertür zuknallte. Ich wartete, bis ich das Quietschen der Bettfedern hörte, bevor ich hineinging und mich neben ihn setzte. Ich streichelte seinen Rücken.

»Willst du mir erzählen, was passiert ist?«

»Wozu denn? Du hast es doch gelesen.« Das Kissen erstickte seine Worte.

»Mrs. Cunningham hat mir nicht deine Version der Geschichte erzählt.«

Er hob den Kopf, und ich zuckte beim Anblick der dunklen Streifen, die wie die Strahlen einer grausamen Sonne von seinem Auge ausgingen, zusammen. »Wir waren draußen«, sagte er. »Es war fast schon Zeit, zur Mathestunde reinzugehen, und ich habe an der Mauer gestanden und mich mit Raj unterhalten, ich habe wirklich überhaupt niemandem etwas getan. Ganz plötzlich ist Nigel Clark – er ist eine Klasse über mir, ein Riesenkerl, und er ärgert mich ständig – zu mir hergerannt und hat mich gepackt und aufs Auge gehauen. Raj hat gesagt: ›Ignorier ihn, Curran, sonst kriegst du noch mehr Ärger‹, aber ich konnte nicht. Ich war so stinksauer. Weil es nicht gerecht war. Es war nicht gerecht, daß Nigel mich einfach zusammenschlagen konnte, wo ich ihm überhaupt nichts getan hatte. Also hab' ich ihm eine auf die Nase geknallt. Ich hätte nie gedacht, daß da soviel Blut rauskommen würde...«

Das Telefon läutete. »Mein Gott«, sagte ich.

Es war Jascha. »Ich kann jetzt wirklich nicht mit dir sprechen«, sagte ich. »In einer halben Stunde.«

Ich ging zu Curran zurück. »Wer war denn dran?« fragte er.

»Jascha.«

»Wirst du ihn heiraten?«

Ich lachte. »Was für eine Frage!«

»Wirst du?«

»Großer Gott, nein. Wir arbeiten zusammen an der Retrospektive, das ist alles.«

»Aber wirst du überhaupt wieder heiraten?«

Ich seufzte. »Beunruhigt dich diese Vorstellung?«

»Ein bißchen.«

»Also, ich kann das nicht endgültig mit ja oder nein beantworten, aber es wird viel Zeit vergehen, bis ich jemand anderen finde – wenn überhaupt. Okay?«

»Okay.«

Er ließ sich auf den Rücken fallen.

»Mum«, sagte er, »bist du mir böse?«

Ich faltete die Hände im Schoß und starrte auf sie hinab. Ich sog die Luft ein und bemühte mich, unter den verschiedenen Antworten, die mir durch den Kopf schossen, die richtige zu finden. Nein, hätte Riordan gesagt. Nein, hätte Caroline gesagt. Wo waren meine eigenen Worte?

»Nein«, sagte ich. »Ich bin nicht böse auf dich. Ich finde, daß du jedes Recht hattest, wütend zu werden – weil du im Recht warst. Das Leben ist nicht besonders gerecht in letzter Zeit. Das ist aber keine Entschuldigung dafür, Nigel Clark als Punchingball zu benutzen, auch wenn er als erster zugeschlagen hat. Versprichst du mir, daß so etwas nicht mehr vorkommen wird?«

Er schloß die Augen und nickte.

»Das sieht immer noch ziemlich geschwollen aus«, sagte ich. »Bleib hier, ich hol' dir etwas Eis.«

Ich ging in die Küche zurück und rief Jascha an. »Was war denn diesmal los?« fragte er. »Hoffentlich nicht schon wieder ein Zusammenstoß mit dem Suppentopf.«

Ich erzählte ihm von dem Vorfall in der Schule.

»Dein Kind hat das getan? Der kleine, stille, unauffällige Curran?«

»Ja.«

»Wahnsinn.«

»In dem Moment, als ich erfahren habe, was passiert ist«, sagte ich, »hätte ich den kleinen Dreckskerl, der ihm das blaue Auge verpaßt hat, am liebsten umgebracht.«

»Aber du kannst nicht seine Kämpfe ausfechten. Du kannst ihn nicht abschotten.«

»Ich weiß.«

»Was hat ihn dazu gebracht? Abgesehen von der Tatsache, daß ein kleiner Psychopath auf ihn losgegangen ist, meine ich?«

»Er sagte, es sei die Ungerechtigkeit, die ihn so zur Weißglut gebracht hat.«

»Der arme Kerl.«

»Er hat mich auch gefragt, ob ich dich heiraten würde.«

Jascha kicherte. »Und was hast du geantwortet?«

»Kommt nicht in die Tüte.«

»Oder in den Suppentopf.«

»In den erst recht nicht. Worüber wolltest du mit mir sprechen?«

»Über Galerien.«

»Galerien?«

»Ja, du weißt schon, kleine Räume, in denen man Kunstwerke aufhängt …«

»Hör bloß auf. Was ist damit?«

»Wir sollten die anvisieren, die sich für Bills Arbeiten interessieren könnten.«

»Und?«

»Wie ich schon sagte, wir werden vermutlich bei der

Hayward oder der Whitechapel anfragen. Die Tate kommt nicht in Frage. Zu groß. Bill ist dafür nicht etabliert genug.«

»Stimmt«, sagte ich.

»Was meinst du?«

»Lassen wir die Hayward aus dem Spiel. Bill konnte sie nicht ausstehen. Er nannte sie ein großes Betonmonster.«

»Und Whitechapel?«

»Ziemlich ethno, Jungkünstler und east-end-mäßig, oder?«

»Hm. David Hockney hatte dort seine erste Ausstellung, glaube ich.«

»Das klingt gut«, erwiderte ich. »Ich muß jetzt Schluß machen. Ich habe Curran versprochen, daß ich ihm Eiswürfel hole.«

Ich wickelte zwei Stückchen in ein Papierhandtuch und brachte sie zu ihm. Als ich in sein Zimmer trat, lag er zusammengerollt auf der Seite und schluchzte. Ich setzte mich neben ihn. Das Eis ließ meine zitternden Hände gefühllos werden. Meine Kehle war wie zugeschnürt, und ich schluckte. Dann legte ich das Papiertuch auf das Nachtkästchen und schloß Curran in die Arme. »Wein dich nur aus, mein Schatz«, flüsterte ich. »Wein dich aus.« Im verblassenden Licht des frühen Abends saßen wir auf dem Bett, und ich hielt ihn fest, genauso wie Bill mich gehalten hatte, ohne Fragen, ohne Bedingungen zu stellen.

12. Kapitel

An einem Januarnachmittag während meines Austauschjahrs in London erfuhr ich durch einen Telefonanruf, daß mein Vater in sein Arbeitszimmer gegangen war, die Tür geschlossen, eine Pistole an seinen Kopf gelegt und abgedrückt hatte.

Ich ging zurück ins Wohnzimmer, wo ich auf dem Sofa Notizen gemacht hatte, und stieß die Bücher mit einem Rundumschlag zu Boden. Ich kniete in der Zimmermitte nieder und rammte mir die Knöchel in den Mund. Im Badezimmer sang Pandora zu einer Platte von Kate Bush, während sie sich die Haare färbte, und Meg schrie: »Himmel noch mal, würdest du diese beknackte Musik leiser stellen?«

Es klingelte. Draußen stand Bill. Er bahnte sich einen Weg durch die ringsum verstreuten Papiere und kniete sich neben mich. Er roch nach Wolle und Schaffell, Aftershave und Güte. »Hallo«, sagte er sanft. »Hallo, Liebste, alles in Ordnung?«

Ein kaum hörbarer Laut stieg aus meiner Kehle auf. Wortlos schob ich seinen Hemdkragen beiseite und legte meine Wange direkt auf seine warme Haut. Aus Pans Stereoanlage ertönte klagend Kate Bushs Frage: *Do you know what I really need? – Weißt du, was ich wirklich brauche?* –, und dort auf dem Boden schloß er mich in die Arme. Ich weiß nicht, wie lange wir, kaum atmend, so verharrten.

Er brachte mich in seine Wohnung. An diesem Abend gab es ein Bauernessen, Suppe und dickes Brot. Er brach von seinem Brocken ab und wischte damit seinen Teller aus. Als er sie sich in den Mund schob, rann ihm etwas Brühe über das Kinn. Er sah so kindlich aus, daß ich lachen wollte.

Statt dessen brach ich in Tränen aus. Ich schluchzte so heftig, daß es schmerzte, ich hatte das Gefühl, als könnte ich mich in meinem Körper nie wieder wohl fühlen. Er zog mich um den Tisch herum und setzte mich auf seinen Schoß. Ich preßte mein Gesicht an seinen Hals. Ich wollte unter seine Haut schlüpfen. Er streifte meinen Mund mit einem Kuß. Ich sagte: »Laß mich nicht los.« Bis Mitternacht saßen wir so in der Küche, dann trug er mich in sein Bett.

Zwei Tage später erwachte ich. Das Morgenlicht tat meinen Augen weh. Ich hob den Kopf vom Kissen und erspähte Bill an der Tür.

»Du stehst jetzt auf«, sagte er.

Ich wandte mich von ihm ab und zog unter der Decke meine Knie bis ans Kinn. »Nein«, sagte ich. Ich fuhr mir mit der Zunge über die rissigen Lippen und befeuchtete sie.

»Doch«, sagte er. Er kam ins Zimmer und stellte sich neben mich. Mit einer Hand schlug er die Decke zurück. Ich rollte mich noch mehr zusammen. Meine Zähne klapperten. Meine Waden verkrampften sich erschauernd. Ich schüttelte den Kopf.

»Komm jetzt.« Er legte mir einen Arm um die Schultern und hievte mich hoch. Als er mich um das Bett herumführte, gaben meine Beine nach, und ich lehnte mich an ihn. Plötzlich wurden mir der essigsaure Geschmack in meinem Mund, der von zuviel Schlaf herrührte, und meine fettigen Haare bewußt. »Du wirst jetzt duschen«, sagte er mit ruhiger Stimme, »und ich mache Frühstück, und wenn du wach bist, werden wir reden.«

Mit festem Griff führte er mich ins Badezimmer und drehte die Dusche auf. Durch den geöffneten Vorhang trafen mich die kalten Tropfen ihres Strahls. Meine Augen füllten sich mit Tränen. Ich sah an mir herunter. Meine gefühllosen Finger mühten sich mit den Knöpfen meines Nachthemds ab. Er legte mir die Hände auf die Schultern und küßte mich auf die Stirn.

»Du mußt mir jetzt vertrauen«, sagte er, »wenn ich dir sage, daß dir irgendwann nach Leben zumute sein wird. Kannst du mir vertrauen?«

Ich schluckte und nickte dann.

»Okay«, sagte er. »Ich bin in der Küche.«

Eine Stunde lang stand ich zitternd unter der Dusche, das Gesicht in den Händen vergraben. Als ich herauskam, griff ich nach Bills Morgenmantel, der an einem Haken an der Tür hing, und zog ihn an. Er war von einem ausgeblichenen Preiselbeerrot und durchtränkt mit seinem Geruch. Als ich in die Küche tappte, war ich ruhig. Ich setzte mich an den Tisch und stützte den Kopf auf die Arme.

»Hier sieht es heute ja richtig sauber aus«, sagte ich.

»Das liegt daran, daß alle anderen an der Uni sind.« Bill stand am Herd und briet Omeletts. Er grinste. Ein leuchtendgelbes Strahlen umgab seine Gesichtszüge. Der Raum war in ein so herrliches, goldenes Licht getaucht, daß ich glaubte zu zerbrechen.

»Was für ein Tag ist heute?« fragte ich.

»Donnerstag.«

»Du hast heute morgen doch Aktzeichnen, oder?«

Er nickte.

»Mußt du da nicht hin?«

»Ich muß hier sein. Das allein zählt.«

»Aber –«

»Zerbrich dir deswegen nicht den Kopf, Liebste.«

Er holte einen Teller, setzte sich mir gegenüber hin und sah mir beim Essen zu. Ich hatte gar nicht gemerkt, wie hungrig ich war.

»Deine Mutter hat angerufen«, sagte er.

»O Gott.«

»Sie war ganz reizend, sehr herzlich, sehr geschäftsmäßig. Gar nicht so ein Drachen, wie ich erwartet hatte.«

»Das sieht ihr ähnlich. Auch im Trauerfall ganz Dame.«

Ich wandte den Blick ab. Sah zum Geschirr im Spülbecken, zu dem Schild über dem Tresen, auf dem in Bills Handschrift stand: WER WAS RAUSHOLT, MÖGE ES WIEDER ZURÜCKSTELLEN. Unter diese Anweisung hatte einer von Bills Mitbewohnern gekritzelt. VERPISS DICH, MEISTER PROPER!

»Die Beerdigung ist morgen«, sagte er.

»Ich weiß. Ich möchte hinfahren, aber –«

»Es ist alles geregelt. Deine Mutter hat telegrafisch Geld überwiesen, und ich habe ein Flugticket besorgt. Du fliegst heute mittag ab.«

»Aber meine Seminare – ich will nichts versäumen ...«

»Ich habe mit Meg gesprochen. Sie kann an der Uni alles für dich regeln. Sie bringt dir deine Sachen rüber, und ich fahre dich zum Flughafen.«

Ich seufzte. »Was täte ich nur ohne dich?«

»Das sollte ich dich fragen«, antwortete er.

Am Abend desselben Tages saß ich mit angezogenen Beinen neben meiner Mutter auf dem Beifahrersitz und lehnte den Kopf an die kalte Fensterscheibe, erschöpft vom Jet-lag und neugeborener Trauer. Wir waren unterwegs auf der anderthalbstündigen Fahrt von Baltimore nach Norden. Erst als wir das hellblaue Schild, das uns in Pennsylvania willkommen hieß, passierten, begann sie zu sprechen.

»Ich habe ihn gefunden«, sagte sie.

Sie hielt einen Augenblick inne und fuhr dann fort: »Er ist an diesem Tag nicht zur Arbeit gegangen. Natürlich ist mir das merkwürdig vorgekommen, es hat ihm überhaupt nicht ähnlich gesehen, aber ich habe mir gedacht, er braucht einfach mal eine Pause. Du weißt ja, wie bedingungslos er an diesen konfusen Kindern hängt. Hing.«

Sie bog um eine Kurve, und der plötzliche Schein einer Straßenlampe erhellte ihre Gesichtszüge. Ihre schlanken, gepflegten Hände hielten das Lenkrad. Ihr Ehering glänzte.

»Ich war an dem Morgen unterwegs, um eine Besorgung zu machen. Mußte ein paar Theoriebücher abholen, die ich im Musikgeschäft bestellt hatte. Bei meiner Rückkehr war ich bester Dinge. Vielleicht hat es am Schnee gelegen, der auf dem Boden glitzerte, an der Art, wie einem das Gesicht und die Finger heiß wurden, wenn man aus der Kälte kam. Also bin ich zu ihm gegangen und habe an die Tür seines Arbeitszimmers geklopft, um ihn zu fragen, ob er vielleicht in der Stadt mit mir zu Mittag essen wollte. Aber ich habe keine Antwort bekommen.«

Ich schloß die Augen.

»Da lag er, auf dem Boden. Flach auf dem Rücken. Sein Handgelenk war abgespreizt, die Pistole neben ihm. Alles voller Blut und Gehirn. Als hätte der Schmerz sein ganzes Gesicht schmelzen lassen.«

»Sag nichts mehr, Mom.«

»Ich habe gedacht, du willst es hören. Ich habe gedacht, du mußt es wissen.«

»Bitte, sprich nicht weiter.«

»Schließlich ist er dein Vater, und ihr zwei habt euch so nahegestanden, ich verstehe nicht, warum du nicht –«

»Halt den Mund!«

Sie biß die Zähne zusammen. In der Dunkelheit sah ich kurz, wie eine namenlose Emotion – Schock? Schmerz? Erleichterung? – über ihr Gesicht zuckte wie eine scharfe Woge, die über Seidenstoff gleitet. Sie bog in unsere Straße ein, und ich betrachtete den eleganten, aber protzigen Stilmischmasch der Häuser – moderne Redwoodgebäude, hingeklotzter Stein, exakter Neokolonialismus –, der an uns vorüberzog. Durch Panoramascheiben, Erkerfenster, Verandatüren erhaschte ich kurze Blicke auf schlanke Mädchen in flauschigen Pullovern, die an teuren Kirschholztischen in hellerleuchteten Eßzimmern ihre Hausaufgaben machten, in ihren warmen maßgefertigten Küchen mit ihren Freunden plauderten und das Telefonkabel um die zarten Finger wickelten, während sie banale Liebeserklärungen flüsterten und aus blassen, glänzenden Augen zusahen, wie der Schnee auf ihren Rasen fiel.

»Bist du froh, wieder zu Hause zu sein?« fragte meine Mutter leise.

»Nein«, gab ich zurück.

Wir schlängelten uns die Auffahrt hinauf, und nachdem sie einen Knopf neben sich berührt hatte, öffnete sich das Garagentor. Eine kratzende Rückwärtsbewegung erschien in meinen erschöpften Augen wie eine Art irreale Zauberei. Als das Auto stand, blieb meine Mutter einfach sitzen. Der Schlüssel steckte noch im Zündschloß. Ihr Profil war ausdruckslos.

»Danke … danke, daß du meinetwegen alles um einen Tag verschoben hast«, sagte ich. »Ich weiß, es muß – es muß schwer gewesen sein.«

»Du brauchst mir nicht zu danken. Du mußtest dabeisein.«

Sie beugte sich vor und rieb sich mit angespannter Miene die Schläfen, ließ dann mit einem bebenden Laut, halb Schluchzen, halb Seufzen, den Kopf in die Hände fallen. Ich spielte mit dem Gedanken, sie an der Schulter zu berühren, dachte an den erstickten Schrei in meiner eigenen Kehle, der, einmal befreit, diese traurige, leidgeprüfte andere Frau vielleicht erreichen könnte. Dann aber hob sie das Kinn, nun wieder ganz meine Mutter.

»Ich muß den Teppich reinigen lassen«, sagte sie.

Als wir am nächsten Tag nach der Beerdigung zum Auto gingen, konnte ich an nichts anderes mehr denken als daran, meine Nylonstrümpfe auszuziehen, dem Schmerz ein Ende zu machen und Bill wiederzusehen. »Warum hast du diese schrecklichen Militärstiefel angezogen?« fragte meine Mutter. »Sie passen nicht zu Kleidern, und wenn man den Anlaß bedenkt, sind sie geradezu respektlos.«

»Wenn du einem Menschen, der ihn nötig hatte, vor Jahren Respekt erwiesen hättest«, sagte ich, »hätte es diesen Anlaß nicht geben müssen.«

Sie biß sich auf die Lippen und wandte das Gesicht ab. Schmerz verkrampfte ihre Lachfalten, diese leichten Furchen mit der unpassenden Bezeichnung, denn es fiel mir schwer, mich an ihr Lachen überhaupt zu erinnern. In Trauerfarben sah sie aschgrau aus. Sie hätte Beige und Dunkellila und Rosa tragen sollen. Ich hätte in meiner Wohnung sein und, mit Bills Kopf im Schoß, auf eine Prüfung über Virginia Woolf lernen sollen.

Aber ich war nicht dort.

Sobald wir zu Hause angekommen waren, rannte ich nach oben und riß mir die Kleider vom Leib, zerrte die Nadeln aus meinen Haaren und brach auf dem Bett zusammen. Ich schrie in das Deckbett hinein, damit sie mich nicht hörte, und dann zog ich Jeans und einen erikafarbenen Pullover an, Sachen, von denen ich wußte, daß sie ihr gefielen, und ging wieder nach unten. Als ich in die Küche kam, entlockte meine Aufmachung ihr ein Lächeln.

»Mom«, sagte ich. »Wegen dem, was ich vorhin gesagt habe. Ich wollte dich nicht verletzen.«

Ich konnte ihr nicht begreiflich machen, daß mein Vater gerade das, was sie an mir respektlos fand, am meisten gefördert hatte. Ich wagte es nicht, ihr zu sagen, daß das, wofür ich mich entschuldigt hatte, auf gemeine Weise, auf ehrliche Weise, auf subtile Weise die Wahrheit war.

»Ach, ich hab' in meinem Leben schon Dümmeres von mir gegeben, das kannst du mir glauben«, sagte sie. »Ist schon in Ordnung.«

Sie entfachte ein Feuer im Kamin. Ich legte mich davor, wollte mich einrollen und alles aus mir herausschluchzen, bis ich ausgetrocknet und neu war, besänftigt vom Flakkern der Flammen. Im Kopf ging ich Woolfs prägnanteste Metaphern durch und analysierte sie. Ich war gerade bei dem Engel, dessen Herz von einem Tintenfaß zerschmettert wird, als Bill anrief.

Meine Mutter brachte mir das Telefon; sie dachte, ich schliefe. Sie berührte meine Schulter. Ihr Gesicht war nur ein glühender Schatten. Angesichts der Besorgnis darin dachte ich, ich könnte sie lieben, doch ein Teil von mir schreckte davor zurück. Ich wartete, bis sie das Zimmer verlassen hatte, bevor ich den Hörer ans Ohr hielt.

»Hallo«, sagte er. »Wie geht es dir?«

Ich schloß die Augen. »Erzähl mir etwas«, sagte ich, »erzähl einfach.«

Das tat er. Seine Stimme war ein Betäubungsmittel, eine schützende Membran, die mich durch das transatlantische Kabel hindurch einhüllte. Ich zählte an meinen Fingern ab, in wie vielen Stunden ich wieder in London wäre.

Er holte mich in Heathrow ab und führte mich in ein chinesisches Restaurant in Bloomsbury, und wir saßen bei Kerzenlicht an einem mit Wachsrosen geschmückten Tisch. Er fragte mich über *Die Fahrt zum Leuchtturm* ab. Ich küßte ihn und schmeckte die süß-saure Sauce auf seinen Lippen. *Hier bin ich zu Hause*, dachte ich. *Nie wieder gehe ich von hier fort.*

Nach dem Essen spazierten wir in der glänzenden, schimmernden Dunkelheit die Gower Street auf und ab. Er hängte sich bei mir ein. »Ich möchte dich heiraten«, sagte er.

»Ich will du *sein*«, sagte ich.

»Daraus schließe ich, daß du meinen Antrag annimmst«, sagte er lachend.

»Eindeutig«, sagte ich.

Am nächsten Abend erzählte ich es den Mädels beim Abwaschen. Sie kreischten und umarmten mich.

»Was, noch kein Ring?« fragte Meg.

»Sei nicht zu hart mit ihm, er ist ein hungerleidender Künstler«, sagte Sarah.

»Beim nächsten Mal würde ich mir allerdings einen reichen Knacker suchen.«

»Sei still, Meg«, sagte ich. »Es wird kein nächstes Mal geben.«

»Habt ihr schon das Datum festgelegt? Habt ihr irgendwelche Pläne gemacht?«

»Ich bin erst seit vierundzwanzig Stunden verlobt«, sagte ich. »Laßt mir doch wenigstens ein bißchen Zeit. Obwohl ich euch schon jetzt versprechen kann, daß ich euch wilde Weiber als Brautjungfern engagieren werde.«

»Du kannst aber deinen Kopf darauf verwetten, daß ich kein rosa Rüschenkleid anziehen werde!« Das kam von Pan am Geschirrständer.

»Sehr komisch«, sagte ich und warf ein Geschirrtuch nach ihr.

Meiner Mutter eine positive Reaktion zu entlocken, war nicht so einfach.

»Du kennst ihn erst seit zwei Monaten und willst ihn heiraten?« fragte sie.

»Ja.«

»Findest du nicht, daß das ein bißchen überstürzt ist?«

»Für manche Leute vielleicht. Für mich nicht.«

»Folgst du da nicht einem bloßen Impuls?«

»So wie du damals.«

Am anderen Ende der Leitung herrschte Schweigen.

»Wie lange kanntest du Dad vor eurer Verlobung?«

»Drei Monate.«

»Beweisführung abgeschlossen.«

»Aber Gloria«, sagte sie, »es hat nicht –«

»Was hat es nicht?«

»Es hat nicht geklappt!«

»Na endlich! Es hat zwar dreiundzwanzig Jahre gedauert, aber jetzt spricht sie endlich die Wahrheit!«

»Spar dir dein Theater«, sagte sie. »Ich will nicht mit dir streiten.«

»Ich auch nicht.«

»Aber bist du dir sicher?«

»Würde ich es tun, wenn ich es nicht wäre?«

»Ich habe es getan.«

»Mom. Hör auf. Ich liebe Bill.«

»Das glaubst du vielleicht, aber ich möchte dir eine Frage stellen: Liebst du ihn, oder führt er dich nur in Versuchung?«

»Mach meine Gefühle nicht herunter.«

»Das tue ich nicht. Aber ich weiß, wie es ist. In Versuchung zu sein. Von einem Akzent und einem ernsten Gesicht und einem höllischen Bedürfnis, verzaubert zu werden.«

»Er ist kein zweiter Riordan, verdammt noch mal!«

»Habe ich das gesagt? Alles, worum ich dich bitte, ist, daß du dir genau überlegst, was du tun willst, und daß du es aus den richtigen Gründen tust. Sei vorsichtig.«

»Mom, halt mir keine Vorträge. Als du in meinem Alter warst, hast du die gleiche Entscheidung getroffen wie ich.«

»Genau, deshalb halte ich dir Vorträge.« Sie seufzte. »Hör zu, ich weiß, daß du mich nicht angerufen hast, um meine Zustimmung einzuholen, aber ich will einfach nicht, daß du meine Fehler wiederholst.«

»Es ist kein Fehler. Wenn du ... wenn du ihn nur kennenlernen könntest. Im Ernst. Komm her und lerne Bill kennen, dann wirst du mich verstehen.«

»Ist das ein Angebot?«

»Ja. Genau.«

»Bill«, sagte sie, »ist er kompliziert?«

Ich wußte genau, was sie meinte. Bill hatte seine Marotten, seine Widersprüche, seine ureigene Palette von Emotionen und Geheimnissen wie jeder Mensch, aber er war nicht kompliziert. *Kompliziert* bedeutete fähig zu betrügen, voller übler Gelüste und Masken, ein Mann wie ein chinesisches Rätsel.

»Nein«, sagte ich.

»Gott sei Dank«, sagte sie. »Ich wollte dich nicht ausfragen. Alles, was zählt, ist, daß du glücklich bist.«

»Wiederholst du das, wenn ich noch etwas Geld einwerfe?«

»Ach, Gloria. Bitte.«

Ich lachte. »Also, wirklich, Mom. Du hast zuviel Klasse für solche Klischees. Wenn ich dir erzählen würde, daß ich in meiner Jugend eine Mörderin war und Männer mit der Spitzhacke zerstückelt und im Hinterhof verscharrt habe, würdest du dann immer noch sagen, solange es mich glücklich macht, sei es dir recht?«

»Zum Teufel, nein. Ich würde dafür sorgen, daß du ins Gefängnis wanderst. Dein Vater allerdings –«

»Hätte die Gräber für mich ausgehoben«, sagte ich leise.

Im Juni flog ich in die Staaten zurück, um mit summa cum laude zu graduieren. Bill begleitete mich, und wir fuhren mit meiner Mutter nach New York, wo sie uns in den Russischen Teesalon führte. Während des ganzen Abendessens plauderte und lachte sie und ergriff unaufhörlich Bills Arm. In ihren hochhackigen Riemchenschuhen und dem hauchzarten pinkfarbenen Kleid wirkte sie jünger als ich. Nach ein paar Gläsern Sekt legte sie mit Geschichten aus meiner Kindheit los, die Bill mit einem schwachen Lächeln über sich ergehen ließ. »Wissen Sie, ich bin unglaublich stolz auf sie«, sagte sie, »aber es hat mich wirklich überrascht, daß sie Englisch studiert hat. Sie hätten sie mit sechs sehen sollen, Bill – sie hat es sich mit ein paar Chemiebüchern ihres Vaters gemütlich gemacht und sich stundenlang damit beschäftigt. Es war reizend.«

Ich versetzte ihr unter dem Tisch einen Tritt. Sie verzog keine Miene.

»Ich war sicher, daß sie sich auf die Naturwissenschaften verlegen würde, so, wie sie sich dafür interessiert, wie sie ihren Vater bewundert hat. Sie waren ...« Sie brach ab. »Verwandte Seelen.«

»Gloria hat es mir erzählt«, sagte Bill.

»Natürlich«, sagte sie. »Trotzdem, ich hätte darauf gefaßt sein müssen, daß Gloria uns überrascht. Sie war immer ein wenig rebellisch.«

»Eine erfolgreiche Rebellin«, murmelte ich in mich hinein.

Bill hörte mich. »Und das ist auch gut so«, sagte er und lachte, während er über die Innenseite meines Handgelenks strich, »denn dank unserer Nora Barnacle hier und ihrer Abschlußarbeit habe ich jetzt endlich eine Ahnung, worum es in *Finnegans Wake* eigentlich geht.«

Meine Mutter strahlte. Als Bill aufstand, um zur Toilette zu gehen, beugte sie sich über den Tisch, bevor ich ihr wegen ihrer schrägen Anekdoten Vorwürfe machen konnte, und flüsterte: »All meine Zweifel sind verflogen, Gloria. Du hast einen sagenhaften Geschmack.«

»Das hätte ich von dir nie zu hören erwartet«, sagte ich.

»Ich muß zugeben, ich bin ein wenig eifersüchtig«, sagte sie. »Er ist ein Engel, absolut reizend. Noch dazu hat er tolle Zähne – für einen Engländer, meine ich.«

Ich schnaubte. »Mom, du bist schrecklich.«

»Ich bemühe mich.« Sie lächelte, lehnte sich dann zurück und verschränkte die Arme. Sie drehte den Kopf, um Bill auf seinem Weg zu unserem Tisch zu beobachten. Sie blinzelte heftig. Ihre Lippen zitterten. Sie sagte: »Er ist so, wie Riordan hätte sein sollen.«

Auf dem Rückflug sagte Bill: »Deine Mutter ist umwerfend. Nach deinen Erzählungen hatte ich eine ältere Dame mit gequältem Gesichtsausdruck und einem unersättlichen Ego erwartet.«

Ich lachte. »Weißt du, all die Leichen im Schrank meiner Mutter sind ordentlich in Kleiderhüllen verpackt«, sagte ich, kuschelte mich an ihn und schlief bis zur Landung.

Und so heirateten wir und bekamen ein Baby und kauften eine schöne Wohnung in Islington, bevor die Gegend in Mode kam. Sie lag im zweiten Stock, hatte keinen Aufzug, dafür einen Balkon, der auf einen Rosengarten blickte, und wir dachten, wir würden für immer glücklich und zufrieden dort leben.

Aber so einfach war es nicht. Wir vergaßen die Botschaft von Jim Jones und Santayana. Ja. Daß man die Vergangenheit verdammt und doch dazu verdammt ist, sie zu wiederholen.

13. Kapitel

Zwei Monate nach Bills Tod rief meine Mutter an und eröffnete mir, sie wolle nach England kommen.

»Das soll hoffentlich ein Witz sein«, erwiderte ich.

Jahrelang hatte sie versucht, mit Hilfe von Paketen und Briefen den Atlantik zu überbrücken: blumige, elegante Karten zu meinem Geburtstag im Juli, teure Pullover an Weihnachten, fröhliche Briefe, Geschenke für Curran. Seit meinem endgültigen Umzug nach London war sie nur ein einziges Mal hergeflogen, und auch das nur übers Wochenende, zu meiner Hochzeit. In auffällige Blumenmuster gehüllt, voll Geziertheit und mit ihrem Freund an der Seite marschierte sie im Garten von Bills Eltern in Lamberhurst von Gast zu Gast, während ich stumm neben Bill stand und ihr achtloser Kuß meine Wange betäubte, und ich schwor mir, sie nie einen Fuß in unsere Zuflucht, unsere Wohnung in der Theberton Street, setzen zu lassen.

Als Curran im März darauf geboren wurde, bat ich Bill, sie vom Krankenhaus aus anzurufen. »Ich bin erschöpft«, sagte ich und fuhr mir mit der Hand durch das wirre Haar, während ich mich vorbeugte, um meine Lippen auf die zerbrechliche Stirn meines neugeborenen Sohnes zu drücken. »Ich halte sie jetzt nicht aus.«

»Du warst nicht zu kaputt, um mit *meiner* Mutter zu sprechen«, sagte Bill.

»Ich weiß, aber bitte tu es für mich, ja? Sie mag dich. Dich wird sie nicht ausfragen.«

»Na gut, Liebste«, sagte er kopfschüttelnd und trat auf den Korridor.

Zehn Minuten später kam er zurück. »Wie war es?« fragte ich.

»Wenn man dir zuhört, könnte man glauben, ein Gespräch mit ihr sei die reinste Folter.«

»Ist es manchmal auch.«

»Also, es war nett. Mehr als nett. Sie ist so aus dem Häuschen, daß ich mich ungefähr fünfmal von ihr verabschieden mußte, bis sie einhängte. Sie will dich besuchen kommen. Wenn du dich wieder erholt hast, sagte sie.«

Ich gähnte. »Von mir aus. Dann muß ich mir eben ungefähr fünfzehn Jahre Zeit dafür nehmen.«

»Heiliger Strohsack, Gloria«, sagte er, während er sich zu mir aufs Bett setzte und mir Curran abnahm, damit ich meine Haare richtig durchbürsten konnte, »warum willst du ihr denn gar nicht entgegenkommen?«

»Ich weigere mich, mein ganzes Leben für jemanden umzustoßen, der so gnadenlos im Verleugnen ist.«

»Mach, was du willst«, sagte er, »aber meiner Meinung nach führst du dich ganz schön lächerlich auf.«

Ich warf meine Haare nach vorn und bearbeitete einen besonders hartnäckigen Knoten, hob dann den Kopf, beugte mich vor und zog ihn mit zwei Fingern unter seinem Kinn an mich. »Mach du mal acht Stunden Wehen durch, dann sehen wir weiter«, sagte ich und gab ihm einen Kuß, einen harten *Ich-bin-aus-der-Hölle-zurück*-Kuß, lang und intensiv. Genau in diesem Moment zuckte Curran im Schlaf. Ich lachte und nahm ihn wieder in meine Arme, preßte meine Wange an seine warme Kopfhaut und dachte: *Er gehört mir.*

Als ich ihn zwei Tage später zum ersten Mal in unsere Wohnung trug, waren auf dem Anrufbeantworter vier Nachrichten gespeichert. Ich hörte die erste ab – »*Gloria, ich freue mich so für dich, und ich würde gerne...*« und drückte sofort die Löschtaste.

»Manchmal kannst du wirklich eiskalt sein«, sagte Bill von der Tür aus.

»Sie aber auch«, versetzte ich.

Aber sie versuchte es weiter. Anfangs einmal pro Woche, dann alle zwei Wochen. Entweder ließ ich den Anrufbeantworter an, oder Bill mußte ihre Anrufe für mich entgegennehmen. »Sag ihr, ich bin in der Dusche«, sagte ich, während ich mein nasses Haar in der Küche trocknete. »Sag ihr, meine Hormone spielen wegen Curran verrückt, und ich bin ganz durchgedreht und müßte mich hinlegen.«

»Du wirst diese Ausrede noch benutzen, wenn er zwanzig ist, stimmt's?« fragte er.

»Wahrscheinlich«, sagte ich und schlich aus dem Zimmer, die Arme um mich geschlungen, und fühlte mich erbärmlich.

An einem Spätnachmittag im Dezember, als sich die Anrufe auf maximal einen alle sechs Wochen reduziert hatten und ich schon glaubte, sie hätte aufgegeben, läutete das Telefon. Bill nahm ab. Ich saß mit dem Rücken zu Bill neben dem inzwischen neun Monate alten Curran im Wohnzimmer auf dem Boden. Bill trat hinter mich, legte mir die Hände auf die Schultern. »Gloria«, sagte er, »glaubst du nicht auch, daß es an der Zeit ist, dieses Spiel zu beenden?«

»Was meinst du damit?«

»Du weißt genau, was ich meine. Deine eigene Mutter ist am Telefon und will dir frohe Weihnachten wünschen, und du sitzt da und versteckst dich, als wäre sie dein schlimmster Feind.«

»Kein schlechter Vergleich.«

»Hör zu«, sagte er, »ich bin nicht bereit, dabei noch länger den Schiedsrichter zu spielen.«

»Na schön«, sagte ich und packte seinen Arm, um mich vom Teppich hochzuziehen. Currans Augen weiteten sich fragend. »Bin gleich wieder da, Liebling.«

»Ja, Mom«, sagte ich, nachdem ich den Hörer in der Küche aufgenommen hatte.

»Gloria«, sagte sie mit einer Stimme, die schrill vor Entzücken und Schmerz war. »Schatz, ist das alles, was ich nach beinahe einem ganzen Jahr ohne ein Wort von dir zu hören bekomme: ›Ja, Mom‹?«

»Die Mutterschaft reduziert die Artikulationsfähigkeit. Wenn man den ganzen Tag mit jemandem verbringt, der ein Vokabular von fünf Worten hat, zitiert man nicht mehr so oft Shakespeare.«

Sie lachte, doch dann wurde sie wieder verbittert. »Das habe ich nicht gemeint, und du weißt das auch.«

»Mom. Verdammt. Ich habe keine Zeit für so was.«

»Für mich.«

»Nein, das habe ich nicht gesagt … Ich meine, ja, ich habe zu tun, ich führe mein eigenes Leben hier, ich habe ein Kind, ich –«

»Du hast eine Mutter.«

»Wenn ihr danach zumute ist.«

»Mein Gott, Gloria, ich versuche –«

»Du versuchst was?«

»Einen Neuanfang zu machen.«

»Na, so ein Zufall. Ich auch. Nun, dann ist doch alles bestens, Mom. Du hast dein neues Leben mit deiner schicken kleinen Eigentumswohnung, deinem schmachtenden Anwalt, dem ersten Platz im Orchester, und ich habe meines mit Bill und Curran. Warum sind wir da nicht auf derselben Wellenlänge? Wir entwickeln uns, wir respektieren die Grenzen, wir versuchen nicht krampfhaft, uns warmherzige Gefühle zu entlocken.«

»Gloria, verdammt noch mal, siehst du denn nicht, daß ich nie die Chance hatte –«

Ich hörte einen lauten Aufprall und Currans Weinen im Nebenzimmer.

»Mom«, sagte ich, »ich muß aufhören. Curran braucht mich.«

Ihre Stimme wurde weich. »Wie ist er?«

»Er ist prachtvoll«, sagte ich.

»Gott, ich würde ihn so gerne sehen.«

»Nun, wer weiß«, sagte ich süßlich, und wütende Panik stieg wie Dampf in mir auf, während Currans Geschrei an meine Ohren dröhnte, »schließlich hast du dir ja diesen schnuckeligen Kerl aufgerissen, der bei meiner

Hochzeit dauernd an dir geklebt hat, da könntest du dich schon bald in meiner Lage wiederfinden – du bist noch jung genug, und er, lieber Gott, wie alt mag er gewesen sein, vierundzwanzig, fünfundzwanzig? Oder ist er inzwischen nicht mehr angesagt?«

»Hör sofort auf. Schlag dir das aus dem Kopf. Leb du mal so, wie ich gelebt habe, Miss ›Ich habe mein Leben vollkommen unter Kontrolle, nun, wo ich einen Engländer geheiratet habe‹, führe ein einziges Jahr lang mein Leben, dann würdest du mir mein Glück nicht mißgönnen.«

»Gloria?« rief Bill aus dem Wohnzimmer.

»Mom«, sagte ich schwer schluckend, »ich lege in ungefähr fünf Sekunden auf, wenn du also irgendwelche Feiertagswünsche loswerden möchtest, dann tu es besser gleich.«

»Fröhliche ... fröhliche Weihnachten«, sagte sie leise.

Ich legte auf und schlug mit der Faust heftig auf den Frühstückstresen, dann kehrte ich zu Bill und Curran zurück. Sie starrten mich mit verwirrter Miene vom Perserteppich aus an, wo Curran auf Bills Schoß saß.

»Was ist hier drin passiert?« fragte ich.

»Nur seine üblichen Stürze nach dem Motto: Ich strenge mich so schrecklich an, laufen zu lernen, aber es klappt nicht«, sagte Bill und strich Curran die feuchten blonden Strähnen zurück, die im Schein der Tiffanylampe hinter ihm rötlich schimmerten. »Was ist *da* drin passiert?«

»Die reinste Schlammschlacht, Schatz«, sagte ich.

»Hast du die Küche saubergemacht?«

Ich lächelte und setzte mich neben ihn. »Noch nicht.«

Er bemerkte meine geröteten Knöchel und berührte mein Gesicht. »Gloria, du solltest ihr wirklich eine Chance geben.«

Ich streckte mich, um ihn auf den Scheitel zu küssen. »Du bist der größte Friedensstifter der Welt, und ich liebe dich deswegen«, sagte ich, »aber du mußt einfach begreifen, daß meine Mutter und ich dazu verdammt sind, einander bis in alle Ewigkeit an die Kehle zu gehen.«

»Na schön, dann tu es wenigstens ruhig«, sagte er. »Du hast Curran angst gemacht.«

Ich streckte die Arme nach meinem Sohn aus, und er strahlte. »Kein Geschrei mehr«, sagte ich. »Mummy verspricht es dir.«

Meine eigene Mutter und ich hörten erst dann wieder voneinander, als Bill tot war.

Jetzt trommelte ich mit den Fingern auf den Küchentresen und zögerte, etwas zu sagen, da ich befürchtete, entweder lachen oder laut schreien zu müssen. »Das muß ein Witz sein«, wiederholte ich.

Ich konnte hören, wie sie am anderen Ende der Leitung scharf die Luft einsog.

»Ich möchte doch nur dich und Curran sehen«, sagte sie.

»Bitte, nicht schon wieder dieses Spiel.«

»Gloria, ich dachte nur, daß du mich vielleicht brauchst...«

Ich hatte ihr direkt nach Bills Tod einen kurzen, im

Schock hingekritzelten Brief geschickt. Ich konnte mich kaum dazu überwinden, doch Bill und sie hatten sich gut verstanden, und ich hatte mich immer verpflichtet gefühlt, sie zumindest oberflächlich über die größeren Ereignisse in unserem Leben auf dem laufenden zu halten: meine neue Stelle, Bills Arbeit an einer experimentellen Ausstellung, Currans hervorragende Schulnoten. Ich hätte nie erwartet, daß sie mit einer Bitte darauf reagieren könnte – oder war es ein Angebot?

Sie machte eine Pause.

»Du willst nicht, daß ich komme, oder?«

»Na ja, nach all der Scheiße, die wir in der Hinsicht hinter uns haben –«

»Ich weiß, daß es nicht einfach sein wird, und vielleicht verlange ich zuviel, aber ich würde so gerne einfach nur –«

»Herrgott, Mom, tu mir das nicht an! Glaubst du wirklich, daß ich diesen Streß ausgerechnet jetzt gebrauchen kann?«

»Nur du kommst auf die Idee, ein ehrliches Gespräch mit deiner Mutter könnte deine geistige Gesundheit gefährden.«

»Nur du kannst glauben, daß ich nach all den Auseinandersetzungen mit dir einfach fröhlich darüber hinweggehen kann und sage: Aber sicher, nimm das nächste Flugzeug von Baltimore nach London, kein Problem.«

Ihre Stimme wurde scharf. »Wir müssen nicht so miteinander umgehen, weißt du. Wir könnten die Sache aufarbeiten, ein besseres Verhältnis bekommen. Oder es zumindest versuchen. Das ist alles, was ich will. Eine Chance.«

»Also, das ist ja alles echt nobel von dir, und wenn du mir derart die Pistole auf die Brust setzt…« – meine eigene Wortwahl ließ mich zusammenzucken –, »muß ich dir wohl beipflichten, aber über eins mußt du dir im klaren sein.«

»Ja«, sagte sie fast atemlos, sie wartete auf die große Beichte, den gesegneten Moment der Nähe.

»Bei mir geht alles absolut drunter und drüber. Ich bin kaum imstande, ein Abendessen zusammenzukratzen, ohne den Verstand zu verlieren, da ist es mir erst recht unmöglich, jede angeschlagene Beziehung in meinem Leben ausgerechnet jetzt in Ordnung zu bringen.«

»Ich weiß.«

Weißt du das wirklich? fragte ich mich, während ich mir mit der Hand die Augen rieb. »Mom, ich bin müde«, sagte ich. »Ich kann nicht die perfekte Gastgeberin spielen.«

»Das brauchst du auch nicht. Ich kann dir doch helfen, Liebling, das täte ich gern, ich meine, wenn du mal jemanden brauchst, der dir Curran abnimmt, wenn er dir auf die Nerven geht, dann übernehme ich das ehrlich gern, schließlich habe ich ihn so lange nicht gesehen –«

»Das mußtest du mir wohl jetzt unter die Nase reiben, stimmt's?« sagte ich. »Hör zu, wenn du uns besuchen willst, dann komm uns besuchen. Ich möchte dieses Affentheater jetzt ein für allemal beenden.«

»Ach, ich freue mich so. Ich kann irgendwo ein Hotel buchen, wenn du willst. Schließlich gibt es da, wo du wohnst, wirklich genug Hotels, und wenn es dir die Sache erleichtert –«

»Nein«, sagte ich plötzlich zu meiner Überraschung, »ist schon in Ordnung. Das brauchst du nicht. Du kannst hier wohnen.«

»Wirklich? Bist du sicher, daß dir das nicht zuviel wird?«

Viel zuviel, dachte ich. »Ich glaube nicht. Nur erwarte nicht das Savoy.«

Sie lachte. »Ich trete noch bis Ende April in meiner Konzertreihe auf, deshalb habe ich die erste Maiwoche ins Auge gefaßt, falls dir das recht ist.«

Ich sagte ihr, mir sei es recht, legte auf und kehrte angesichts dessen, was ich getan hatte, leicht benommen zum Tisch zurück, wo ich Arbeiten korrigiert hatte. Das Telefon klingelte erneut. Es war Jascha.

»Gute Neuigkeiten«, sagte er. »Ich habe die Zusage von Whitechapel.«

»Du machst wohl Witze.«

»Durchaus nicht.«

»Für wann?«

»Mai. Die Eröffnung ist am fünften.«

Ich stöhnte.

»Was ist denn los? Ich dachte, es wäre super, wenn man bedenkt, daß die meisten Galerien bis ins nächste Jahrhundert ausgebucht sind.«

»Schon, aber meine Mutter kommt wahrscheinlich in dieser Woche nach London.«

»Und wo liegt da das Problem?«

»Einfach … überall.«

»Du klingst, als könntest du einen ordentlichen Drink vertragen.«

»Zum Teufel, ja.«

»Ich weiß den richtigen Ort dafür«, sagte er. »Ich komme vorbei.«

Ich schickte Curran runter zu den Romdourls, und Jascha führte mich in Nikita's Bar an der Ifeld Road. Wir nahmen Platz und tranken Wodka Lemon.

»Kann ich dich was fragen?« fragte ich.

»Sicher.«

»Warum bist du so verdammt nett zu mir? Du lädst mich zum Essen ein, sitzt da und hörst dir mein Geschwafel an, bekräftigst freundlich jedes Wort, das ich von mir gebe. Warum nimmst du dir die Zeit dafür, abgesehen davon, daß ich Bills Nachlaßverwalterin bin? Willst du mit mir schlafen oder was?«

Er lachte, wurde dann nachdenklich.

»Ich nehme mir die Zeit«, sagte er, »weil ich auch einmal in deiner Lage war.« Er wandte den Blick ab. »So, und was ist nun mit deiner Mutter?«

»Meine Mutter«, sagte ich, »ist dreiundfünfzig, sieht aber wie vierzig aus. Sie ist dünn, elegant, blond und eine brillante Musikerin. Sie geht jeden Abend in ein französisches Restaurant zum Essen und lebt mit einem jüngeren Mann zusammen.«

»Klingt cool.«

»Oh, sie ist sehr cool«, erwiderte ich. »Gereift durch ihr Alter. Hat zum ersten Mal ihr Leben voll in der Hand. Frisch aufgeblüht.«

»Warum sprichst du dann so verächtlich über sie?«

»Weil sie will, daß wir Freundinnen werden. Sie hätte gerne, daß wir Rezepte und Kleider austauschen, verschwörerisch flüstern und nach der Hand der anderen greifen, wenn wir aufgeregt sind, daß wir tiefschürfende Gespräche über die mysteriösen Bande des Blutes führen und im nächsten Moment jammern, wie lange es dauert, das Bad sauberzumachen.«

»Und das ist so unvorstellbar?«

»Ja, das ist unvorstellbar. Ich kann jetzt nicht ihre beste Freundin werden, denn als ich eine Mutter brauchte, war sie nicht da.«

Er runzelte die Augenbrauen.

»Jetzt bist du wohl verwirrt.« Er nickte. »Dann, glaube ich, ist es Zeit für eine kleine Geschichte.«

Wir bezahlten und gingen ins Freie. »Ich will dir die Kurzfassung geben«, sagte ich. »Als mein Vater in Oxford war, war er mit einem schönen Genie verlobt. Sie starb. Meine Mutter kam mit einem Fulbright-Stipendium herüber. Sie war frustriert und voller Wut; er brauchte ein Paar starke Arme. Sie heirateten, gingen in die Staaten zurück, und jetzt rat mal, wer die Frucht ihrer irregeleiteten Leidenschaften war? Meine Mutter wurde zum Drachen, mein Vater ein Parasit. Nacht für Nacht hörte ich ihm beim Weinen zu und tupfte die Tränen aus seinen verquollenen Augen, und sie überließ es mir, die ganze Last zu tragen. Mit einundzwanzig ging ich nach London. Drei Monate später jagte mein Vater sich eine Kugel in den Kopf, und von diesem Moment an begann ihr neues, wunderbares Leben.«

»Vereinfachst du jetzt nicht zu sehr?«

»Selbstverständlich tue ich das. Selbstverständlich weiß ich, daß es nicht nur ihr Fehler war, und sie tut mir auch irgendwie leid. Ihre Eltern wollten, daß sie einen moralisch vorbildlichen jungen Mann heiratete; sie wollte nur ein Cello lieben. Mache ich ihr Vorwürfe, weil sie sich von ihm zurückgezogen hat, weil sie wütend war? Nein. Aber ich werde stinksauer, wenn ich daran denke, wie schutzlos sie mich preisgegeben hat, mich zum Opfer einer Art emotionalen Inzests hat werden lassen.«

Eine Weile gingen wir schweigend nebeneinander her. Die Anstrengung, in Worte zu fassen, was sprachloses Fühlen war, und die Widersprüche zu klären, machte mich müde.

»Es gibt eine Geschichte von Joseph Conrad«, sagte ich, »in der ein junger Mann ein Mädchen von einem anderen Stamm liebt. Er und sein Bruder hecken einen Plan aus, damit die beiden miteinander durchbrennen und fortsegeln können, und als sie gerade dabei sind, das Boot vom Ufer wegzuschieben, kommen die aufgebrachten, blutrünstigen Stammesangehörigen näher, und der Junge muß eine Entscheidung treffen: dableiben und seinen Bruder retten und damit seine Loyalität wahren oder in das Boot klettern, in dem das Mädchen auf ihn wartet.«

»Und für wen entscheidet er sich?«

»Für das Mädchen.«

Gedankenversunken kaute Jascha auf seiner Unterlippe herum.

»Ich habe das gleiche getan, ohne nachzudenken«, sagte ich. »Ich bin vom Ufer abgestoßen, habe meine Bindung an mein Zuhause, meine Eltern aufgekündigt. Mit Bill bin ich der Sonne entgegengerudert. Ich habe wirklich geglaubt, ich könnte ein Land entdecken, in dem der Tod vergessen wäre.«

Er legte seine Hand auf meinen Arm. »Du siehst aus, als wäre dir kalt«, sagte er. »Meine Wohnung ist gleich die Straße runter. Willst du einen Moment mit reinkommen?«

Um nicht in sein Gesicht sehen und zerspringen zu müssen, nahm ich mit gefalteten Händen und gesenktem Kopf neben Jascha im Wohnzimmer Platz, inmitten von schwarzen Ledersofas und Freischwingern, pyramidenförmigen Lampen und Metallskulpturen.

»Schon komisch«, sagte ich, »aber jetzt verstehe ich endlich, was meine Eltern getan hatten, weil ich es selbst tue.«

»Wie meinst du das?«

»Einmal, als ich ungefähr neun war, habe ich meinen Vater gefragt, warum er meine Mutter geheiratet hatte, wenn er sie nicht so sehr liebte wie seine verstorbene Verlobte Adrienne, und er hat geantwortet: ›Sie hat mir Wärme gegeben. Sie war eben da, und ich wollte vergessen.‹ Damals hielt ich das für gemein und herzlos, aber jetzt – Scheiße, jetzt weiß ich, was er damit meinte und warum, denn ich spüre seinen Hunger, die Irrationalität des Ganzen. Ich wache jeden Morgen in einem halbleeren Bett auf. Und weißt du, was schrecklich ist? Weißt du, was so entsetzlich ist, was ich jetzt in diesem Moment denke?«

»Nein.«

Ich lachte. Ich lachte und zitterte. »Jetzt im Moment«,

sagte ich, »sitze ich hier und denke, ich denke, daß ich dich küssen will, ich will dich küssen, nur um mich zu erinnern, wie es war, und lieber Gott, was sage ich da? Du bist nicht Bill. Du bist nicht Bill.«

Meine Hände flatterten in nutzlosen Gesten. Meine Lippen verzogen sich zu einem Schluchzen, während Tränen meine Wangen hinabliefen.

»Ich muß aufhören zu weinen«, flüsterte ich. »Ich muß aufhören, aber... Warum, verdammt noch mal? Warum nicht ein Drogendealer, warum nicht ich... warum er? Ich hätte ihm mein Knochenmark gespendet. Ich hätte mit Freuden irgend jemanden für ihn umgebracht.«

Er rückte näher, streckte seine Hand aus.

»Rühr mich nicht an«, sagte ich. »Bitte rühr mich nicht an, denn wenn du mich anrührst, werde ich explodieren, platzen, ich werde mich dir zuwenden, ich werde gefährlich sein, ich werde etwas Verzweifeltes tun, und, o Gott, Jascha, ich weiß, warum sie es getan haben, ich weiß, wie es ist, wenn man so sehr leidet, daß man jemand anderem weh tun will, und was mache ich nun? Jascha, ich habe solche Angst...«

Er legte den Arm um mich und drückte mein Kinn an seine Schulter. »Es tut mir leid«, sagte ich und dachte, wie einfach es doch wäre – das Kinn heben, meine Finger ausstrecken, meine bebenden Lippen auf Jaschas pressen, Vergessen finden, ihn anflehen, mich zu retten.

»Du brauchst keine Angst zu haben«, sagte er.

»Als wir in Nikita's Bar waren«, sagte ich, »hast du gesagt, du nimmst dir die Zeit für mich, weil du auch einmal in meiner Lage warst. Was –«

»Vor ungefähr vier Jahren«, sagte er, »sind meine Frau und meine fünfjährige Tochter bei einem Autounfall ums Leben gekommen.«

Ich schloß die Augen. Dachte an das Gedicht von Shelley, das ich im Unterricht als Beispiel für ein schiefes Versmaß benutzte. Der Tod ist hier und da und überall.

»Ich habe dich oft beobachtet«, sagte er, »wenn du Bill abends im Atelier abgeholt hast. Du hattest ein langes schwarzes Kleid an und einen großen ausgebeulten Mantel, und deine Haare waren hochgesteckt, mit Ausnahme einer kleinen Locke, die genau hier...« – er berührte mein Kinn – »herausschlüpfte, und du hattest Curran dabei. Bill hat alles stehen- und liegenlassen und kam angerannt, aufgeregt wie ein Kind beim Anblick von euch beiden, und er hat seinen Arm um deine Taille gelegt, und ihr seid alle hinausgegangen, um Fisch und Pommes zu essen, und sosehr ich ihn als Künstler auch respektierte, mein Gott, dafür habe ich ihn gehaßt, für all das, was er hatte, dieses prachtvolle, glückliche Dreiergespann, diese glanzvolle, zur Schau getragene Sicherheit...«

Er lachte. Es war ein gefährliches Lachen. Helft-mir-ich-falle.

»Ich gebe das nur sehr ungern zu, aber du hast mich damals ziemlich beschäftigt. Ich kam mir vor wie ein Idiot – ich meine, ich hatte nie ein Wort zu dir gesagt und kannte nicht einmal deinen Namen. Du warst einfach Bills amerikanische Frau. Dennoch habe ich in dir nach Marianne gesucht und sie auch gefunden: in der Art, wie du den Kopf mit einem schwachen Lächeln gesenkt hieltest, die Bewegungen deiner Hände beim Reden. Warum tun wir das, Gloria?«

»Ich weiß nicht.«

»Ich versuche es noch immer«, sagte er. »Und dabei ist es Jahre her. Erinnerst du dich an deine Bemerkung, daß du dich wie in einem schlechten Film benimmst? Mir geht es ganz genauso. Ich sehe ein kleines dunkelhaariges Mädchen in einem rosafarbenen Rüschenkleid im Hyde Park, und ich wirble herum, während mir die Silben ihres Namens entschlüpfen. ›Elizabeth!‹ schreie ich, und die Augen des armen Dings weiten sich. ›Mom, warum hat der Mann mich so genannt? Weiß er nicht, daß ich Anna heiße?‹

Und Spielwarengeschäfte, o Gott, ich darf gar nicht in die Nähe kommen. Ich gehe an Hamleys vorbei und höre sie sagen: ›Ich will das, Papa, und das und das‹, und ich denke, bald ist ihr Geburtstag, sie wird neun, oder sie sollte es werden, und es wird nicht mehr lange dauern, bis sie sich Jungs in Lederjacken zuwendet, die ihre Finger an ihrem Rückgrat entlangwandern lassen, und sie wird langsam aufblühen …«

»Auch wenn es das immer heißt, es wird nicht leichter, oder?«

»Nach einer Weile stumpft man irgendwie ab, und das ist auch nötig, wenn man morgens je wieder aus dem Bett kommen, Wäsche waschen und Frühstück machen will, ohne in Tränen auszubrechen. In der Zeitung habe ich Geschichten über Kinder gelesen, die in zugefrorene Teiche eingebrochen sind, eine halbe Stunde, eine Dreiviertelstunde, eine ganze Stunde unter Wasser waren und es überlebten. ›Wie schaffen sie das nur?‹ habe ich mich da gefragt, aber jetzt weiß ich es, denn Trauer funktioniert ganz ähnlich. Wenn man erst einmal einen bestimmten Punkt unerträglicher Kälte erreicht hat, setzt automatisch eine allgemeine Reduktion ein. Die Blutzirkulation verlangsamt sich. Organe und Leidenschaften werden träge. Man tut, was man tun muß, und man macht es ordentlich.«

»Unumgänglicher Wahnsinn«, murmelte ich.

»Stimmt, und dann setzt man sich irgendwann in einen bequemen Sessel zum Lesen, und Sonnenstrahlen fallen auf die Seite. Das Herz geht einem auf vor Freude, und man denkt, daß man nie zuvor etwas so Schönes gesehen hat, und dann fällt es einem wieder ein. Doch, das habe ich, das *habe* ich.

Die Antwort auf deine Frage lautet also nein. Der Schmerz wird subtiler, aber das macht es nicht leichter.«

»Als es Bill am schlechtesten ging«, sagte ich, »und sein Tod in greifbare Nähe gerückt war, habe ich mir eingeredet, ich hätte Glück. Besser, es passiert langsam, dachte ich. Besser, Bescheid zu wissen, damit man Zeit hat, sich vorzubereiten, um Curran auf die Tatsache vorzubereiten, daß er in ein paar Wochen oder Monaten keinen Vater mehr hätte. Dumm von mir, oder? Denn es gibt keine ›bessere‹ Art zu sterben. Der Tod läßt sich nicht relativieren.«

Ich hob meinen Kopf von seiner Schulter und fummelte in meiner Handtasche. »Ich brauche eine Zigarette«, sagte ich. Er lächelte, als ich mich zurücklehnte, eine anzündete und den Rauch inhalierte.

»Als du die Geschichte von Conrad erzählt hast«, sagte er, »mußte ich an die Fragen denken, mit denen ich konfrontiert bin. Fragen der Loyalität, der Moral des Wegruderns sozusagen. Was machst du, wenn dein siamesischer Zwilling aufhört zu atmen? Schleppst du den toten, mit deinem verschmolzenen Körper für den Rest deines Lebens mit dir herum, oder stellst du dich mit beiden Füßen auf die Erde?« Er seufzte. »Meine Frau und meine Tochter sind inzwischen Phantome, und ich weiß nicht, ob ich an ihnen festhalten oder nach etwas Realem greifen soll.«

»Genau davor habe ich Angst«, sagte ich.

»Ich weiß«, sagte er. »Zum Teufel, als du mich in deiner zynischen Art im Nikita's gefragt hast, ob ich mit dir schlafen will, hätte ich beinahe ja gesagt.«

»Hast du aber nicht.«

»Doch. Und dann dachte ich mir: ›Nur weil sie attraktiv ist und das gleiche durchmacht wie du, brauchst du dich nicht auf sie zu stürzen. Ein guter Fick ist kein Allheilmittel.‹«

»Nein«, sagte ich, »bestimmt nicht.«

Ich blickte auf die Uhr.

»Es wird langsam spät«, sagte ich und stand auf. Er begleitete mich zur Tür und reichte mir meinen Mantel. Ich schlüpfte hinein und zog die Handschuhe an. »Danke für den Drink«, sagte ich. Ich nahm sein Gesicht in meine lederumhüllten Hände und küßte ihn auf die Stirn.

»Wofür war das?« fragte er.

»Dafür, daß du da warst«, antwortete ich. »Für den Fahrplan durch die Hölle.«

Ich wandte mich zum Gehen, und er griff nach meinem Arm.

»Gloria«, sagte er. »Diese Geschichte über das Paar im Boot. Du hast mir nicht erzählt, wie sie ausgeht.«

»Sie erleben ein paar Jahre des Glücks«, sagte ich, »aber dann stirbt die Frau an einem Fieber, und der Mann ist gezwungen, seine Entscheidung zu überdenken.«

»Sie finden nie ein Land, in dem man den Tod vergessen kann.«

»Nein«, sagte ich. »Ein solches Land gibt es nicht.«

14. Kapitel

Als Bill plötzlich bleich und müde wurde, schoben wir seine Symptome zunächst beiseite, schrieben sie übermäßiger Arbeitsbelastung zu. Erst als er scherzhaft sagte, er hätte eine Weltkarte aus blauen Flecken auf dem Leib, bestand ich darauf, daß er zum Arzt ging, und selbst dann war ich nicht sonderlich beunruhigt. Schlimmstenfalls erwartete ich, daß er mit einem Fläschchen Eisenpillen und der Anweisung, mehr Blattgemüse zu essen, nach Hause käme.

Der Tag, an dem er seinen Arzttermin hatte, war prachtvoll, ein richtiger Frühlingsvorbote. Die Farben von Sonne und Himmel waren so frisch, daß es schmerzte, aus dem Fenster zu sehen. Curran war unten bei Raj, so daß ich die Wohnung für mich hatte, als ich das Frühstücksgeschirr abwusch. Beim Abtrocknen durchzuckte mich ein seltener, köstlicher Blitz von Euphorie, von Stimmigkeit: *Ich bin dreißig Jahre alt, ich habe einen wunderbaren, zärtlichen Künstler zum Mann und einen entzückenden, aufgeweckten Sohn, und ich bin vollkommen im reinen mit mir selbst. Es ist einfach unglaublich. Es ist mein Leben.*

Dann hörte ich Bills Schlüssel im Schloß und die Geräusche, als er seine Jacke über die Lehne der Couch warf. Er kam in die Küche, trat hinter mich, schlang seine

Arme um meine Taille und legte seine Wange an meinen Hals. Ich spürte eine Feierlichkeit, eine Traurigkeit in der Art, wie er mich hielt, daher blickte ich auf die Einmachgläser voller Kräuter, die auf dem Spülbeckensims standen, um Halt zu finden: ein Fixpunkt, wie während der Wehen. »Gloria«, sagte er, »ich muß mit dir sprechen.«

Er ließ mich am Tisch Platz nehmen, beugte sich vor und stützte die Ellbogen auf der Resopalplatte auf. Seine blassen, grauen Augen blickten in mein Gesicht, als kämpfte er um Halt, als kämpfte er, um nicht zu zerspringen. Er öffnete den Mund, um etwas zu sagen. Ich wollte die Hand ausstrecken, ihm mit meinen Spülmittelfingern über die Lippen streichen, die Worte am Entschlüpfen hindern. Er sagte: »Er glaubt, es könnte Krebs sein.«

Finsternis. Mein Blick wurde unscharf. Blut schoß tosend durch meine Ohren. Ich strich mit den Händen über den Tisch und wappnete mich für den schrecklichen Sturz, doch er kam nicht. Die Sonne und der Himmel und das Frühstücksgeschirr und die Weckgläser waren noch immer da, und mein Mann saß noch immer in seinem karierten Flanellhemd vor mir, hielt meine Handgelenke und erzählte mir, ich solle mir keine Sorgen machen, während er immer weiter über medizinischen Fortschritt und Knochenmarkspunktionen redete und vor voreiligen Schlüssen warnte. Dann platzte Curran herein, blond und atemlos, plapperte über das neue Spiel, das Raj gerade bekommen hatte, und wir mußten lächeln, wir mußten nicken, wir mußten so tun als ob. Wir zwangen unsere Stimmen in die hohe, muntere Stimmlage von Eltern, die täuschen wollen.

In dieser Nacht redete ich mir ein, ich würde in einen Kokon aus Schlaf kriechen, und wenn ich am nächsten Morgen erwachte, würde ich Bill heil und glatt und unversehrt vorfinden, ohne sichtbare Spuren des vergangenen Tages.

Statt dessen erwachte ich mit einer Klarsicht, die mir die Augen wieder verschloß, und die Wahrheit lastete wie ein Paar Riesenhände auf mir, die mich auf die Matratze nagelten. Ich starrte auf Bills Schulterblätter und zwang mich, nicht zu weinen.

Nach einer Weile stützte ich einen Ellbogen auf und beugte mich vor, um sein Gesicht zu betrachten. Er schlief mit leicht geöffnetem Mund, sein Atem ging leicht wie der eines Kindes, sein Körper war träge vor Lust und unbewußter Hingabe. Staunend betrachtete ich die wilde Asymmetrie seiner zu breiten Gesichtszüge, seine von Leidenschaft zerwühlten braunen Haare, die blasse Kurve seines Halses und die pochende Ader, die, noch unversehrt, wie ein blauer Fluß daran entlanglief.

Als er erwachte, drehte er sich um, legte seine Hand auf meine Wange und zog mich enger an sich, so daß wir uns mit der Stirn auf dem Kissen berührten. Wir blickten uns in die Augen, nicht mit der wohligen Schläfrigkeit, die der Liebe folgt, sondern im vollen Wissen um die schicksalsschwere Wendung, die unser Leben soeben genommen hatte.

Am ersten Frühlingstag schob ein weißgekleideter Mann eine Nadel in Bills Hüfte und zog eine Spritze voll Knochenmark daraus hervor. Ich unterrichtete zu dieser Zeit gerade eine Gruppe gelangweilter Fünfzehnjähriger, denen ich T. S. Eliots Begriff des objektiven Korrelats zu erklären versuchte, aber ich konnte meine Gedanken nicht von dem langen, dicken Metall abwenden, das sich in sein Fleisch bohrte.

Nach dem Mittagessen rief ich zu Hause an.

Bill nahm ab. Ich hatte ihn angefleht, er solle sich von mir im Krankenhaus abholen lassen, aber er hatte darauf bestanden, auf eigenen Beinen nach Hause zu kommen. »Hallo, Liebste«, sagte er. Seine Stimme klang dünn.

»Wie geht es dir?«

»Gut. Ein bißchen wund.«

»Wie war es?«

»Der übliche Allerweltsschmerz.«

»Bitte, Bill. Wie war es wirklich?«

»Schmerzhaft. Elend schmerzhaft. Lang.«

»Weißt du, wann wir die Ergebnisse erfahren?«

»Übermorgen wahrscheinlich.«

»Kommst du zurecht, bis ich zu Hause bin?«

»Natürlich.«

»Bist du dir sicher? Wenn du willst, komme ich früher heim. Das wäre kein Problem.«

»Mach dir meinetwegen keine Sorgen.«

»Ich kann nicht anders.«

»Ich weiß, aber versuch es zumindest, okay? Was geschehen soll, wird geschehen.«

Manchmal dachte ich, wir wären in unseren Rollen gefangen, gefesselt an bestimmte Attribute: Bill der Beschützer, Bill der Optimist, Bill der Fels, der Pykniker, rundum Fleisch, und ich, die Beschützte, die aus dem Lot war, die Fatalistin, nichts als Knochen und Kanten.

»Gloria? Bist du noch dran?«

»Ja, aber ich muß jetzt aufhören, ich habe in fünf Minuten eine Stunde.«

»Ich liebe dich«, sagte er.

»Ich liebe dich auch.« Das papageienhafte Nachplappern, der Widerhall, ein Satz, winzig, kompakt, der die Stimme höher werden ließ, die Lippen zu einem Urschrei verzerrte – *Ich liebe dich; du mußt leben!* – und mich zersplitterte, mich zersplitterte, leg nicht auf, bitte nicht dieser Klick, diese Endgültigkeit.

Ich ließ mich durch meine Unterrichtsstunden in den verschiedenen Klassen treiben, Anweisungen und Hausaufgaben und Kritik stürzten aus meinem Mund, mein Blick war nicht auf meine Schüler und Schülerinnen gerichtet, sondern auf eine weit entfernt liegende Ebene, all meine Energie war auf ein leuchtendes Ziel konzentriert: muß heim zu Bill, muß heim zu Bill.

Ich fand ihn mit einem Berg Kissen im Rücken auf unserem Bett, wo er ein Buch über Munch las. Er grinste und tätschelte den Rand der Matratze. Ich schlüpfte aus meinen Schuhen und setzte mich neben ihn. Er streckte die Arme aus. Ich ließ mich hineinsinken, atmete ihn ein wie Sauerstoff, inhalierte den Geruch seiner Haut: warm, erdhaft, aber mit einem fremden Unterton von Desinfektionsmittel, von raschelndem Untersuchungstischpapier. Er strich mir über die Haare und legte sein Kinn auf meinen Kopf. »Mein Engel«, sagte er. So verharrten wir eine Weile im sanften Schimmer der Lampe. Ein leichter Regen trommelte auf die Fensterscheibe, und ich dachte: Was geschehen soll, wird geschehen.

Später kochte ich Tee, und wir saßen im Schneidersitz auf der Decke und tranken aus derselben Tasse, die wir hin- und herreichten. Wir sprachen über das Munch-Buch, über die schüchterne, nägelkauende Oberstufenschülerin, deren Gedichte veröffentlicht wurden – über alles mögliche, nur um unsere Gedanken von dem Telefonanruf abzulenken, der uns aus unserer Zufriedenheit reißen, die Wände einstürzen lassen, das Ende der Welt einläuten würde.

Er kam zwei Abende später. Ich saß am Küchentisch und half Curran, die Fehler in seinem Schulaufsatz zu verbessern. Als das Telefon klingelte, kam es mir vor, als wäre ein Knallkörper in meiner Brust explodiert und würde sich nun seinen Weg durch meinen Körper brennen, doch ich blieb ruhig, blieb still und ließ meinen Bleistift in der Schwebe, während Bill abnahm. »Sieh mal hier, Schatz, das kann man leicht ausbessern. Du hast *in* geschrieben, aber welches Wort muß da stehen?«

»Das andere. *Ihn*.«

»Super. Okay. Sehen wir uns mal den nächsten Satz an.«

Während meine Augen den Text überflogen, hörte ich Bill zu. »Ja«, sagte er. »Ja.«

Ich zog meinen Stuhl näher zu Curran heran und legte meinen Arm um ihn. »Der Rest sieht gut aus. Besser als viele Arbeiten, die ich bekomme.«

Er kicherte. »Wirklich?«

»Wirklich«, sagte ich und drückte meine Lippen an seine Ohrmuschel.

»Wie schnell?« fragte Bill. Ich blickte hoch. »Ja, natürlich, ich verstehe.«

Er legte auf. Biß sich auf die Lippen.

»Curran«, sagte ich. »Warum packst du nicht deinen Aufsatz ein und machst dich zum Schlafen fertig? Könntest du das für mich tun?« Er nickte und marschierte mit einem gewissen verständnisvollen Gehorsam, den ich schon öfter an ihm beobachtet hatte und erschreckend fand, den Flur hinunter.

Bill und ich blickten einander an. In diesen wenigen Sekunden fühlte ich, wie meine Haut sich schälte, fühlte, wie sich jede Schicht von mir auf rötlich-schwarzes Blut und schimmernde Knochen reduzierte. Mein ganzer Körper zog sich zusammen. Im Gesicht meines Mannes sah ich den Schock, die Betäubung, die Wahrheit.

Und dann fiel ich, taumelte durch leeren Raum ins Schwarze. Unter allen vorstellbaren Alpträumen ist das der schlimmste. Wenn man träumt, man fällt, und nicht aufwacht, stirbt man. Aber ich war schon wach.

Man legte uns die Situation in aller Ausführlichkeit dar. Wie einen medizinischen Tarot.

Am nächsten Abend gingen wir in die Praxis des Onkologen und setzten uns inmitten des obligatorischen Ozeans von Büchern und Papieren und dem Geruch von Leder und Verzweiflung. Ich starrte auf die Diplome an der Wand. Bill legte seine Hand auf meine. Dr. Levitch, unser Kartenleger, drehte an der Kappe seines Füllfederhalters und erzählte uns etwas über Risiken, Gründe, froh zu sein, Gefahren.

Bills Körper befand sich in einem Zustand der Rebellion. Ein unreifer Myeloblast tobte darin wie ein aufsässiger Teenager, der zum ersten Mal den Rausch der Macht verspürt. Der einzige Weg, um ihn und seine Armee deformierter Kopien zu zerstören, bestand darin, Bills Adern mit giftiger Chemie vollzupumpen. Das würde Übelkeit verursachen, Magengeschwüre hervorrufen, seine Haare ausfallen lassen. Den Teufel mit dem Beelzebub austreiben … So oder so, für Bill würde es die Hölle werden.

Der Beginn des ersten Behandlungszyklus wurde auf den nächsten Tag festgesetzt. Es durfte keine Zeit verschwendet werden. Die Uhr tickte. Zehn Tage in der Hölle, eine kurze Ruhepause, dann alles von vorne und noch einmal, und bald wäre Sommer, Heuschrecken und saftiges Grün überall. Drei Schüsse auf die Legion weißer Blutkörperchen, dann würden wir abwarten. Und auf Besserung hoffen.

»Die Überlebenschancen sind gut, aber es gibt keine Garantie«, sagte Levitch. »Ein Rückfall ist immer möglich. Ein Versagen anderer Organe, eine übergreifende Infektion …«

Selbstverständlich gibt es keine Garantie, dachte ich, während ich mich im Stuhl zurücklehnte. *Es gibt nie Garantien, für nichts.* Als Bill mich in der Atelierküche zum ersten Mal in die Arme schloß, wußte ich nicht, ob er mich heilen oder zerstören würde, und da saß er nun, war noch immer mit mir zusammen und hörte sich an, was auf ihn zukam.

Es war beinahe sieben, als wir mit der U-Bahn nach Hause fuhren. Einem Impuls folgend, machten wir bei einem Imbiß an der Upper Street halt. Wir saßen an einem Fenstertisch und aßen unseren Fisch direkt aus der Tüte. Sogar Bill war still. Ich betrachtete ihn, meinen Liebsten mit den fettverschmierten Fingern und dem abgetragenen Mantel, und Zorn schäumte in mir auf. Ich wollte meine Hand über den Tisch hinweg nach ihm ausstrecken, in sein Blut greifen und jede vergiftete Zelle in seinem Innern töten.

Wir ließen uns Zeit mit dem Essen, versuchten, die schmuddelige Schlichtheit des Augenblicks auszudehnen. Bill legte seinen Arm um mich, als wir im Dunkeln unsere Straße entlanggingen. Wir sahen Licht im Fenster unseres Sohnes. Ich erschauerte bei der Vorstellung, wie er in einem leeren Zimmer seinen Schlafanzug anzog, mit der unerträglich langsamen kindlichen Zeitwahrnehmung die Uhr beobachtete. Bills Griff wurde fester. »Was soll ich ihm sagen?« flüsterte er in mein Ohr, während wir die Vordertreppe hinaufstiegen.

»Die Wahrheit«, sagte ich.

Und so saßen wir dann zu beiden Seiten von Currans Bett, unsere Fingerspitzen berührten sich, und erklärten ihm in dem sanften, blau schimmernden Licht die Grausamkeiten des Körpers. Er lag unter der Decke und starrte uns an. »Aber Dad wird es doch wieder bessergehen«, sagte er. »Oder?«

Bill sprach, bevor ich etwas sagen konnte.

»Das kann ich dir nicht versprechen«, sagte er, »aber ich werde mein möglichstes tun, um hier bei euch zu bleiben.«

An diesem Punkt ging ich in den Flur und weinte.

Später saß ich auf unserem Bett und sah ihm beim Ausziehen zu. Ich dachte: *Das ist das letzte Mal, daß ich seinen Körper unversehrt sehe, nicht mißhandelt, frei von Schmerz.*

»Es ist kein Todesurteil«, sagte er, während er seine Jeans zusammenlegte und über einen Stuhl hängte.

»Nein.«

Er setzte sich neben mich. Ich drehte eine seiner Hände um und ließ meine Finger über die Handfläche wandern. Über die Lebenslinie.

»Es ist nicht wie in den verflixten vierziger Jahren«, sagte er, »als man nur noch zum Sterben nach Hause geschafft wurde und keine Hoffnung hatte.« Er schluckte, wiederholte sich, als ob er dadurch entweder sich selbst oder mich oder uns beide überzeugen könnte. »So ist es nicht.«

»Natürlich nicht«, sagte ich.

In wenigen Stunden, dachte ich, *wird er schwach und zerbrochen und ausgelaugt in einem sterilen weißen Bett liegen, und in seinem Kopf wird sich alles drehen.*

Er zuckte zusammen, als ich versehentlich einen Purpurklecks auf seiner Haut berührte, einen entstehenden blauen Fleck. Ein namenloses Land.

»Bulgarien«, sagte er grinsend.

»Bill«, sagte ich, »was sollen wir nur tun?«

Er ließ sich auf den Rücken fallen. »Leben«, sagte er.

»Und jetzt komm her. Ich habe zehn Nächte ohne dich vor mir.«

So rollte ich mich hinüber in seine wartende Umarmung, und als seine Hände unter den dünnen Stoff meines Nachthemds griffen, flüsterte ich: *Ich liebe dich, ich liebe dich* in seinen Haaransatz, als wäre Liebe genug, als wäre Liebe ein Panzer, als wäre Liebe ein Amulett, das uns ins Licht tauchen und die Dunkelheit vertreiben könnte.

15. Kapitel

Meine Mutter begrüßte mich in Heathrow voller guter Absichten und mit zu vielen Koffern. Sie schlang ihre Arme um mich, als hätte es dreißig Jahre unseres Lebens nie gegeben. Auf dem Weg zur Zollabfertigung plapperte sie unaufhörlich. »Ach Gott, ich kann es gar nicht erwarten zu sehen, wie die Stadt sich verändert hat, und *du* erst, schau dich nur an, du siehst einfach reizend aus – nicht, daß ich je etwas anderes von dir erwartet hätte, du mußtest nur erst die Punkphase hinter dich bringen, das ist alles ...«

Ich sah sie nicht an. Hätte ich sie angesehen, hätte es Mord und Totschlag oder Tränen gegeben, daher nickte ich nur zu jedem Wort – ja, Mom, natürlich – und hielt meinen Blick unverwandt auf das Schild gerichtet, dem wir uns näherten, dem mit der Aufschrift *Nichts zu verzollen.*

Wir nahmen ein Taxi nach Hause. Sie wurde feierlich. Machte keine krampfhaften Witze mehr wie den, den sie mir am Flughafen ins Ohr geflüstert hatte – daß sie ihre Uzi vor den Sicherheitsbeamten verstecken müsse. Die Frau, die in einem rosafarbenen Wollkostüm und Pumps, mit übereinandergeschlagenen Beinen und perfekt gedrechselten blonden Locken neben mir saß, war eine ernstere Version meiner Mutter. Sie lehnte sich an die Tür, ihr Körper krümmte sich, als wäre er verwundet, wandte ihr Gesicht der Scheibe zu. Sie hatte eine Laufmasche im Strumpf. Ich hätte vor Freude aufschreien mögen.

Während ich ihr Gepäck hineinschleppte, lief sie in der Wohnung umher und musterte meine Einrichtung. »Die sind aber schön«, sagte sie und befingerte ein Paar Mosaikvotivtafeln auf dem Wohnzimmertisch.

»Camden Passage«, sagte ich. »Fünf Pfund. Kauf dir doch auch welche.«

»Und deine Küche erst!« rief sie und zeigte auf die Tapetenbordüre mit Trompe-l'œil-Pflaumen. »Sie ist so gemütlich, so kuschelig, so –«

»Schmutzig«, sagte ich und stellte aufseufzend ihren letzten Koffer ab. Typisch meine Mutter, stundenlang von Belanglosigkeiten zu schwärmen. »Großer Gott, Mom, du bleibst doch nur eine Woche. Du hättest nicht deinen gesamten Kleiderschrank mitbringen müssen.«

»Ich weiß, aber ich bin lieber auf alles vorbereitet.« Sie schnaubte und hielt einen Krug mit der Inschrift *Asche toter Liebhaber* hoch. »Wo zum Teufel hast du das her?«

»Von den Mädels aus meiner Wohnung. War ein scherzhaft gemeintes Brautgeschenk.«

»Und du hast ihn behalten?«

»Aus reiner Sentimentalität. Er ist allerdings schrecklich geschmacklos, vor allem, wenn man unsere Familiengeschichte bedenkt, meinst du nicht auch?«

Sie wandte den Blick ab. »Ich gehe jetzt vielleicht besser auspacken.«

Ich lag ausgestreckt auf meinem Bett und sah ihr beim

Aufhängen ihrer Kleider zu. Bügel für Bügel machten sich ihr Malvenrot und Puderblau und Beige neben meinem Schwarz und Dunkelgrün im Schrank breit. Sie sagte: »Es ist mir sehr unangenehm, dich aus deinem Zimmer zu vertreiben.«

»Es macht mir nichts aus.« Die Couch würde fest und sanft wie eine Umarmung sein. Ich hatte mich bereit erklärt, darauf zu schlafen, weil ich so den Anblick des straff gespannten Lakens auf Bills Seite der Matratze vermeiden konnte.

Meine Mutter hängte ihre letzte Bluse in den Schrank und reihte die Schuhe nebeneinander. Mit der Andeutung eines Lächelns im Gesicht setzte sie sich neben mich. Sie tätschelte mein Knie. Sie roch nach Schuld und blumigem Parfüm. »Ich glaube, das war wirklich einmal nötig«, sagte sie.

Zwei Tage später rief Jascha mich an.

»Übermorgen«, sagte er. »Bist du bereit?«

»Ich glaube schon, aber begeistern tut mich die Sache nicht. Es wird schwer werden.«

»Ich weiß.«

Seit unserem Gespräch in seiner Wohnung hatten diese beiden Worte eine ganz neue Tragweite gewonnen. Sie waren keine bloßen Pausenfüller mehr, waren nicht länger gönnerhaft.

»Und wie lebt es sich mit Mommy-Schatz?«

Ich lachte. »Wir sind noch nicht aufeinander losgegangen. Wenn man bedenkt, wie wir uns früher angebrüllt haben, benehmen wir uns äußerst zivilisiert. Ich habe das

Gefühl, als stünden wir vor einer Veränderung, einem Bruch, als würde bald etwas geschehen, die Masken werden von unseren Gesichtern fallen, und wir werden uns entweder in die Arme sinken oder uns umbringen.«

»Falls du letzteres in Erwägung ziehst, dann tu mir bitte den Gefallen und warte bis nach dem fünften Mai.«

»Ich werde mich bemühen. Und, Jascha, stell dir vor, sie hat uns zu Le Gavroche eingeladen. Zu Le Gavroche! Hast du eine Ahnung, wieviel das kostet?«

»Mehr, als man für möglich halten sollte?«

»Genau. Ich mag französisches Essen nicht einmal, und der arme Curran hält Makkaroni mit Käse für das Größte – er war wirklich vollkommen geplättet, direkt verängstigt. Später hat er zu mir gesagt: ›Ich weiß, daß es Gran verletzen würde, wenn sie es hört, wo sie soviel Geld ausgegeben hat, aber mir hat es dort nicht gefallen. Es hat zu viele verschiedene Gabeln gegeben, und ich hatte Angst zu kleckern.«

»Wie kommt er mit ihr zurecht?«

»Ach, er findet Caroline nett. Eine echte Umstellung nach Bills Mutter. Letzthin sagte er zu ihr: ›Ich finde, du siehst jünger aus als Mum‹, und seitdem vergöttert sie ihn. Sie sehen sich irritierend ähnlich.«

»Kommen sie mit zur Ausstellungseröffnung?«

»Ich weiß nicht. Ich meine, ich würde meine Mutter nur sehr ungern davon ausschließen, aber ...«

»Sie kann mitkommen. Mich stört es nicht. Ich werde mich ordentlich benehmen in ihrer Nähe.«

»Ich mache mir mehr Sorgen wegen Curran.«

»Will er denn kommen?«

»Er ist besessen davon. Ich sage ihm nur höchst ungern, daß er nicht mit kann, aber ich muß auch bedenken, was passieren könnte, wenn er es tut. Die Bilder sind … was ist, wenn er *Unumgänglicher Wahnsinn* sieht und denkt …«

»Ich kann dir diese Entscheidung nicht abnehmen, Gloria.«

»Nein.«

»Aber hör zu, ich habe über die Eröffnung nachgedacht …«

»Ja?«

»Die Idee gefällt dir vielleicht nicht, aber ich dachte, du könntest ein paar Worte schreiben, weißt du, etwas zum Vorlesen für diesen Abend.«

»Um Himmels willen. Du willst, daß ich die trauernde Witwe spiele? Eine Lobesrede halte? Nein.«

»Komm schon.«

»Ich käme mir vor wie auf dem Präsentierteller. Blöd. Ich würde vor mich hin faseln und mich und Bill wie Idioten aussehen lassen.«

»Du kannst über seine Arbeit und sein Leben besser reden als jeder andere.«

»Wahrscheinlich, aber –«

»Bitte. Nur ein paar Worte.«

»Himmel, Jascha … ich weiß nicht … Ich meine, ich kann es schon machen, wenn du wirklich willst, aber bitte erwarte von mir nicht, daß ich auf die Tränendrüsen drücke oder eine Doktorarbeit vortrage.«

»Danke. Es tut mir leid, daß ich so spät damit ankomme.«

»Ist schon in Ordnung.«

»Ach, und viel Glück mit deiner Mutter.«

Als ich auflegte, kam sie ins Zimmer. »Wer war das?« fragte sie.

»Der Typ, der die Retrospektive mit mir organisiert.«

»Der Bildhauer?«

»Woher weißt du das?«

»Curran hat es mir erzählt. ›Er ist super‹, sagte er. ›Er hat uns ausgeführt an dem Abend, als Mum den Topf vom Herd gestoßen hat und ein bißchen durchgedreht war.‹«

»Stimmt.«

»Hast du was mit ihm?«

»Mit Jascha? Zum Teufel, nein.«

»Du klingst ein bißchen zu heftig, als daß ich dir das abnehmen könnte.«

»Würde es dich stören, wenn ich mit ja geantwortet hätte?«

»Nein, es ist nur so, daß Curran –«

»Ach so. Jetzt auf einmal kämpfst du tapfer für das Wohlergehen des Kindes. Jetzt auf einmal schwankst du und sorgst dich.«

»Gloria, bitte. Ich habe nur versucht zu erklären, daß du Curran in eine schwierige Situation bringst, wenn es so schnell geht. Daß du an ihn denken solltest.«

»Glaubst du, das tue ich nicht?« sagte ich. »Glaubst du, daß ich nicht vierundzwanzig Stunden am Tag jedes Wort auf die Goldwaage lege, mir bei jeder Bewegung überlege: ›Welche Auswirkungen wird das auf Curran haben?‹ Ausgerechnet du willst mir Vorhaltungen machen, wo du dich fünf Monate nach Dads Tod im Walzertakt über ihn hinweggetröstet hast.«

»Das ist nicht fair«, sagte sie. »Du warst viel älter. Du hast schon dein eigenes Leben geführt.«

»Aber es hat mich trotzdem getroffen.«

»Die Situation war eine andere. Ich hatte ein Recht dazu.«

»Du willst mir also sagen, daß du das Recht hattest, zu jemand anderem weiterzuflattern, weil deine Ehe so schrecklich war, während ich den schwarzen Schleier ausfahren und für den Rest meiner Tage meinen Kummer allein tragen sollte, weil meine Ehe gut war.«

»Hör auf. Ich will nicht mit dir streiten. Deswegen bin ich nicht hergekommen.«

»Wenn ich das noch einmal von dir höre, schreie ich«, sagte ich. »Ich will auch nicht mit dir streiten, aber ich habe lange genug mit dir zusammengelebt, um zu wissen, daß das der einzige Weg ist, zu meiner Mutter vorzudringen, die irgendwo in dieser eleganten Bekannten vor mir steckt. Und es tut mir leid, daß ich grob sein muß, es tut mir leid, daß ich dir die Stimmung während deines Londonurlaubs vermiese, aber ich streite nur deshalb so heftig ab, daß ich etwas mit Jascha habe, weil ich so entsetzliche Angst habe, es könnte dazu kommen, bevor ich soweit bin. Bist du jetzt zufrieden?«

Sie wandte mir den Rücken zu, aber ich wußte, daß sie sich die Augen wischte. »Ich habe nie auf Riordans Grab getanzt«, sagte sie.

Am nächsten Tag nahm ich mir frei. Die Vorstellung, sie könnte allein durch die Straßen irren, bekümmerte mich, obwohl sie darauf beharrte, sie habe den Stadtplan noch genau im Kopf, und es tat mir leid, daß ich sie zum Weinen gebracht hatte.

»Brauchst du ein Kleid für die Ausstellung?« fragte sie an diesem Morgen beim Frühstück.

»Nein, Mom, ich brauche kein Kleid. Ich habe ein schwarzes Samtkleid, das ich vor ein paar Jahren gekauft habe.«

»Samt? Im Mai? Liebling, du mußt diesen Schwarztick wirklich aufgeben. Laß mich dir was anderes kaufen.«

Ich seufzte. »Darf ich daraus schließen, daß du einen Einkaufsbummel machen willst?«

»Gloria«, sagte sie, »ist die Welt rund? Natürlich will ich einkaufen gehen.«

Wir gingen zu Harvey Nichols, und sie kaufte mir ein langes preiselbeerrotes Kleid, schlicht, aber dramatisch. »Na schön«, sagte ich, »du hast deinen edlen Caroline-Merchant-Stil durchgezogen, jetzt bin ich an der Reihe.«

»Oho. Wohin führst du mich?«

Ich lächelte. »An einen Ort, wo es Nieten und Leder gibt.«

Sie schnappte nach Luft, als ich sie in einen Laden führte, der mehr einem Warenlager ähnelte. Aus einer Stereoanlage dröhnte »London Calling«, und sie lachte über mich, während mein Mund die Worte formte und ich sie von Regal zu Regal bugsierte. Sie sah erleichtert aus, als ich nach einem schwarzen Faltenrock griff, doch dann weiteten sich ihre Augen, als ich ein schwarzes

Spitzentop, ein weißes Fetzen-T-Shirt und eine Lederweste darauf stapelte. »Das reicht«, sagte sie.

»Warte noch, das wird lustig«, sagte ich. »Jetzt kommen die Accessoires.«

Ich wählte Netzstrümpfe, ein Paar Doc Martens und ein mit Nieten besetztes Halsband und bat dann ein Mädchen mit pinkfarbenen Haaren, eine Ankleidekabine aufzuschließen. Ich lehnte mich an die Wand und hörte zu, wie meine Mutter dahinter sich abquälte und fluchte.

»Gloria, die Stiefel bringen mich um«, sagte sie. »Wie konntest du das nur ertragen?«

»Die Revolution ist kein Zuckerlecken.«

Eine kurze Pause trat ein, dann sagte sie: »O Gott.«

»Laß mich sehen.«

»Um keinen Preis komme ich in diesem Zeug hinaus.«

»Nun mach schon. Du hast mich betrunken gesehen, da kann ich dich auch in Leder sehen. Mach die Tür auf.«

Sie trat aus der Kabine. Wir brachen gleichzeitig in Gelächter aus. Krumm vor Lachen humpelten wir zu dem größeren Spiegeltriptychon.

»Ach, hätte ich nur einen Fotoapparat«, sagte ich.

»Schau uns an«, sagte sie. »Wir haben die Rollen getauscht.«

Ich musterte unser Spiegelbild: meine Mutter in Fetzen und halbgeschnürten Stiefeln, ich in einem langen Rock und Seidenbluse, zwar minimalistisch, aber im Vergleich zu ihr geschmackvoll.

»Du hast recht«, sagte ich, »aber nun bräuchtest du noch eine Stachelfrisur und einen Nasenring.«

»Kannst du dir das vorstellen? Stell dir vor, ich säße in diesem Aufzug in einem Symphoniekonzert. Allerdings ist jede Art von kurzem Rock mit einem Cello eine Provokation.«

»Willst du, daß ich dir das Halsband kaufe?« fragte ich. »Du hast soviel für mich ausgegeben, das bin ich dir schuldig.«

»Aber sicher«, sagte sie. »Ein kleines Souvenir, das ich David zeigen kann.«

Wir verstummten. David war ihr dreißigjähriger Rechtsanwalt.

Als wir auf die Straße hinausgingen, sagte sie: »Du hast nie gesehen, wo dein Vater und ich gelebt haben, stimmt's?«

»Ich war in Earl's Court, doch. Bill hat früher dort gewohnt.«

»Ich meine die Wohnung selbst.«

»Ach so. Nein.«

»Möchtest du sie sehen?«

Ich nickte.

Wir nahmen die U-Bahn und gingen an Unmengen von Fast-food-Restaurants vorbei. Meine Mutter verzog enttäuscht das Gesicht. »Es ist so... touristisch«, sagte sie.

»Es sind dreißig Jahre vergangen«, sagte ich.

»Da«, sagte sie plötzlich und zeigte mit dem Finger auf die andere Straßenseite. »Siehst du? Im ersten Stock.«

»Ja.«

Es sieht so gewöhnlich aus, dachte ich. Vorhänge aus fester gestreifter Baumwolle, Formen, Silhouetten von

Menschen im Innern, die sich von der Couch zum Küchentisch, zum Bett und wieder zurück bewegen, ohne sich dessen bewußt zu sein, daß meine Eltern in diesen Räumen das kurze Flackern ihres Glücks erlebt hatten.

»Im Schlafzimmer war eine Rosentapete«, sagte sie. »Beim Aufwachen habe ich sie immer gesehen, und sein Kopf lag an meiner Schulter... Ich frage mich, ob sie noch immer da ist. Vielleicht sollte ich klingeln und fragen, ob ich einen Blick hineinwerfen darf.«

»Nein«, sagte ich.

Sie wandte sich um. »Und da drüben«, sagte sie, »sind wir manchmal zum Frühstücken hingegangen.«

»Sieht aus, als wäre es jetzt eine Schwulenbar.«

»Wirklich?«

Wir gingen zur U-Bahn-Station zurück.

»Hast du ihn geliebt?« fragte ich.

»Ja«, sagte sie. »Egal, was du glauben magst, egal, als wie kalt und gefühllos er mich hingestellt hat, ich habe ihn geliebt.«

»Aber all die Jahre...«

»Ich weiß. Wir waren jeder für sich, wir waren zusammen allein. Aber du mußt verstehen, daß dein Vater –«

»– dich zu jemand machen wollte, der du nicht warst.«

»Genau.«

»Aber du hättest ihm zuhören können. Du hättest dasein können.«

»Das hätte ich, da hast du recht. Nach einer gewissen Zeit allerdings, als seine Schmeicheleien an Reiz verloren hatten und sein bedeutungsschweres Raunen: ›Ich möchte für dich da sein‹ zu einem verzweifelt geblökten: ›Ich will, daß du für mich da bist‹ verklungen war, fiel mir das schwer.«

»Was für eine erbärmliche Entschuldigung, Mom. Das ist egoistisch.«

Sie nickte. »Mir ist klar, daß Liebe eine gewisse Selbstlosigkeit erfordert, aber dein Vater verlangte die falsche Sorte. Was hat man davon, wenn man geliebt wird für das, was man zu bieten hat, und nicht für das, was man ist?«

»Einen Scheidungsgrund.«

Sie lachte. »Braves Mädchen.«

»Warum bist du dann bei ihm geblieben?« fragte ich.

»Er bot mir Sicherheit«, sagte sie. »Auf seine eigene, verquere Art hat er mich vergöttert. Und das gibt einem eine ungeheure, verführerische Sicherheit.«

»Was ich nicht verstehe«, sagte ich, »ist, warum er so sein mußte. Was läßt manche Menschen aus Trauer mit Kraft hervorgehen, während andere straucheln? Ich meine, ich habe dich gestern zwar angeschrien, aber ich muß zugeben, daß ich bewundere, wie du dein Leben wieder in den Griff bekommen hast. Wieso warst du dazu in der Lage und er nicht?«

»Ich weiß es nicht«, sagte sie.

Ich dachte an meinen Vater und Adrienne und die ganze Geschichte – das blitzgescheite, hübsche Mädchen, das bei einem Autounfall ums Leben kam, bevor es seinen Verlobten heiraten konnte, den schüchternen jungen Mann, der unter diesem Verlust zusammenbrach – es schien mir zu gefühlsduselig, um real zu sein. Doch es war real gewesen. Es hatte das Foto mit dem Zitat aus »Zwei in Latium« gegeben.

»Hast du genug Geld für die Fahrscheine?« fragte meine Mutter.

»Mehr als genug«, antwortete ich.

Zu Hause angekommen, warfen wir all unsere Taschen auf die Couch und setzten uns auf den Teppich, um die Preisschilder von unseren Einkäufen zu entfernen. »Wohin möchtest du heute zum Essen gehen?« fragte meine Mutter.

»Nirgendwohin«, sagte ich und hielt mit der Schere inne. »Du und Jascha Kremsky, ihr habt mich so verwöhnt, daß ich noch das Kochen verlerne. Ich brauche Übung.«

»Stört es dich, wenn ich das Radio einschalte?«

»Nur zu.«

Sie kniete neben der Stereoanlage nieder und spielte an der Sendereinstellung.

»Erinnerst du dich noch an unsere Wettkämpfe«, sagte sie, »wer als erster den Komponisten eines Stücks erraten würde?«

»Ja.«

Musik schwoll aus den Lautsprechern. Sie wandte mir den Kopf zu, forderte mich heraus.

»Debussy«, sagte ich und zündete mir eine Zigarette an.

Nachdem sie und Curran an diesem Abend schlafen gegangen waren, setzte ich mich mit einem weißen Blatt

Papier an den Küchentisch und versuchte, die Ansprache zu formulieren, um die Jascha mich gebeten hatte. Das einzige, was ich nach einer halben Stunde zustande gebracht hatte, war, die Initialen meines Mädchennamens hinzukritzeln, eine kindische Verkündigung von Vergeblichkeit: *G. M. liebt B. B.*

Na und? dachte ich. Liebe war kein Heilmittel. Liebe konnte den Tod nicht überlisten.

Doch bald brach mein Englischlehrerinneninstinkt durch, und ich begann ganze Sätze zu formulieren. Um ein Uhr morgens kam meine Mutter im Nachthemd herein. »Hat das Licht dich nicht einschlafen lassen? Das tut mir leid.«

Sie setzte sich neben mich. »Es ist spät«, sagte sie. »Du hast Ringe unter den Augen. Du solltest ins Bett gehen.«

»Ich muß das noch fertigkriegen. Es ist für die Ausstellung.«

Sie steckte mir eine Haarsträhne hinters Ohr. Ich dachte an ihre starken Hände, die auf meinen Schultern lagen, die mich in mein Zimmer zurückgeführt hatten, als ich mit sechs von meinen Alpträumen aufgewacht war, die mich an sich gezogen hatten, als ich im Alter von sechzehn mit blutigem Kinn im Arbeitszimmer meines Vaters auf dem Boden gesessen hatte. »Mein Schatz«, sagte sie, »deine Fingernägel.«

»Was ist damit?«

»Du hast sie ja vollständig abgekaut. Sie sehen schrecklich aus.«

Ich blickte von meinem Blatt hoch und wollte gerade zu der Bemerkung ansetzen, daß die Qualität meiner

Maniküre das letzte sei, was mir Sorgen machte, aber dann hielt ich inne. Jetzt endlich begriff ich ihre Sprache. Das ganze Gerede über Fahrscheine, Kleider, abgekaute Fingernägel – alles klagende Warnrufe an eine dunkle Tochter, oh, du gleitest aus, und ich kann dich nicht auffangen, wie sehr ich mich auch bemühe, wie süß mein Griff auch sein mag.

16. Kapitel

Fast den ganzen Frühling über hatte Bill hinter heruntergelassenen Jalousien in einem Krankenhauszimmer gelegen. Abends saß ich neben ihm und korrigierte Stapel von Prüfungsarbeiten, während er schlief. Es konnte geschehen, daß er gerade dann aufstöhnte, wenn ich mitten in der Beschwerde eines Schülers war, »Arabia« von James Joyce sei keine »richtige« Geschichte. Dann schob ich meinen Stuhl näher ans Bett und hielt seinen nunmehr kahlen Kopf über ein blaues Becken, während er sich erbrach.

Danach sank er keuchend wieder auf das Kissen zurück, und ich fuhr mit einem Schwamm über seinen galleﬂeckigen Mund und sein heißes Gesicht. Er sah zuerst mich an, dann die Tulpen auf dem Nachttisch. Seine erschöpften Augen sagten: Irgendwann werde ich das malen.

Im Juni, nach dem letzten Behandlungszyklus, nahm ich ihn mit nach Hause. Eine Woche später, als er die Ergebnisse seiner Blutschinderei erfuhr, zog er mich vom Tisch hoch und tanzte mit mir durch die Wohnung.

»Wie es aussieht, bist du auf dem Weg der Besserung.«

»Für eine Amerikanerin bist du verdammt klug.« Er küßte mich. »Ja, meine Liebste. Wir sind gerettet.«

»Im Moment, meinst du.«

»Im Moment, ja.«

»Wie lange mußt du auf dem Weg der Besserung sein, bis du ganz geheilt bist?«

»Fünf Jahre, sagt Dr. Levitch.«

»Fünf Jah...«

Er schloß mein Gesicht in seine Hände und strich mir mit dem Daumen über die Lippen, um mich zum Schweigen zu bringen. »Pst, pst, laß dich davon nicht beunruhigen«, sagte er. »Denk an heute.«

Ich lächelte.

»Na siehst du. So ist es schon besser«, sagte er. »O Gott, ich kann es gar nicht glauben. Ich will aus der Stadt raus. Ich will wilde Luft atmen. Laß uns ans Meer fahren. Hast du Lust?«

»Nun, wenn Dr. Levitch nichts dagegen hat –«

»Wunderbar. Toll. Okay. Curran«, schrie er, »pack deine Sachen. Wir fahren in Urlaub.«

»Jetzt sofort?« erscholl es aus dem anderen Zimmer.

»Jetzt sofort.«

»Bill, hör zu, mach keinen Unsinn«, sagte ich. »Ich sehe furchtbar aus, ich habe noch nicht mal geduscht, und die Küche –«

»Vergiß doch die bescheuerte Küche«, sagte er. »Wir sind frei.«

Er machte kehrt und ging zur Tür, rannte dann zurück und küßte mich von neuem. »Wir fahren ans Meer!« krähte er und machte einen kleinen Satz.

»Du amüsierst mich maßlos«, sagte ich. Nachdem er gegangen war, plumpste ich auf den Boden und lachte, bis mir die Tränen kamen.

Wir fuhren nach Dover und mieteten ein Ferienhaus mit Blick auf den Strand. »Heißt das, ich bekomme ein eigenes Zimmer?« fragte Curran.

»Ja, du bekommst ein eigenes Zimmer«, sagte ich, »aber kein Bier und keine lauten Partys, okay?«

»Okay«, sagte er kichernd und stürmte nach oben, um es zu inspizieren.

Als Bill sich in dieser Nacht zum Schlafen fertig machte, stand ich auf dem Balkon und blickte auf die Fähren, die den Ärmelkanal überquerten und Lichtscherben in die Dunkelheit warfen. Ich schlang meine Arme um mich.

»Süße«, rief Bill, »willst du die ganze Nacht da draußen bleiben und so tun, als wärst du Matthew Arnold?«

»Nein«, sagte ich und kam ins Zimmer.

Er saß in seinen Boxershorts mit gebeugten Schultern auf dem Bettrand. Zum ersten Mal wurde mir bewußt, wie sehr er abgemagert war. Ich ließ einen Finger an seinen Rippen hinabwandern. Er schauderte in der salzigen Luft. »Tut mir leid«, sagte ich. »Ich habe vergessen, die Balkontür zu schließen.« Ich kehrte um und schloß sie. Als ich zu ihm kam, begann er mit den Zähnen zu klappern. Ich löste die um meine Taille gebundene Strickjacke und wickelte sie um ihn. Dabei ergossen sich meine Haare über seinen kahlen Schädel. Ich wollte seinen zerstörten Körper in mich aufnehmen, damit ich ihm durch einen geheimnisvollen Trick des Leibes zu neuem Wachstum, neuem Leben verhelfen könnte.

Er zog mich auf seine Knie. »Ich will nicht mehr zurück«, sagte er.

»Ich auch nicht.«

»London erscheint mir wie das Zentrum einer Atomexplosion, wie das Epizentrum eines Erdbebens«, sagte er, »und wenn wir einfach immer in Bewegung bleiben, wenn wir übers Meer nach Frankreich fahren und dann noch weiter in ein anderes Land, Grenzen hinter uns bringen, werden wir uns von dieser Geschichte befreien. Erinnerst du dich noch an unsere Reise nach Nizza, direkt nach unserer Hochzeit? Erinnerst du dich, wie toll das war?«

Ich nickte und dachte an Nachmittage in einem Hotel mit Klimaanlage an der Riviera. Ich hatte mir Salz und Sand aus den Haaren gewaschen, ein pinkfarbenes Nachthemd über den Kopf gezogen und war, noch voller Wassertropfen auf der Haut, neben ihm ins Bett gekrochen. Sonnenverbrannt hatten wir bis zum Abendessen gedöst, sein Kopf auf meiner Brust, meine Hand auf seinem Rücken, bis ich die Vorhänge aufzog.

»Es wäre so einfach«, sagte er, »Curran aufzuwecken und eine Fähre zu nehmen, so zu tun, als wäre unser Feind hier, und wir könnten ihm entkommen, weißt du? Aber der Feind war in mir. Und er könnte zurückkommen.«

Ich strich über sein Schlüsselbein. »Das klingt aber ganz anders als der Freudentanz letzthin«, sagte ich.

»Ich habe Angst.«

»Ich auch.«

Später, als er schlief, lag ich wach und lauschte auf seinen Atem. Ich berührte sein Gesicht, und er zuckte leicht zusammen. Ich legte meine flache Hand auf seine

Brust, und sie hob und senkte sich. *Bestimmt zählt das*, dachte ich. *Bestimmt ist dieser leuchtende Moment von Bedeutung.* Und dann ließ ich meine Knöchel an seiner Seite hinabwandern, bis zum Mark, zu dem Punkt, wo, wie ich allen beruhigenden Zahlen und Berichten zum Trotz wußte, der Schrecken bald wieder beginnen würde, wo tief in seiner Hüfte tausend weiße Blutkörperchen gerinnen würden.

Am nächsten Morgen tastete ich beim Erwachen über das Laken und fand es leer. Panik ergriff mich. Ich stürzte aus dem Bett und sah mich im Zimmer um. Leer. Ich sah im Zimmer meines Sohns, im Bad, unten nach. »O Gott, Bill«, sagte ich und rannte mit klopfendem Herzen wieder nach oben.

Dann sah ich, daß die Tür zum Balkon einen Spalt offenstand. Ich schob sie auf und trat hinaus. Die Meeresluft peitschte mir Haarsträhnen in den Mund, und ich schob sie beiseite. Ich schirmte meine Augen gegen die Morgensonne ab und starrte auf den Strand hinab.

Plötzlich entdeckte ich ihn. Mit einem Handtuch um die Schultern stand er barfuß mit nasser Badehose im knöcheltiefen Wasser. »Kalt, aber herrlich!« rief er.

Ich lachte laut heraus. Es war einer jener Augenblicke – zärtlich, wie im Film –, wo man das Gefühl hat, man könnte zerbersten.

»Du hast mir eine Höllenangst eingejagt!« rief ich zurück. »Komm sofort rauf!«

Curran stolperte in mein Zimmer und auf den Balkon. »Was ist los?« fragte er.

Ich legte meinen Arm um ihn. »Dein Vater spielt verrückt«, sagte ich.

Er sagte: »Dann ist er wirklich wieder gesund.«

Nachmittags regnete es. Ich rollte mich auf dem Sofa zusammen und las, während Bill und Curran zu Tesco's gingen, um einzukaufen. Durchnäßt trotteten sie mit ihren Tüten wieder herein.

»Schaut euch bloß an«, sagte ich. »Wie ertränkte Ratten seht ihr aus.«

»Ich bin in jede Pfütze gesprungen«, sagte Curran, während er Äpfel, Käse und eine Rolle Müslikekse auspackte.

»Das sehe ich an deinen Schuhen. Und hast du die Schokopralinen in den Einkauf geschmuggelt?«

»Nein. Dad hat gesagt, ich darf sie haben.«

»Na schön, aber iß sie nicht alle auf einmal auf, und zieh dir Socken an. Das gilt auch für dich, Bill.«

Bill grinste. »Ja, Mum.«

Als sie sich abwandten, um nach oben zu gehen, zog ich beide an mich. »Ab jetzt kann es nur noch besser werden«, sagte ich.

Es folgten drei grandiose Sommermonate. Gesang, Parks, Bills verblassende blaue Flecken. Und dann die Bombe.

Im September erlitt er einen Rückfall. Wir versuchten, die Anzeichen zu ignorieren: jeden Morgen Blut im Waschbecken von seinem offenen Zahnfleisch, Schmerzen in allen Knochen, eine Schar neuer Purpurländer – Madagaskar, Sri Lanka, Mosambik –, die sich auf seinen

Armen breitmachten. Aber das war nicht möglich, daher brachte ich ihn an einem Tag voll Herbstrascheln zurück ins Krankenhaus St. Pancras, zur nächsten Zehntagesroutine mit dem blauen Becken. Doch als ich ihn dieses Mal nach Hause holte, war er so ausgelaugt, daß er sich beim Erklimmen der Vordertreppe auf meine Schulter stützte, und das Wetter war kälter, unangenehmer geworden.

Er ging noch immer ins Atelier. Wenn er heimkam, roch er nach Terpentin und Triumph und war so erschöpft, daß er auf die Couch sank und das Abendessen verschlief. Ich saß auf dem Boden und hörte ihm beim Schnarchen zu, während ich Arbeiten korrigierte. Gegen neun wachte er dann auf und lag schweigend da, spielte mit meinen Haaren, während ich mit mir rang, wer einen Extrapunkt bekam. »Schatz«, sagte ich, »du solltest nicht soviel arbeiten.«

»Du verstehst das nicht«, antwortete er. »Kennst du den Ausdruck: um sein Leben rennen? Nun, ich male um mein Leben.«

Ich lachte. »Tut mir leid. Ich will dich nicht auslachen, aber so, wie du es gesagt hast, klingt es wie der Titel einer Gameshow.«

»Ja, stimmt, jetzt, wo du es sagst«, meinte er und ahmte eine kehlige Ansagerstimme nach. »Und nun, live von der BBC: ›Um sein Leben maaaalen.‹« Und er lachte so heftig, daß es mir angst machte.

Eines Nachts im November rollte er im Schlaf gegen mich, und ich fuhr hoch. Er schlang seinen Arm um meine Brust, nicht um mich zu umarmen, sondern in einem verzweifelten Reflex. Seine Gliedmaßen zuckten. Schweiß glitzerte in winzigen Perlen auf seiner zerfurchten Stirn. Er leckte seine aufgesprungenen Lippen und stieß ein feuchtes Ächzen aus. Ein moschusartiger, metallischer Geruch ging von ihm aus, er war nur noch Qual und Schweiß. Ich hielt ihn fest und preßte mein Handgelenk an seine Wange.

Mit einer Hand schlug ich die Laken zurück und dachte: Wasser. Ich richtete ihn auf, schlang meinen Arm um seine Taille und führte ihn den Flur entlang ins Bad. Als ich das Licht einschaltete, senkte er den Kopf, rieb sich die Augen und schrie auf. Er lehnte sich ans Waschbecken. Seine Finger fummelten an Knöpfen herum, während ich mich hinkniete, um den Wasserhahn einzustellen. Meine Knie schmerzten, meine Knöchel taten weh. Ich prüfte die Wassertemperatur, stellte sie so kalt ein, wie es gerade noch zu ertragen war. Ich drehte mich um und sah, daß er mit dem Rücken zur Wand auf den Boden gesunken war, das Kinn in einem unbequemen Winkel gesenkt, mit geschlossenen Augen und halbgeöffneter Schlafanzugjacke.

Ich half ihm auf die Füße und hielt ihn fest, öffnete den karierten Flanellstoff und ließ ihn hinabgleiten, fühlte seine Scham über eine Intimität, die in Abhängigkeit, nicht in Leidenschaft wurzelte. Ich stützte ihn, damit seine Knie nicht einknickten, während er über den Rand der Wanne stieg. Er wandte sein Gesicht von mir ab, starrte statt dessen auf die Risse in den Wandfliesen.

Dann lag er auf dem Rücken in dem eiskalten Wasser. Es schlug Wellen über seinen gelb-blauen Flecken. Er legte den Kopf in den Nacken, meine Finger hielten ihn, als wäre er ein Säugling, und einen Augenblick lang lächelte er vor schierem kühlen Vergnügen.

Mit einem Waschlappen wusch ich seine Halsgrube und zog den Lappen dann durchs Wasser. Wellen schlugen über seine Brust. Seine Atemzüge kamen in tiefen, zerklüfteten Schauern. Ich saß da und wusch, saß da und fuhr durchs Wasser. Langsam machte sich der Schock bemerkbar. Seine Schultern zitterten. Er hob die Hand und streichelte mit dem Daumen dieselbe Stelle an meinem Hals, die ich an seinem gewaschen hatte. Das Wasser hinterließ einen nassen Fleck auf meinem Nachthemd. »Danke«, sagte er.

Später saß er frisch angezogen auf dem Bettrand, und ich maß seine Temperatur. Mühsam las ich im Lampenschein die Quecksilbersäule ab. »Scheiße«, sagte ich. »Neununddreißig Grad. Es ist wieder gestiegen.«

Er rollte sich auf der Zudecke ein. »Ich schlafe jetzt weiter«, sagte er.

»Kommt nicht in Frage«, sagte ich. »Nicht, bevor ich Dr. Levitch angerufen habe.« Er hatte uns gewarnt, daß ihn die Medikamente anfällig machen würden für scheinbar banale Infektionen, die ihm aber gefährlich werden könnten.

Dr. Levitch bestätigte, daß es sich um eine solche handelte, daher half ich Bill um drei Uhr morgens in seinen Mantel, rüttelte meinen Sohn wach und deponierte ihn mit tausend Entschuldigungen bei Deepa Romdourl und fuhr Bill ins Krankenhaus. Ausgedörrt und mit glänzenden Augen lag er zwischen gestärkten Laken, und ich saß bis Tagesanbruch neben ihm und küßte ein ums andere Mal sein fiebriges Handgelenk und machte wilde Versprechungen über Australien.

Als er nach Hause kam, war er so schwach, daß ich beim ersten Abendessen die Gabel an seinen Mund führen mußte. Er aß ein paar Bissen, barg dann seinen Kopf an meiner Schulter und schluchzte: »Es tut mir leid, es tut mir leid.« Ich tätschelte seinen Rücken. Curran starrte uns voll Entsetzen an. Ich bedeutete ihm mit einer Geste, er solle aus dem Zimmer gehen.

Bill hob den Kopf. Ein Laut entrang sich seiner Kehle. Sein Mund war so voller Geschwüre, daß er kaum mehr als ein paar Worte herausbrachte.

»Quäl dich nicht.« Ich riß eine Ecke von einem meiner Stundenpläne ab. »Hier. Schreib es auf.«

Ich legte meine Hand auf seine, um sie ruhig zu halten. Mit zittriger Schrift schrieb er in Großbuchstaben: ICH WILL NICHT STERBEN, VERDAMMT!

»Natürlich nicht«, sagte ich. »Und das wirst du auch nicht, Liebling. Das war nur ein Rückfall. Dr. Levitch sagte, es könnte –«

Bevor ich ihm helfen konnte, griff er wieder nach dem Stift und schrieb: DU BIST NICHT GOTT. DU WEISST ES NICHT.

»Nein«, sagte ich. »Ich weiß es nicht.«

Diese Nächte im Spätherbst. Wir lagen im Bett, zitterten ein bißchen, angetan von der klaren Frische. Ich fuhr seinen Mund mit meinen Fingern nach und dachte: Der

Winter naht, mein Engel, vor der Hungersnot müssen wir uns jetzt noch satt essen.

Einmal erzählte er mir, er habe mich im Fieber am Fußende seines Bettes stehen sehen. Meine schwarzen Haare hätten um mein Gesicht geflattert, meinen Kopf habe ein Nimbus von Farbschattierungen – vibrierenden Rot-, Purpur- und Blautönen, Farben von bunten Kirchenfenstern – umgeben, wie die Frau in Russolos *Parfum*. Er hatte geschrien und geschrien und versucht, mich zu erreichen, aber er konnte nicht.

»Du hattest vierzig Grad Fieber«, sagte ich. »Du hast halluziniert.«

Er schlang seine Arme um mich. »Das ist mir egal«, sagte er. »Ich will, daß du nie außerhalb meiner Reichweite bist.«

An diesem Abend fragte Curran beim Essen: »Können Tote sich erinnern?«

An einem Samstag nachmittag Mitte Dezember ging er zum letzten Mal ins Atelier. Ich fuhr hin, um ihn abzuholen. Er kam heraus in alten Jeans, einem Mantel, der aus einer Indianerdecke geschneidert war, und einem roten Schal um seinen kahlen Kopf. »Wie ging es?« fragte ich.

»Irre gut.«

Curran fragte vom Rücksitz aus: »Wirst du jetzt berühmt, Dad?«

»Das hoffe ich«, sagte er.

An diesem Tag hatte er *Unumgänglicher Wahnsinn* vollendet.

Weihnachten. Die Leitungen froren ein. Wir liebten uns unter drei Decken und tranken Kaffee. Er klapperte mit den Zähnen. Die Welt bestand aus Stechpalmenbeeren und heulendem Wind. Er küßte mich auf die Schläfen und sagte: »Es wird nie wieder einen Moment geben, der genauso ist wie dieser.«

Am nächsten Tag, dem zweiten Weihnachtsfeiertag, fühlte er sich beim Aufwachen elend. Er hatte leichtes Fieber, aber keiner von uns machte sich deswegen Sorgen. Wir dachten, er sei einfach erschöpft vom Feiertagstrubel. Ich gab ihm ein Aspirin und versprach, Curran von ihm fernzuhalten, und er schlief zufrieden ein.

Doch am Nachmittag verschlechterte sich sein Zustand. Er erbrach sich, schwitzte, sein Atem ging rauh. Ich mußte seinen Kopf festhalten, damit das Thermometer unter seiner Zunge blieb. Ich wandte ihm den Rücken zu und las die Temperatur ab. Ich war wie vor den Kopf gestoßen.

»Es ist... es ist nicht so schlimm wie letztes Mal, oder?« fragte er.

Schnell drehte ich mich zu ihm herum. »Aber nein, überhaupt nicht«, sagte ich, »aber sicherheitshalber sollte ich doch Dr. Levitch anrufen.«

Ich stand auf. Er packte meine Hand und zog mich neben sich. »Bleib hier«, sagte er.

»Es dauert nur eine Minute«, sagte ich und küßte ihn auf die Stirn. Im Flur stieß ich auf Curran. »Tu mir einen Gefallen, Schatz«, sagte ich, »und setz dich zu deinem Vater, während ich den Arzt anrufe.«

»Was hat er denn?«

»Er hat hohes Fieber.«

»Wird er wieder gesund werden?«

»Ich glaube schon, aber er macht sich Sorgen. Geh zu ihm.«

Ich wollte gerade Dr. Levitchs Privatnummer wählen, als ich einen Schrei aus dem Schlafzimmer hörte.

»Mum! Mum!«

Ich rannte hinein und fand Curran in Tränen aufgelöst auf dem Boden hockend. Auf dem Bett zuckten Bills Gliedmaßen unkontrolliert, während seine Augen nach innen rollten.

»Steh auf«, sagte ich zu meinem Sohn. »Ich möchte, daß du aufstehst und den Notarzt anrufst. Sofort.«

Er stolperte hoch und den Flur entlang, während ich nur stumm dastand, mich danach sehnte, Bill anzufassen, obwohl ich wußte, daß ich das nicht sollte, schmerzlich wünschte, ich könnte ihm irgendwie vermitteln, daß ich bei ihm war, ihm irgendwie sagen: *Selbst in deiner lähmendsten Qual, selbst in tiefster Dunkelheit, mein Liebling, bin ich da, bin ich bei dir.*

17. Kapitel

Am Tag, an dem die Retrospektive eröffnet wurde, ging ich morgens in Currans Zimmer und sagte ihm, er könne nicht mitkommen. Er warf ein Kissen nach mir. »Ich hasse dich«, sagte er.

»Nur zu, haß mich ruhig«, sagte ich und schloß im Hinausgehen die Tür hinter mir.

Begleitet von seinem Schluchzen, spülten meine Mutter und ich das Frühstücksgeschirr. »Glaubst du nicht, daß du zu hart zu ihm bist, Gloria?« fragte sie.

»Nein.«

»Aber er interessiert sich so für Kunst, und er hat seinen Vater so vergöttert –«

»Ich habe mich entschieden. Er kommt nicht mit.«

»Warum?«

»Weil Bills Bilder wie Autopsien sind. Sie stellen Gedanken und Gefühle dar, mit denen er als Achtjähriger nicht konfrontiert werden sollte.«

»Aber er ist doch intelligent.«

»Und noch ein Kind.« Ich reichte ihr einen Teller zum Abtrocknen. »Außerdem muß er lernen, daß die Welt grausam zu Intellektuellen sein kann, nicht wahr?«

Sie sah zu Boden. Blinzelte heftig.

»Du streust gern Salz in Wunden, stimmt's?« sagte sie.

»Nein. Ich will nichts als die Wahrheit.«

Ich streckte mich, um ein Glas in den Schrank zu stellen, und sie berührte meinen Arm. »Was ist?« fragte ich.

»Glaub mir«, sagte sie, »du bist kein zweiter Riordan.«

Als der Abend dämmerte, wurde ich nervös. Ich pickte an dem Roastbeef-Sandwich auf meinem Teller herum und biß die spärlichen Reste meiner Fingernägel herunter. Meine Mutter saß mir gegenüber, vor sich eine Schale Wasser und ihre Kosmetiktasche, fest entschlossen, aus meinen Nägeln Wahnsinnskrallen zu machen. »Mom, nun komm schon«, sagte ich. »Hier geht es nicht um mich, sondern um Bill. Niemand wird darauf achten.«

»Ich weiß«, sagte sie lächelnd.

Ich begriff, daß dies einer ihrer merkwürdigen Annäherungsversuche war, und erhob keinen Einwand mehr.

»Die erste Ausstellung, zu der ich ging, wo auch Bilder von Bill gezeigt wurden«, sagte ich, »war direkt nach Currans Geburt. Natürlich war ich nervös und befangen wegen meines Aussehens, und außerdem hatte ich eine recht hochtrabende Vorstellung von mir als der Frau des Künstlers – einer dunklen, mystischen Unterweltgestalt, auf die sich die Fotografen stürzen würden; das Ganze war eine herbe Enttäuschung. Es war keinerlei Presse in Sicht. Es war schummrig und verraucht und trendy, und Bill schien mir der einzige Mensch im Raum zu sein, der eine Spur von Aufrichtigkeit in seine Arbeit legte. Ich dachte mir: Gott, wozu ist dieses ganze Spektakel gut? Aber dieses Mal... ich weiß nicht, wie ich mich fühlen werde.«

»Halt still. Ich kann deine Nagelhaut nicht zurückschieben, wenn du wie wild herumfuchtelst.«

»Entschuldigung.«

»Wann mußt du weg?«

»Um acht.«

»Gehst du allein hin?«

»Nein. Jascha Kremsky begleitet mich.« Ich seufzte. »Zieh deine Augenbrauen wieder ein, Mom. Es hat nichts zu bedeuten.«

»Aber wird es nicht so aussehen, als ob –«

»Ja, schon möglich, aber das ist mir egal. Ich kann nicht allein hingehen.«

»Ja. Natürlich nicht. Das solltest du nicht.« Ich zuckte zusammen, als sie meinen Daumennagel feilte. »Rein aus Neugierde, glaubst du, daß er sich für dich interessiert?«

»Er ist kein Aufreißer. Er hat das gleiche durchgemacht wie ich.«

Sie blickte hoch. »Ja?«

»Ja. Sogar Schlimmeres. Er hat seine Frau und seine Tochter verloren.«

»O Gott.« Sie durchwühlte ihre Flaschensammlung.

»Nimm eine dezente Farbe, ja? Ich bin heute abend nicht in der Stimmung für ›Fick-mich‹-Rot.«

»Würdest du aufhören, dich so ordinär auszudrükken?« Ihr Tonfall war tadelnd, aber dann grinste sie. »Diesen Farbton habe ich ohnehin zu Hause gelassen.«

Nachdem sie mit dem Lackieren fertig war, ging ich in mein Zimmer, schlüpfte in die Strümpfe und holte das preiselbeerrote Harvey-Nichols-Kleid hervor. Ich war gerade hineingestiegen, als ich ein vorsichtiges Klopfen an der Tür hörte.

»Komm rein«, sagte ich in Erwartung meiner Mutter, die sich als nächstes meine Haare vornehmen wollte.

Curran stand mit schamhaft gesenktem Kopf vor mir. Er war mir den ganzen Tag aus dem Weg gegangen.

»Hallo, Kleiner«, sagte ich. »Was gibt es?«

»Es – es tut mir leid«, sagte er. »In Wirklichkeit hasse ich dich gar nicht.«

»Ich weiß«, sagte ich und strich ihm über die Haare.

»Kann ich ein bißchen hierbleiben?«

»Aber sicher, wenn du versprichst, kein Kissen mehr nach mir zu werfen.« Ich kämpfte mit dem Reißverschluß im Rücken meines Kleides. »Verdammt, er klemmt. Könntest du das in Ordnung bringen, Curran?«

Er kletterte aufs Bett, schob den Morgenmantel meiner Mutter beiseite und zog auf Knien den Reißverschluß ganz nach oben. Seine kleinen, weichen Hände verweilten kurz auf meiner Schulter. »Fertig, Mum«, sagte er.

»Danke, mein Schatz.«

Ich setzte mich vor den Spiegel und steckte meine Haare hoch. Als ich mich vorbeugte, um Lippenstift aufzutragen, warf ich einen Blick zur Seite, als erwartete ich, hinter mir auf dem Bett Bill auftauchen zu sehen, der mit seiner Krawatte fuchtelte oder mich beriet, welche Kette ich tragen sollte.

Doch nein. Nur das blasse Gesicht meines Sohnes war zu sehen.

»Darf ich Dads Bilder irgendwann anschauen?« fragte er.

»Wenn du älter bist.«

»Sind sie gut?«

»Ich bin keine Kunstkritikerin«, sagte ich, »aber sie sind ehrlich, und mehr kann man nicht verlangen.«

»Gloria!« rief meine Mutter aus der Küche. »Jascha ist hier.«

Ich fummelte meine Ohrringe hin, stieg in die Schuhe und gab Curran einen Kuß. Dann ging ich zu Jascha hinaus. »Deine Mutter ist unglaublich«, sagte er, als wir die Treppe hinabstiegen.

»Ja, sie tut, als wäre das der Schulabschlußball.«

Lachend öffnete er mir die Beifahrertür seines Autos. »Tut mir leid«, sagte er, »aber ich habe das Ansteckssträußchen für dich vergessen.«

Als er sich neben mich setzte, wollte ich mich gerade daranmachen, einen meiner lackierten Fingernägel anzuknabbern, ballte dann aber die Hand zur Faust und starrte aus dem Fenster.

»Du siehst hübsch aus, nebenbei bemerkt«, sagte er.

»Danke.«

»Stimmt was nicht?«

»Es ist nichts – ich – ich habe nur ein bißchen Angst.«

Den Rest der Strecke nach Whitechapel legten wir schweigend zurück. »O Gott«, sagte ich, als wir eintrafen. »Ich habe nicht mit so vielen Leuten gerechnet.«

»Mach dir keine Sorgen«, sagte er und nahm mich beim Hineingehen am Ellbogen.

Am Eingang stand ein Ständer voller Broschüren, in denen irgendwer jedes Bild analysiert hatte. Ich ergriff eine und steckte sie in meine Tasche mit der Absicht, sie meiner Mutter zu geben. Ein weiteres kleines Souvenir für David.

Im Innern herrschte dichtes Gedränge. Der Lärmpegel war niedriger, als ich es gewohnt war. Es fehlte das übliche nebensächliche Geplauder über die Weintemperatur, die Schwierigkeiten, gute PR zu bekommen, oder den letzten Independentfilm im Everyman Cinema. Die Leute defilierten mit Gläsern in den Händen und dem einstudierten Schweigen von Akademikern an den Bildern vorbei. Endlich einmal war ihre schwarze Kluft passend. Ich sah auf mein Kleid herab und kam mir vor wie ein Blutfleck, eine wandelnde Sirene. Macht Platz für die Witwe.

Bills Freund Jim kam zu mir und umarmte mich. »Gloria«, sagte er. »Ich bin so froh, daß du deine Einwilligung gegeben hast.«

Ich lächelte schwach.

»Und wie ist es dir so ergangen?« fragte er.

Ich machte eine wegwerfende Handbewegung. »Es wäre gelogen«, sagte ich, »zu behaupten, daß es mir gutgeht, aber es läuft ein wenig besser.«

»Das ist gut. Du kennst ja das Sprichwort: Die Zeit –«

»Heilt alle Wunden, ja. Aber nicht ohne Narben, glaub mir.«

Ich erwartete, daß er lachte, doch dann fiel mir ein, daß er nicht Jascha war. Hinter meiner Schulter blitzte es. Ich fuhr zusammen.

»Himmel«, sagte ich. »Sind hier Fotografen?«

Er nickte. »Von der *Times*.«

»Ich will mich ja nicht aufspielen«, sagte ich, »aber

vielleicht gehe ich sicherheitshalber lieber aus der Schußlinie. War nett, dich wiederzusehen, Jim.«

Ich winkte ihm zu und wanderte dann ans Ende der Schlange. Ich kann ebensogut die Bilder anschauen und eine Weile anonym bleiben, dachte ich. Ich drehte an meinem Ehering und schluckte schwer, als ich an dem Lamberhurst-Bild vorbeikam. Ich versuchte, einen versunkenen, aber coolen Blick aufzusetzen, doch ich schaffte es nicht.

Jascha bahnte sich einen Weg durch die Menge und kam zu mir. »Gloria«, sagte er. Ich hatte die Arme um mich geschlungen, starrte auf ein Porträt unseres Sohnes und hörte ihn nicht. Er wollte mir die Hand auf die Schultern legen, doch statt dessen streiften seine Finger meinen Hals.

Ich zuckte zusammen. »Ja?«

»Die – die äh, Präsentation wird in wenigen Minuten beginnen«, sagte er. »Ich wollte dir nur Bescheid sagen.«

»Habe ich noch Zeit für einen Drink?«

»Natürlich. Brauchst du einen?«

»Unbedingt.«

»In Ordnung.« Er zeigte auf einen Tisch. »Direkt neben der Frau in Braun.«

Ich ging hinüber, nahm ein Glas und lehnte mich an die Wand. Ich mußte zugeben, daß Jascha seine Sache gut gemacht hatte. Der Hintergrund war klar, schlicht, ohne Chichi. Weiß, die Farbe der Blutkörperchen, die sich falsch entwickelt hatten.

Ein junger Mann gesellte sich zu mir. Er räusperte sich, nippte an seinem Drink, schob sich die dunklen Haare aus den Augen. Offenbar ein Kunststudent und Klugscheißer – vermutlich von der Royal Academy.

Wir blickten auf die Menschenschlange, die sich an den Gemälden vorbeischob, sich Bills Ende näherte.

»Ist das nicht verblüffend?« fragte der junge Mann. »Ist es nicht unglaublich, wie sehr seine Gemälde seiner Krankheit und schließlich seinem Tod entsprechen?«

»Der Tod kennt keine Entsprechung«, sagte ich. Einen Augenblick lang spielte ich mit dem Gedanken, ihm meinen Drink ins Gesicht zu schütten.

Er musterte mich. »Kannten Sie Bill Burgess gut?«

»Ich war seine Frau.«

Jascha winkte mir von weitem zu. »Entschuldigung«, sagte ich und ging zu ihm. »Einen Augenblick noch, dann geht es los«, sagte er. »Was ist los? Du siehst aus, als wolltest du jemanden umbringen.«

»Ich hatte eine kleine Auseinandersetzung mit der Intelligenzija.«

»Du läßt aber auch kein Vergnügen aus.«

»Hör zu, es wird hoffentlich keine Zeitungsfritzen geben, die hinter mir her sind.«

»Nein, warum?«

»Ich glaube nicht, daß ich tiefschürfende Fragen beantworten kann.«

»Das brauchst du auch nicht.« Er führte mich zu einer Plattform, auf der ein Rednerpult aufgebaut worden war. Ein Murmeln ging durch die Menge, die langsam näher kam, dann gebot jemand Schweigen. Jascha stieg die Stufen empor und ging an seinen Platz. Er stellte das Mikrofon ein, das jenes verräterische Pfeifen von sich gab, das diese Geräte in Augenblicken großer Spannung unweigerlich produzieren. *Bitte keine Witze*, dachte ich. *Nicht jetzt.*

»Guten Abend«, sagte er. »Wir sind heute abend aus einem bittersüßen Anlaß zusammengekommen, zum Feiern und Trauern zugleich. Zum Feiern, weil die Ausstellung eines Künstlers, der eine solche verdient, uns mit Freude erfüllt, zum Trauern, weil dieser Künstler nicht mehr unter uns sein kann, um voll Stolz auf sein Werk zu blicken.

Ich bin sicher, die meisten von Ihnen wissen, daß Bill Burgess am fünften Januar dieses Jahres an Leukämie gestorben ist. Sie werden bemerken, daß ich ›gestorben‹ gesagt habe und nicht ›von uns gegangen‹ oder ›das Zeitliche gesegnet‹ oder einen anderen Euphemismus, den man benutzt, um den Tod zu verniedlichen. Eine solche Formulierung hätte das verleugnet, worum es Bill in seiner Kunst ging: der schonungslosen, im Ausdruck kontrollierten Darstellung der Wahrheit. Ist es in einer Zeit, in der sich Anmaßung breitmacht, nicht wichtig, Zurückhaltung zu belohnen?

Und so haben wir unser Bestes getan, um Bill Burgess zu ehren. Viele haben Zeit und Energie in dieses Projekt investiert, aber unser besonderer Dank gilt allen Mitarbeiterinnen und Mitarbeitern der Whitechapel Art Gallery ...«

Während er sprach, betrachtete ich seine geglätteten schwarzen Haare, seine prächtige violette Krawatte, seine Augen, deren Blick flink von uns zu seinem Papier und wieder zu uns zurückschossen. Ich stellte mir vor, wie er als Kind wohl gewesen war – hyperaktiv, spitzbübisch, schmeichelnd, aber voll schrecklich guter Absichten. Ich lächelte.

»...sowie den Mitgliedern der Künstlerkooperative von Chelsea, insbesondere Sean Kennedy und Jim Welsh. Vor allem aber möchte ich Gloria Burgess, Bills Witwe und Nachlaßverwalterin, danken. Ohne ihre freundliche Erlaubnis wäre diese Retrospektive buchstäblich unmöglich gewesen, und ohne ihr Verständnis wäre sie Bill weniger gerecht geworden. Ich habe sie gebeten, uns etwas über seine Arbeit und sein Leben zu erzählen. Gloria?«

Zitternd, mit gesenktem Kopf schritt ich die Stufen empor, umklammerte die Falten meines Rocks mit schweißnassen Fingern, um nicht zu stolpern. Jascha nickte mir zu und drückte hinter dem Rednerpult meine Hand, bevor er ging. Ich blickte hinab auf all die angespannten, erwartungsvollen Gesichter und bemühte mich, an die Entspannungstricks zu denken, die wir in den Rhetorikkursen an der High-School gelernt hatten und die einem einen Vortrag erleichtern sollten. Schau auf die Wand. Stell dir dein Publikum in Unterwäsche vor.

Ich steckte mir eine Haarsträhne hinters Ohr.

»Hallo«, sagte ich. »Ich muß ... ich muß zugeben, daß diese ganze Idee mich nervös macht, und ich muß Sie warnen, daß das, was ich zu sagen habe, weder ein tränenreicher Nachruf noch ein kunstgeschichtlicher Vortrag ist.

Was kann ich Ihnen über meinen verstorbenen Mann

erzählen? Nun, ich könnte Ihnen erzählen, daß er sich Munch zum Vorbild genommen hatte, in jüngeren, konventionelleren und unbeschwerteren Jahren auch Hockney, daß er fast schon zu freundlich war, daß er nach Australien reisen wollte. Ich könnte Ihnen eine unvollständige Aufzählung präsentieren: Künstler-Ehemann-Vater-Engel-Beschützer-Visionär-*tot*. Ich könnte vertraulich werden und Ihnen erzählen, wie sehr er für mich da war, mit welcher Bereitwilligkeit er in meinen dunkelsten, verderblichsten Momenten meine Hand nahm und das Gift aus der Wunde saugte, sich der Gefahr aussetzte, das Gift in jenen ersten gefährlichen Sekunden in seinem Mund zu halten.

Doch das wäre meiner Aufgabe nicht angemessen. Meine Rufe ›Ich erinnere mich‹ würden Ihnen kein wahrheitsgetreues Bild von Bill oder seiner Kunst vermitteln, denn die Erinnerung verzerrt die Wirklichkeit. Sie rutscht und schlittert davon und verliert sich im persönlichen Code der sich Erinnernden, in ihrem freien Jargon voller Anspielungen und Symbolen.

Ich glaube, Bill war sich dieser Gefahr bewußt. Er war kein Mann für Grautöne. In seinen Augen war die Welt strahlend und schlüssig. Das Universum erschien ihm einfach und prächtig, und er wollte es ganz und gar erfassen, es ergreifen und mühelos verzehren, wie man eine Frucht verzehrt – oder Blumen, wenn man Robert Browning heißt.« Ein paar Zuhörer lachten. »Das soll nicht heißen, daß Bill ein blinder Idealist war. Er begriff das Helldunkel des Lebens vollkommen, nur wollte er sich nicht damit aufhalten. Manchmal frage ich mich, ob ihn sein Glaube an das Gute in allen Dingen anfälliger für die schrecklichen Dinge gemacht hat.

Aber ich schweife ab. Ich bin gewiß keine Künstlerin, aber ich kenne mich recht gut mit Lyrik aus, und wenn ich daran denke, welche Bedeutung Bills Arbeit in den letzten Monaten für ihn hatte, fühle ich mich an ein Prosagedicht der russischen Dichterin Anna Achmatowa erinnert, das sie in einem ihrer Werke anstelle eines Vorworts brachte. Sie schildert darin, wie sie betäubt in einer Schlange in einem Gefängnis in Leningrad steht und eine Frau ihr zuflüstert: ›Kannst du das beschreiben?‹ Achmatowa antwortet, daß sie das könne, und der Hauch eines Lächelns überzieht das Gesicht der Frau.

Wie Achmatowa setzte Bill seine Kunst mit seinem Überleben gleich. Einmal sagte er zu mir: ›Ich male um mein Leben.‹ Rein physisch gesehen ist diese Aussage natürlich naiv, unmöglich: Alle heute abend hier aufgehängten Gemälde können ihn nicht von den Toten wiederauferstehen lassen. Aber Bill wußte, daß der einzige Weg, mit dem Leben weiterzumachen, darin bestand, zum Zeugen zu werden und die Angst, die Zweifel und das Grauen seines Überlebenskampfes zu schildern. Ich danke Ihnen.«

Unter Beifallsklatschen stieg ich hinab. Als ich mich durch die Menge drängte, hörte ich Flüstern. »Sie also ist die Frau in Nummer 36« – »Und sieh mal, wahrscheinlich wollte er sie auch in Nummer 18 porträtieren …«

Ich rannte zur Toilette und spritzte mir kaltes Wasser ins Gesicht. Mein Atem ging in keuchenden Stößen. Meine Augen wurden naß. Ich starrte auf mein Spiegelbild und dachte: *Du wirst noch einiges dazulernen müssen.*

Ich setzte mich auf einen Klappstuhl neben dem Waschbecken und zündete mir eine Zigarette an. Ein Mädchen kam aus einer der Kabinen heraus. Keß, kurze blonde Haare, bedrucktes Kleid. Wahrscheinlich auch eine Kunststudentin. Ist ja geil. Laß uns die Todesbilder ansehen gehen.

»Ihre Wimperntusche ist verschmiert«, sagte sie.

»O Danke.«

Ich durchwühlte meine Tasche nach einem Tuch und sah zu, wie sie hinausging. Mein Gott, ist die daneben, hörte ich sie denken.

Hör auf, sagte ich zu mir, während ich mir die Augen wischte. Du hast zu deinem Sohn gesagt, er könne Nigel Clark nicht verprügeln, nur weil er wütend ist über die Ungerechtigkeit der Welt; also darfst du jetzt nicht hergehen und aus demselben Grund alle zu Ungeheuern abstempeln, das wäre scheinheilig. Sie war ein nettes Mädchen. Ein freundliches Mädchen. Sie wollte dir nur Peinlichkeiten ersparen.

Ich griff nach einem weiteren Taschentuch und zog statt dessen die Broschüre über die Retrospektive hervor. Ich blätterte zu Nummer 38, *Unumgänglicher Wahnsinn*, und überflog die Beschreibung. Die Worte verschwammen vor meinen Augen. »Grell, kraß … Symbol der Eltern-Kind … ruft Fragen nach … Perversion der Trauer … Die, die weiterleben …«

Die, die weiterleben, dachte ich. Ja. Wir, die wir leben, uns erinnern, atmen müssen, nachdem der geliebte

Mensch seinen letzten Atemzug getan hat. Was ist mit uns? Welche Richtung schlagen wir ein, wenn wir weitermachen ?

Wir haben verschiedene Möglichkeiten.

An einem Ende des Spektrums steht die Möglichkeit der Verweigerung. Wir können Riordan Merchant nachahmen, sei es mit dem Messer, mit einem Fläschchen Pillen oder einer Pistole. Verzückt von der Vorstellung einer Wiedervereinigung, getrieben von der Verzweiflung, können wir einfach aussteigen. Zu Schwarz vergehen. Peng. Knall. Aus und vorbei. Und genug Menschen hinterlassen, deren Schmerz sich mit dem unseren messen kann, deren Leid unserem gleichkommt, das doch, wie wir glaubten, niemand übertreffen konnte.

Falls wir jedoch nach wie vor die Sonne aufgehen sehen wollen oder davor zurückschrecken, unseren eigenen Tod zu inszenieren, aber dennoch am Rand eines Zusammenbruchs stehen, können wir auch bei anderen Halt suchen. Jahrzehntelang. Werden eine Art trauernder Parasit. Verlangen von unseren Kindern, daß sie ihre Tränen unterdrücken und unsere salzigen Tränenflüsse in ihren geöffneten, zitternden Händen auffangen. Kerben unsere Narben in die Haut ihrer unversehrten Körper.

Und was ist, wenn wir Angst haben, anderen Schmerzen zuzufügen? Was, wenn wir Angst haben, selbst Schmerz zu empfinden? Dann ist Tiefgefrieren angesagt. Autopilot. Novocain für die Seele. Aufstehen – Zähne putzen – Haare waschen – Frühstück machen – zur Arbeit gehen – heimkommen – Abendessen – ins Bett fallen. Nicht nachdenken. Weder Liebe noch Schmerz in sich einlassen. Und wenn es dann zur Explosion kommt, stehen wir im Freien, schutzlos, ohne Maske, mit grell erleuchteten Knochen und zerfetztem Fleisch.

Es muß noch eine andere Möglichkeit geben, dachte ich, *aber welche?*

»Ich weiß es nicht«, sagte ich laut. Ich warf die Broschüre in den Mülleimer und kehrte, mit einer Zigarette in der Hand und einem pflichtgemäßen Lächeln auf dem Gesicht, in die Galerie zurück.

Der Rest des Abends verschwamm im Nebel. Ich erinnere mich, daß ich drei weitere Drinks in mich hineinkippte und einem Reporter riet, er solle mir schleunigst aus den Augen gehen, und dann war es plötzlich halb zwölf, alles strömte in die kalte Nachtluft hinaus, und Jascha und ich standen allein in der leeren Helligkeit.

Wir starrten uns an. Ich wollte vor ihm davonlaufen, wollte durch das Labyrinth aus Bildern bis ans Ende laufen und dort Bill finden, der mit ausgebreiteten Armen und einem breiten Grinsen auf mich wartete und sagte: »Ha! Jetzt hab' ich dich aber ausgetrickst!«

Jascha ergriff meinen Arm. »Wir gehen besser«, sagte er. Während er mich hinausführte, warf ich einen Blick über die Schulter zurück auf die Gemälde. So sauber, so ordentlich, so eingegrenzt.

»Bist du jetzt glücklich?« fragte ich ihn, als wir ins Freie traten.

Er blickte hoch, während er den Wagen aufschloß. »Was zum Teufel soll das denn jetzt heißen?«

»Du hast bekommen, was du wolltest, oder?«

»Warum bist du so verbittert?«

»Beantworte meine Frage, dann beantworte ich deine.«

»Ja«, sagte er. »Wenn du sagen willst, daß ich eine gute Ausstellung auf die Beine gestellt habe und alles glattging, ja, dann habe ich bekommen, was ich wollte.«

»Und bist du jetzt glücklich?«

»Nein.«

Ich schluckte. Eine Träne glitt meine Wange hinab, und ich wischte sie weg.

»Was hast du?« fragte er. »Ist es die Ausstellung? Habe ich etwas falsch gemacht? Gab es etwas, was wir vorher nicht abgesprochen haben, das dir mißfiel?«

»Nein, nein«, sagte ich, »überhaupt nicht. Einen Moment lang dachte ich während deiner Rede, daß du gleich eine Geschichte über mich erzählen wolltest im Stil von: ›Und dann bin ich in der Wohnung dieser verrückten Hexe gelandet, die im Morgenmantel die Tür geöffnet hat und …‹«

Wir lachten.

»Aber die Ansprache hat mir gefallen«, sagte ich. »Sie war super. Sehr würdevoll. Wurde Bill gerecht.«

Er berührte mein nasses Gesicht.

»Und was ist dann los mit dir?« fragte er.

»Es ist, weil – weil er nicht –«

»Hier ist.« Er seufzte. »Ja. O Gott, ja.«

Er ließ seine Hand sinken, und ich griff danach. Er rückte näher. Meine Lippen strichen über seine. Es waren schnelle, ausgehungerte Küsse des Mitgefühls – *ich weiß, ich weiß.* Er schob seine Finger in meinen Nacken und riß mir die Kämme aus den Haaren. Als wir uns voneinander lösten, hatte er Strähnen meiner Haare im Mund.

»Tut mir leid«, murmelten wir beide.

Ich beugte mich vor und schlang meine Arme um ihn. »Du schuldest mir ein Bier«, sagte ich an seinem Hals.

»Was?«

»Du schuldest mir ein Bier. Weißt du nicht, daß man das sagt, wenn zwei Leute gleichzeitig dasselbe sagen?«

»Nein. Das kenne ich nicht.«

»Nun, jetzt weißt du es.«

Er streichelte meinen Rücken. »Meine Süße, du brauchst keinen Alkohol mehr«, sagte er.

»Stimmt. Als nächstes werde ich noch einen vollkommen Fremden küssen.«

»Ich habe gelogen«, flüsterte er in mein Haar. »Es tut mir nicht leid.«

»Mir auch nicht. Ich bin durcheinander. Habe ein schlechtes Gewissen. Aber es tut mir nicht leid.«

Wir lehnten uns an die Autotür, sein Arm war um meine Taille geschlungen, mein Kopf lag an seiner Schulter.

»Weißt du«, begann er, »ich glaube, Bill hätte –«

»Pst«, sagte ich und legte ihm einen Finger auf die Lippen.

»Stimmt«, sagte er, »ich habe vergessen, daß du mir das letzte Mal, als ich dir sagen wollte, was Bill gewollt hätte, die Tür vor der Nase zugeknallt hast.«

»Hör auf zu reden.«

Und so standen wir schweigend in der Dunkelheit und hielten einander umschlungen, und als ich den spätabendlichen Verkehr vorbeifahren hörte und an meine Eltern dachte, sagte ich zu mir: *Wir machen nicht ihre Fehler. Wir sind nicht wie sie.*

Er fuhr mich nach Hause, und wir blieben noch eine Weile im Auto sitzen. Ich rauchte.

»Damit solltest du wirklich aufhören«, sagte er.

»Ja.« Ich sah an ihm vorbei auf die Fenster meiner Wohnung. Alles dunkel. »Es überrascht mich, daß meine Mutter nicht mit der Stoppuhr in der Wohnung sitzt. ›Gloria, du hast zehn Minuten mit ihm da draußen gesessen! Zwischen euch läuft etwas, das weiß ich!‹«

Er lachte. »Was, glaubt sie das wirklich?«

Ich nickte.

»Nun, es läuft ja auch etwas, oder?«

Ich legte den Kopf in den Nacken. »Du verschwendest keine Zeit, stimmt's? Ich... ich weiß nicht, wie ich das, was gerade passiert ist, nennen soll. Mir fällt grad kein passendes griechisches Wort dafür ein. Vielleicht hat es etwas zu bedeuten, vielleicht war es nur ein Hormonschub auf einem Parkplatz im East End.«

Er griff nach meiner freien Hand. Ich entzog sie ihm und strich mit den Fingern sanft über seinen Nacken. Meine Nägel schimmerten an seiner Haut.

»Gloria«, sagte er. Mit geöffneten Lippen beugte er sich zu mir vor. Seine Augen glänzten.

»Nein«, sagte ich. »Nicht jetzt.«

»Soll ich dich hinaufbegleiten?«

Ich schüttelte den Kopf.
»Darf ich dich anrufen?«
»Ich kann dich nicht daran hindern«, erwiderte ich.

Ich ging nach oben und stolperte in die Küche, bewegte mich tastend vorwärts, um kein Licht einschalten zu müssen und jemanden aufzuwecken. Ich schlug mir das Schienbein am Tisch an und preßte die Hand auf den Mund, um einen Schmerzensschrei zu ersticken, während ich den Flur entlang in mein Zimmer humpelte.

Dort zog ich die Schuhe aus und trottete zum Schrank, wo ich mein pinkfarbenes Riviera-Nachthemd hervorholte. Es war ein teures Stück, daher hatte es all die Jahre überstanden. Im Schein der Straßenlaterne öffnete ich den Reißverschluß meines Kleides und zog meine Strümpfe aus, wobei ich mir meiner auf dem Bett schlafenden Mutter überaus bewußt war. Ich betete, daß sie meine gebeugte Gestalt nicht sähe, schimmerndes Fleisch überall, betrunken, verletzlich. Auf meinem Bein war ein blauer Fleck.

»Tansania«, murmelte ich.

»Was?« kam ein Ächzen aus der Richtung der Kissen.

»Nichts«, sagte ich. Ich hob die Hände an mein offenes Haar und bemühte mich, mich daran zu erinnern, wohin ich die Kämme gesteckt hatte, nachdem Jascha sie herausgezogen hatte. Ich ging zum Schrank zurück und fand sie in meiner Manteltasche. Ich warf sie auf die Kommode. Sie starrten mich an: vergoldet, unschuldig.

Ich dachte an das glatte, flüchtige Gefühl von Jaschas Haut unter meinen Fingern, den salzigen, scharfen Geschmack seines Mundes, den dichten Dunst seines moschusartigen Geruchs – alles äußerer Schein, Lack, ganz Feuer, ein fremdes Land, während Bill eher nach nichts geschmeckt und nach Kernseife gerochen hatte, ganz Innerlichkeit und Erde, mehr wie eine Heimkehr gewesen war. Ich nahm meine Ohrringe ab und legte sie in das Schmuckkästchen. Nach kurzem Zögern ließ ich meinen Ehering am Finger.

Ich schlich an meiner schlafenden Mutter vorbei und den Flur hinunter. Auf dem Weg ins Bad kam ich am Zimmer meines Sohnes vorbei. Seine Tür stand offen. Auf Zehenspitzen schlich ich an sein Bett. Ich blickte auf seine blasse, halbmondförmige Wange und lauschte dem steten, gleichmäßigen Rhythmus seines Atems. Er wurde unruhig. Als er mich bemerkte, fuhr er mit zerzausten Haaren hoch.

»Mum«, sagte er. »Die Ausstellung. Wie war es? Waren berühmte Künstler da? Waren Reporter da?«

Ich lächelte. »Rutsch rüber«, sagte ich.

Er rückte auf die andere Matratzenseite, und ich krabbelte unter die Decke und schloß ihn in die Arme. Er legte das Kinn auf mein Schlüsselbein.

»Du riechst nach Rauch«, sagte er.

»Ja. Ziemlich scheußlich, hm?«

»Du solltest aufhören damit. Wenn nicht, gehen deine Lungen kaputt.«

»Ich weiß. Jascha hat deswegen auch schon auf mich eingeredet.«

Seinen Namen auszusprechen erschien mir zugleich als Segen und als Verrat.

»Erzähl mir von der Ausstellung«, sagte Curran.

»Es war nett. Es hat zu deinem Vater gepaßt.«

»Wird ein Artikel darüber in der Zeitung stehen?«

»Wahrscheinlich. Es waren ein paar Reporter da.«

»Kann ich lesen, was sie über Dad geschrieben haben, wenn es erscheint?«

»Wenn du unbedingt willst.« Ich küßte ihn auf die Stirn. »Das meiste wird allerdings nur Journalistengeschwafel sein.«

»Es macht mir nichts aus, wenn ich manche Wörter nicht verstehe. Ich kann ja dich fragen. Du bist ein wandelndes Lexikon, Mum.«

»Was, kein Thesaurus?«

»Das auch. Glaubst du, daß Dad nun berühmt wird?«

»Darüber kann ich nicht entscheiden.«

»Ich glaube schon. Hast du eine Rede über ihn gehalten?«

Ich nickte.

»Ich wünschte, ich hätte sie hören können«, sagte er.

»Das weiß ich.« Ich strich seine feuchten Haare zurück. »Du schläfst jetzt besser wieder, mein Lieber. Es ist ein Uhr morgens.«

»Wirklich?«

»Wirklich.«

»Wow«, sagte er.

Ich stieg aus dem Bett und steckte die Decken um ihn fest. Das Bild von uns beiden aus *Unumgänglicher Wahnsinn* schoß mir kurz durch den Kopf, und ich schob es beiseite. Nein, dachte ich. So wird er nicht sein. So werde ich nicht sein.

Danach ging ich ins Bad und entfernte mein Augen-Make-up. Ich war gerade dabei, den Lippenstift abzureiben, als mich der Brechreiz packte. Ich beugte mich über das Waschbecken und drehte das Wasser auf, um zu übertönen, wie ich vier Gläser Wein und mein Abendessen erbrach.

Während ich mir gerade den Mund mit einem Handtuch abtrocknete, kam meine Mutter herein. Als sie hinter mich trat und ihre Hände auf meine Schultern legte, erblickte ich ihr Gesicht im Spiegel. Einen Augenblick lang erwartete ich, daß sie mich anschrie – *Es ist ein Uhr morgens, Gloria Merchant, ein Uhr in der Frühe, und ich finde das wirklich untragbar* –, aber das tat sie nicht.

Statt dessen drehte sie mich um und sah mir in die Augen.

»Gloria«, sagte sie.

Ich zog den Kopf ein und legte meine Wange an die glatte, kühle Biegung ihres Halses. »Mom«, sagte ich, »sag mir, daß ich die richtigen Entscheidungen treffen werde. Sag mir, daß ich dazu tapfer genug sein werde.« In ihrem geblümten Seidennachthemd, barfuß auf dem Linoleumbelag, strich sie mein wirres Haar zurück und flüsterte: *Das wirst du, das wirst du bestimmt.*

18. Kapitel

London gefror in Bills letztem Winter. Jeden Morgen sah ich meinen Atem, wenn ich noch im Nachthemd am Rand unseres Betts kauerte und im Krankenhaus anrief, um zu hören, ob er die Nacht überlebt hatte. Meine Lippen bewegten sich in stillem Gebet, während der Wind heulte und an den Fenstern rüttelte.

Eine erschöpfte, aber höfliche Stimme am anderen Ende der Leitung: »Ja. Sein Zustand ist stabil.«

Ja. Ein winziger Wortschnipsel, doch in diesem Moment hätte kein Wort größere Euphorie in mir auslösen können. Es war der Sieben-Uhr-morgens-Angelpunkt, um den mein Leben sich drehte. Dieses *Ja* schickte Blut durch meine Haut und einen Schwall Wärme in meine eisigen Finger, während ich mich in der grauen Dämmerung anzog, Schichten von Wolle anlegte, erfüllt von dem Wunsch, das Fenster zu öffnen, mich auf die Straße hinauszulehnen und zu schreien: »Mein Mann lebt! Mein Mann lebt!«

Statt dessen ging ich den Flur entlang, um Curran aufzuwecken. Er stöhnte, wenn meine Hände unter die Decken glitten und ihn wachrüttelten, doch Sekunden später setzte er sich dann jedesmal auf und fragte: »Geht es Dad gut? Kann er nach Hause kommen?«

»Noch nicht«, sagte ich.

»Wann denn?«

»Ich weiß es nicht. Die Medikamente, die er bekommt, brauchen Zeit, um zu wirken.«

»So ein Scheiß«, sagte er, während er aus dem Bett kletterte. »Sie sollten ihn so ...« – er schnippte mit den Fingern – »gesund machen.«

»Sei nicht so ordinär«, sagte ich, aber ein Teil von mir stimmte ihm zu.

Er beklagte sich jedesmal, wenn ich ihn zu Deepa hinunterbrachte. »Warum darfst du Dad besuchen und ich nicht?« fragte er und trat nach ihrem Fußabstreifer, während wir warteten, bis sie uns öffnete.

»Weil es Vorschriften gibt, die das verbieten.«

»Die Vorschriften sind doof.«

»Ich weiß, aber hab Geduld. Du wirst ihn schon noch sehen.«

Ich verriet ihm nicht, daß es eine Ausnahme von der Vorschrift gab: Er durfte mitkommen, wenn sein Vater im Sterben lag.

In Bills Zimmer im Krankenhaus waren wir wie in einer Kapsel. Der Raum war ein weißer Dschungel, stickig von der Wärme, die von ihm aufstieg. Jeden Morgen um neun Uhr trat ich ein, schloß die Tür, zog Mantel, Schal und Handschuhe aus, setzte mich auf einen Stuhl mit harter Lehne und kündigte alle Zugehörigkeit zur Außenwelt auf. Stundenlang bewegte ich mich nicht mehr. Erst als die Dämmerung sich auf uns herabsenkte und die dünne Decke verdunkelte, die ihn bedeckte, erst dann stand ich auf, streckte die Hand über sein Bett hinweg und schaltete das Licht an, ein Leuchtstreifen, der den Scheinwerfern der Galerien, in denen einst seine Bilder gehangen hatten, irritierend ähnelte.

Wir sprachen nicht viel. Wenn er und ich miteinander sprachen, so geschah das, indem wir eine Augenbraue hoben, mit dem Daumen strichen, die Mitte der Handfläche mit Fingerspitzen streichelten – notwendige Äußerungen, Alternativsprachen. Er schlief, und ich hielt seine freie Hand, die, die nicht gefühllos war von unzähligen Einstichen, und wartete, daß das Fieber sank. Im Frühling, dachte ich, würde er zu Hause sein. Seine Haare würden wieder wachsen. Er könnte in der Sonne auf dem Balkon schlafen. Wir würden ernsthaft Pläne wegen Australien machen und Mangotee trinken, und nur ungefährliche Dinge würden gedeihen.

Als die Nacht die Grenze zum nächsten Tag überschritt, sah er mich zärtlich an und krächzte: »Geh nach Hause. Du mußt erschöpft sein.« Wenn er mir an diesem Punkt und mit dieser gebrochenen Stimme gesagt hätte, ich solle mein Fleisch in Streifen schneiden, hätte ich es mit Freuden getan.

Ich stand auf und beugte mich hinab, um ihn zu umarmen. Seine dünnen Arme umfingen mich. »Mein Engel«, sagte er. Die Worte durchbohrten mich, aber noch immer erweckte ich den Anschein von Stärke, murmelte die beruhigenden Sätze: *Ja, ich komme morgen wieder, ja, ich richte Curran liebe Grüße aus, ja, ja, zu allem.* Der qualvolle Schrei blieb eingesperrt, zurückgehalten wegen des Abschiedskusses. Später, während der U-Bahn-Fahrt nach Hause, brauste das Klagegeschrei durch meinen

Körper, während ich in der kalten, schimmernden Dunkelheit saß und meine Lippen ableckte, um seinen salzigen Schweiß darauf zu schmecken.

Ihn verlassen. Der entschlossene Gang durch den Korridor – *Schau nicht zurück* – in den Rundbau, vorbei an den Krankenschwestern, die in der dämmrigen Stille ihrer Stationen jede entartete, jede verlorene Zelle aufzeichneten. In den Aufzug. Fäuste fest geballt. Wie oft sah ich, wie die schmierigen Spiegeltüren aufeinander zuglitten, und hob die Hand, um auf den Knopf zu drücken, der sie im letzten Moment vom Schließen abhielt? Wie oft schluckte ich meinen Wunsch hinunter, durch die Gänge zu stampfen, Medikamentenwagen umzuwerfen und eine Spur von gefallenen Assistenzärzten hinter mir zu lassen, nur um in sein Zimmer zu stürzen und mein Ohr an seine Brust zu legen, zu flüstern: »Ich bin hier, ich bin hier«, mich zu vergewissern, daß sein Herz noch schlug?

Vor dem Wegfahren drehte ich mich auf dem Parkplatz immer um und starrte hoch zu dem Fenster, von dem ich wußte, daß es seins war, tröstlich berührt von dem weißen Lichtsplitter darin. Er schlief bei Licht, wie ein ängstliches Kind, wollte nie im Dunkeln sein, niemals. Angestrengt versuchte ich, einen Blick auf sein Profil zu erhaschen, auf den Umriß seines kahlen Schädels, auf irgendein Bruchstück von ihm. Ich haßte die Vorstellung, daß er allein war, vielleicht unbequem lag. Was konnte ich tun? Welches Zeichen konnte ich ihm geben? Ein Winken wäre zu fröhlich gewesen, eine Kußhand zu dramatisch. Kraftlos, mit vor Erschöpfung schweren

Gliedern machte ich mich auf den Weg über den Asphalt, während die eisige Luft über mein gerötetes Gesicht herfiel und der Wind alle Spuren seines Geruchs an mir davonwehte.

Jeden Abend holte ich den schlaftrunkenen Curran bei den Romdourls ab, bugsierte ihn über einen Wohnzimmerteppich voller Weihnachtsspielzeug und steckte ihn ins Bett. Dann setzte ich mich an den Küchentisch und ging die Unterrichtspläne für die Schulzeit nach Weihnachten durch, bevor ich vier oder fünf Stunden Schlaf tankte.

Um drei Uhr morgens kam mein Sohn in zerknittertem Schlafanzug an und fragte: »Warum ist Gott so gemein?«

Am Dreißigsten beschloß ich, Curran für einige Tage zu Bills Eltern zu schicken. Ich konnte ihn nicht ständig Deepa aufhalsen, die selbst zwei Kinder zu versorgen hatte. Ich erklärte ihm, so sei es besser für alle Betroffenen, doch ich mußte ihn trotzdem zum Auto schleifen. »Besser für wen?« schrie er. »Besser für dich, meinst du wohl!«

Auf der Fahrt nach Lamberhurst beruhigte er sich. Ich versuchte nicht, mit ihm zu diskutieren; die Straßen waren so glatt, daß ich fürchtete, die Kontrolle zu verlieren, wenn ich mich unterhielt. Als ich in die Einfahrt einbog, löste er seinen Sicherheitsgurt und ließ ihn mit einem zornigen Schnappen zurückschnalzen. Er legte seine Wange an die kalte Fensterscheibe.

»Muß Dad sterben?« fragte er.

»Wir müssen alle sterben, Curran.«

»Sei nicht so blöd. Du weißt genau, was ich meine.«

»Ich kann es dir nicht sagen«, antwortete ich. »Der Arzt meint, daß er in ziemlich schlechter Verfassung ist zur Zeit, aber es hieß auch, daß er letztes Mal –«

»Also kann er wieder gesund werden oder auch nicht.«

»Ja.«

»Ich hasse es, nichts zu wissen.«

»Ich auch, mein Lieber.«

Er kritzelte seinen Namen rückwärts auf das gefrorene Glas.

»Ich will bei ihm sein«, sagte er. »Und bei dir. Ich will nicht irgendwo weit weg sein und keine Ahnung haben, was los ist.«

»Curran«, sagte ich. »Schau mich an. Ich werde dich jeden Tag anrufen, dann wirst du wissen, was los ist. Versprochen.«

»Du wirst nicht lügen oder so tun, als wäre alles bestens, wenn es schlimm steht?«

»Natürlich nicht. Und wenn etwas Wichtiges passiert, wenn irgend etwas passiert, sage ich Gran, sie soll dich in die Stadt zurückbringen.«

»Auf der Stelle?«

»Auf der Stelle.« Ich zeigte auf den Sitz neben mir, und er glitt zu mir herüber. Er zitterte. Ich wickelte ihn in die Falten meines Mantels. So saßen wir ein paar Minuten da. Er barg sein Gesicht an meinem Hals.

Als wir zum Eingang gingen, setzte leichter Schneefall ein. Ich legte den Kopf zurück und fing eine Flocke mit der Zunge auf. »Schmeckt wie Cola mit Rum«, sagte ich.

Er lachte. »Das ist ja eklig, Mum.«

Er drehte sich um und blickte auf die Felder und Gebäude, die das Haus umgaben. Sein Gesicht glänzte und war rot vor Kälte. Er sah so klein aus mit seinem Koffer in der Hand. »Wenn ich wieder von hier weggehe«, sagte er, »wird Dad entweder zu Hause oder tot sein.«

Silvester. Bills Fieber sank so weit, daß er guter Laune war. Er bat die Schwestern, ihm ein Bier zu stibitzen. *Er wird es schaffen, dachte ich. So krank kann er nicht sein, wenn er um ein Guinness bettelt.*

»Ich habe heute mit Curran gesprochen«, sagte ich.

»Ja?«

»Ja. Er war total ausgeflippt, weil er bis Mitternacht aufbleiben darf.«

Er lachte. »Er fehlt mir.«

Mit nervösen, schweißnassen Fingern spielte er mit ein paar Haarsträhnen von mir.

»Nun zu den guten Vorsätzen«, sagte er.

»Schatz, das letzte Mal, als ich nachgesehen habe, war das Jahr noch nicht vergangen. Bist du nicht ein bißchen voreilig?«

»Das schadet nichts. Komm schon, erzähl mir deine.«

»Okay«, sagte ich. »Wir wollen mal sehen. Ich nehme mir vor... so absolut vollkommen und göttinnengleich zu sein wie in meinem bisherigen Leben.«

»Hör auf.«

»Du wolltest es ja hören. Nein, im Ernst, ich nehme

mir vor, Leute nicht mehr auszunutzen, die Schüler aus der Mittelstufe nicht mehr anzuschreien, egal, wie frech sie werden, und mich nicht mehr hinter intellektuellem Gefasel zu verstecken.«

»Du bist zu streng zu dir.«

»Nun, immer noch besser als Egoismus. Jetzt bist du dran.«

»Ich nehme mir vor, hier rauszukommen«, sagte er, »gesund zu werden und mit weit ausgebreiteten Armen zu leben.«

Kurz darauf schlief er ein. Um fünf vor Mitternacht weckte ich ihn auf und setzte mich auf den Bettrand, und wir schalteten den Fernseher ein und läuteten das neue Jahr ein. Er beugte sich vor und küßte mich. »Heute nacht ist alles möglich«, sagte er.

Am nächsten Morgen erhielt ich einen Anruf aus dem Krankenhaus. Das Fieber war auf einundvierzig Grad geschnellt. Wenn es noch weiter stiege, wäre das Alchimie. Wenn es noch weiter stiege, würde es ihn umbringen.

Tief im Innern seiner glühenden Benommenheit, die Gliedmaßen in Flammen, schlief mein Mann. Draußen färbte sich der Himmel blauschwarz. Die Straßenlampen gingen an. Die Menschen zogen ihre Mäntel enger um sich und fuhren mit der U-Bahn nach Hause. Regen klatschte in den Rinnstein, und er brannte noch immer.

Bill lag auf dem Kissen, sein Kopf war mir zugewandt. Der Gewichtsverlust hatte seinen Zügen Schärfe verliehen und ließ ihn hart und hungrig aussehen. Hitze machte sein Fleisch weich. Er war nur noch violette

Wachspapierhaut, war Säugling und alter Mann zugleich. An seinem Handgelenk war mit Klebeband eine Nadel befestigt. Sie war mit einem dünnen Schlauch verbunden, durch den Antibiotika in seine vernarbte Vene tropften.

Ich habe einmal eine Geschichte über Houdini und seine Frau gelesen, in der es darum ging, wie sie seine Tricks planten. Vor seinem Aufbruch gab er seiner Frau vor den Augen seines Publikums einen Abschiedskuß, und dabei schob sie ihm den Schlüssel zu, mit dem er seine Kette aufschloß. Besonders gefiel mir das Bild, wie sie sich bleich und mit mürrischer Miene, auf dem Kopf einen breitkrempigen Hut – wie die Frauen um die Jahrhundertwende offenbar alle aussahen –, die Wangen gespannt gerötet, vorbeugte, um die Berührung seiner Lippen zu fühlen, während das kalte Metall auf ihrer Zunge wartete.

Nacht für Nacht saß ich mit zurückgelehntem Kopf neben Bill, die Füße auf dem graugefleckten Linoleum eng nebeneinandergestellt, die Finger um ein Taschentuch gekrampft. Ich sehnte mich danach, seinen Kopf in meine Hände zu nehmen und meinen Mund auf seinen zu pressen, ihm eine Chance auf Freiheit zu geben.

Am dritten Tag des neuen Jahres trat ich in sein Zimmer und sah ihn wild um sich schlagen. Ich stürzte an die Seite seines Betts und streckte eine Hand nach ihm aus, doch er zuckte zurück. »Wer sind Sie?« sagte er. »Ich kann mich nicht an Sie erinnern. Sie haben hier nichts zu suchen.«

»Bill«, sagte ich, »ich bin es, erkennst du –«

»Gehen Sie raus!«

In Tränen aufgelöst, rannte ich auf den Flur und bat jemand, Dr. Levitch zu holen. »Wenn er Schmerzen hat, wird er desorientiert«, sagte er und legte mir die Hände auf die Schultern. »Gehen Sie ein bißchen spazieren und beruhigen Sie sich. Wir geben ihm ein Medikament, und in ein paar Minuten ist er wieder in Ordnung.«

Ich befolgte zögernd seinen Ratschlag und kehrte dann zu Bill zurück, der nun eingerollt, mit dem Rücken zu mir, schlief. Nach einigen Minuten erwachte er und drehte sich um.

»Hallo«, sagte er sanft. »Was hast du? Du siehst aus, als hättest du geweint.«

Ich erzählte ihm, was geschehen war.

»O Gott«, sagte er. »So schlimm steht es also schon.«

In dieser Nacht stieg ich zitternd die Stufen zu unserem Haus hinauf und dachte. *Ich will, daß das alles ein Film ist.* Ich will mich mit einem Plastikbecher voller Popcorn in meinen roten Plüschsessel zurücklehnen und zusehen, wie diese schreckliche Geschichte ihren Lauf nimmt, und dabei wissen, daß sie nichts mit mir zu tun hat. Ich möchte weinen bei der Szene mit der Frau im schwarzen Mantel, die ihre leere Wohnung betritt, um ihren Sohn in einem meilenweit entfernten Bauernhaus anzurufen, aber ich will auch den Trost einer plötzlichen Tonstörung, eines plötzlichen weißen Flecks auf der Leinwand, die mich daran erinnern, daß ihre Qual nur ein Film ist. Am meisten aber sehne ich mich danach, das Kino zu verlassen und draußen meinen Mann zu treffen, der mit Schnee im Haar auf dem Gehsteig auf mich wartet, seinen frostigen Mund auf meinen drückt, einen Arm um mich legt und fragt: »Und, wie war's?« Ich möchte aus diesem Leben gehen wie aus einem Zimmer. Ich will jede x-beliebige Person sein, außer mir.

Vierter Januar. Er erwachte mit solchen Schmerzen, daß der Tag nur um Morphium kreiste. Nachmittags zog Dr. Levitch mich auf den Gang. »Ich glaube nicht, daß er das übersteht«, sagte er.

Es kam zu keinem hysterischen Ausbruch, zu keinem melodramatischen Gespräch. Er berührte nur sanft meinen Arm, und ich nickte. Wir sahen uns an, Levitch und ich, wie zwei Verschwörer, deren Plan gescheitert, wie zwei Idealisten, deren Held gestürzt war.

Als er weg war, ging ich zu einer der Telefonkabinen und rief Bills Eltern in Lamberhurst an.

»Louise«, sagte ich, »du bringst Curran besser her.«

Sie fuhr sofort ins Krankenhaus. Ich sah, wie mein Sohn mit gesenktem Kopf aus dem Aufzug trat, die Hände in die Taschen seiner königsblauen Winterjacke gesteckt. Er stürzte auf mich zu. Ich umarmte ihn fest, setzte ihn dann, einen Arm noch immer um ihn geschlungen, auf eine Bank vor Bills Zimmer.

»Das hat entweder was Gutes oder was Schlechtes zu bedeuten«, sagte er. »Sag es mir.«

»Also«, sagte ich, »dein Vater hat große Schmerzen und sehr hohes Fieber. Nicht viele Leute überleben ein solches Fieber.«

»Aber es wäre möglich.«

»Es wäre möglich, aber die Chancen sind gering.«

»Dann wird Dad wahrscheinlich sterben.«

Ich nickte.

Er spielte mit dem Reißverschluß seiner Jacke. »Kann ich ihn sehen?«

»Deswegen bist du hier, Schatz.«

»Gran sagte, er ist manchmal verwirrt. Sie sagte, ich soll aufpassen.«

»Du brauchst dir keine Sorgen zu machen. Sag nur nichts, was ihn aufregen könnte.«

»Wird er mich erkennen?«

»Natürlich.« Ich drückte seine Schultern. »Aber bleib nur ein paar Minuten, ja? Wir wollen ihn nicht ermüden.«

Er stand auf und drehte sich zu mir um. »Kommst du denn nicht mit?«

»Nein. Du hast ein Recht, mit deinem Vater ein paar Minuten allein zu sein. Hab keine Angst. Geh rein.«

Er ging in Bills Zimmer und schloß sanft die Tür hinter sich. Louise setzte sich neben mich. Schweigend warteten wir, bis Curran mit steinerner Miene und nassen Augen herauskam. Louise und ich standen auf. Ich beugte mich nieder und küßte ihn auf die Stirn. Er schob eine Hand in die seiner Großmutter und die andere in meine, und dann gingen wir zum Abendessen in die Cafeteria. Unsere Knie berührten sich unter dem Tisch, als er sich über die Thunfischsandwiches hinweg vorbeugte, mir ins Gesicht sah und sagte: »Das war das letzte Mal, daß ich Dad gesehen habe, stimmt's?«

Nachdem Curran und Louise gegangen waren, kehrte ich zu Bill zurück und setzte mich neben ihn. Immer wieder schlief einer von uns ein.

Um ein Uhr morgens hob er in Panik den Kopf und rief: »Gloria!«

»Ja.«

»Du gehst nicht weg, nicht wahr?«

»Nein. Ich bleibe hier, Liebster.«

»Die ganze Nacht?«

»Die ganze Nacht.«

Seine Züge entspannten sich. Er sank in die Kissen zurück. Diesmal sagte er nichts darüber, wie kaputt ich sein müsse, daß ich nach Hause gehen sollte. Er lächelte. »Gut.«

Mit einer Hand tätschelte er die Matratze. Ich erhob mich von meinem Stuhl und setzte mich aufs Bett. Tastend und instinktiv strichen seine Finger über die Decke, bis sie meine trafen. Ich hielt sie mit festem Griff. »Laß nicht los«, sagte er.

In den nächsten sechzehn Stunden bewegte ich mich nicht mehr. Ich konnte Bill nicht ins Gesicht sehen. Stattdessen starrte ich auf einen losen Faden an seiner Schlafanzugjacke, auf ihre Perlmuttknöpfe. Ich wollte sie mit beiden Händen aufreißen, meinen Kopf auf seine Brust legen und das gedämpfte Pochen seines Herzens hinter den Rippen spüren, aber ich tat es nicht. Ich hätte vielleicht geweint. Ich hätte ihm vielleicht weh getan.

Um drei Uhr nachmittags streckte er die Hand aus, zog mich zu sich hinab, bis seine Lippen mein Ohr berührten, und flüsterte etwas mit trockenem Rasseln. »Was?« flüsterte ich zurück. Obwohl ich ihn nicht verstehen konnte, widerstrebte es mir zutiefst, es ihn wiederholen zu lassen; mittlerweile war jedes Wort, das sich seiner ausgedörrten Kehle entrang, eine Qual für ihn.

»Bitte«, sagte er. »Etwas gegen die Schmerzen.«

Er blickte mich an. Ich sah eine plötzliche Verkrampfung in seinem Blick, wie das Festzurren eines Gürtels. Seine Haut glänzte feucht.

»Gut. Warte.« Mit meiner freien Hand griff ich nach der Schnur, die über seinem Bett hing, und drückte mit dem Daumen auf den Schwesternrufknopf. Wenige Augenblicke später öffnete sich die Tür. Eine weißgekleidete Gestalt trat ein. Das aus dem Flur eindringende Licht ließ Bill blinzeln. Die Schwester eilte ans Bett und injizierte die glitzernde, schmerztötende Flüssigkeit in den intravenösen Schlauch. Bill stöhnte leise. Sie blickte zu mir.

»Rufen Sie mich, wenn ich sonst noch etwas für Sie tun kann«, sagte sie leise. Ihre blonden Locken waren so streng zurückgekämmt, daß ich die blaue Vene an ihren Schläfen pochen sehen konnte. Auf der Anstecknadel an ihrer Bluse stand REBECCA. Mir fiel ein, daß das Pandora Brennans ursprünglicher Vorname gewesen war, und ich dachte an meine Zeit in der Leigh Street, an unsere köstlich trivialen Ängste.

Die Schwester ging, und Bill sank in die Kissen zurück. Er hustete. Es war ein verlorenes, kratzendes Geräusch. Er würgte leicht, versuchte zu sprechen, aber alles, was er herausbrachte, war ein kaum wahrnehmbares Krächzen.

»Wasser?« fragte ich. Mit einem winzigen Ruck seines Kinns nickte er.

Ich beugte mich zum Nachtkästchen hinüber und ergriff vorsichtig, um ihn nicht zu zerdrücken, einen vollen Styroporbecher.

Ich hielt ihn mit einer Hand fest und schob die andere unter seinen Kopf, um ihn hochzuheben. Er kämpfte, die Furchen auf seiner Stirn vertieften sich, sagten: Nein, nein, laß mich das machen, kämpften um die letzten kleinen Bruchstücke von Autonomie. Ich setzte den Becherrand an seine Lippen. Er trank mit schwachen, hastig keuchenden Schlucken. Sein ganzer Kopf ruckte vor Anstrengung auf und ab. Meine Hand zuckte, und Wasser ergoß sich über seinen Hals, seine Brust. Er lächelte. Es war ein unbeholfenes winziges Lächeln, aber ich weinte beinahe, als ich sah, wie sein Gesicht strahlte, sich vor Freude erhellte.

Der Rand des Bechers war feucht und rissig geworden. Ich beugte mich vor und warf ihn in den Abfalleimer.

»Du hast Ringe unter den Augen«, sagte er.

Er griff nach meiner Hand, strich darüber, hob sie an seinen Mund und küßte meine Fingerspitzen. Zwei Stunden später war er tot.

An diesem Abend fuhr ich mit der U-Bahn vom Krankenhaus nach Hause und ging noch eine Weile auf der Upper Street spazieren. Meine Hände verkrampften sich vor Kälte, obwohl ich sie tief in den Taschen meines Mantels vergraben hatte, und mein Gesicht prickelte. Als ich an den Kneipen und Kücheneinrichtungsläden und

Weinbars vorbeiging, dachte ich: *O Gott, dieses Mal gibt es niemanden, der mich festhält. Alles fängt wieder von neuem an.*

Als Deepa Romdourl mich in ihre Wohnung einließ, weinte ich. Sie roch nach Mehl und Seide und Nachhausekommen und legte einen weichen braunen Arm um mich. Ich lehnte mich an ihre Schultern und keuchte lang und tief, während meine aus schierer Erschöpfung geborenen Tränen ihren pfirsichfarbenen Sari befleckten.

Sie ließ mich am Küchentisch Platz nehmen und tätschelte mütterlich meine Haare, bevor sie sich wieder dem Geschirrspülen zuwandte. Ich legte den Kopf auf die Arme und fuhr mit dem Daumen quietschend über die Plastiktischdecke, während ich Curran betrachtete, der auf dem Wohnzimmersofa auf dem Bauch lag. Er war seit Schulschluß bei ihr. Es war beinahe zehn. Bill war um fünf gestorben.

Deepas Tochter Vari lümmelte derweilen neben meinem Sohn auf dem Wohnzimmerboden herum und machte vor dem Fernsehapparat ihre Algebrahausaufgaben. »Scheiß-Polynome«, murrte sie. Ihre Mutter runzelte die Stirn. Curran setzte sich auf, rieb sich die Augen. Ich stand auf. Ging zu ihm. Kniete nieder. Er murmelte benommen etwas über Dad, ob er noch immer so hohes Fieber habe. Lehnte seinen Kopf an meine Schulter. Seine Handflächen lagen heiß auf meinem Nacken. Ich fragte mich, ob er es spüren konnte, die greifbare Aura von Morphium und letzten Wünschen, die mich einhüllte, aber ich gab ihm keine Antwort. Statt dessen half ich ihm auf die Beine und murmelte Deepa zu: »Sie sind eine Heilige. Wirklich.«

Ich führte Curran in unsere Wohnung, drückte ihn eng an mich, während ich alle Lampen einschaltete: im Wohnzimmer, im Flur, in seinem und meinem Schlafzimmer. Ich biß mir auf die Lippen, während ich ihm unter Jammern und Gähnen in seinen blauen Flanellschlafanzug half. Er schlüpfte unter die Decke, und ich zog sie hoch bis unter sein Kinn und gab ihm einen Gutenachtkuß.

Dann schloß ich die Tür hinter mir, riß mir die Kleider vom Leib und zog ein altes Hemd von Bill an, kroch zwischen eiskalte Laken und schlief irgendwie ein.

Der nächste Tag war ein Sonntag. Das gab mir den Rest. Die Luft war so wohlig weich und still, daß ich jeden Moment erwartete, Bill mit ungekämmten Haaren und der Feuilletonbeilage des *Observer* hereinkommen zu sehen.

Ich hörte Schritte, die ins Badezimmer und zurück tapsten. Ich wartete, bis ich ein Knarzen und das Rascheln von Bettzeug hörte, bevor ich aus meinem Bett hervorkroch.

Curran machte die Augen nicht auf, als ich mich neben ihn setzte. Ich schüttelte ihn ein wenig. Er fuhr hoch. Die Freude, die Erwartung in seinem Blick – noch mehr Schnee, so daß morgen schulfrei ist? Geht es Dad besser? – schnitt mir ins Herz.

Ich schluckte.

»Hör zu, mein Liebling«, sagte ich. »Dein…«

Die freundlichen Umschreibungen, die sanften Einführungen schrumpften auf ein rauhes Würgen in meiner Kehle zusammen. Ich hatte vergessen, meinen Morgenmantel anzuziehen, und fror. Ich umklammerte seine Hand.

»Curran«, sagte ich. »Dein Vater ist letzte Nacht gestorben.«

Mit einem einzigen krampfartigen Aufbäumen riß er sich von mir los, wandte mir mit hochgeworfenen Händen den Rücken zu, vergrub den Kopf im Kissen, was seine Schreie dämpfte. Die Kleine-Jungen-Tränen pflanzten sich als bebendes Zittern auf seiner Wirbelsäule fort. Ich streckte die Hand nach ihm aus, um seine Schultern zu berühren, und er zuckte zurück.

Ich stand auf und ging in die Küche und machte mir eine Tasse Kaffee mit Amarettogeschmack. Ich saß am Tisch und trank den Kaffee und erteilte mir Anweisungen: einatmen, ausatmen. Ich wartete darauf, daß mich der Schrei der Einsamkeit ereilte.

19. Kapitel

Am Morgen nach der Retrospektive erwachte ich groggy und schwer angeschlagen auf der Couch. Das Läuten des Telefons hatte mich geweckt. Meine Mutter nahm ab. Ich lehnte mich zurück und lauschte ihrer munteren, höflichen Stimme, die aus der Küche zu mir herüberwehte. »Es tut mir leid, aber sie schläft noch... Ja, das war wohl ein langer Abend, nicht?... Soll sie Sie zurückrufen?... Ja, ja, selbstverständlich. Auf Wiederhören.«

Sie kam ins Wohnzimmer und setzte sich neben mich auf den Boden. Ihr Gesicht schimmerte im Sonnenschein. Sie trug ein winziges goldenes Herz um den Hals. Ich hatte es nie zuvor bemerkt. Wahrscheinlich ein Geschenk von David. Ich rieb mir die Augen.

»Wer war das?« fragte ich.

»Jascha.«

»O Gott.«

»Du sollst ihn zurückrufen.«

Ich setzte mich auf und gähnte. »Das glaube ich gern.«

Ihre Züge spannten sich an vor Besorgnis. »Gloria, was ist passiert?«

»Ich weiß nicht«, sagte ich. »Ich meine, was objektiv war, kann ich dir erzählen, aber was gefühlsmäßig gelaufen ist –«

»Willst du darüber sprechen?«

»Eigentlich nicht.«

Ich stand auf und ging in die Küche, bevor sie weitere Fragen stellen konnte, schenkte mir dann ein Glas Orangensaft ein und rief Jascha an. »Hallo«, sagte er. »Wie geht es dir?«

»Ich kehre langsam wieder in den Vollbesitz meiner geistigen Kräfte zurück, danke.«

»Ich glaube, wir sollten miteinander sprechen.«

»Ja.«

»Können wir zusammen zum Mittagessen gehen?«

»Heute?«

»Heute.«

Ich sah zu meiner Mutter, die die Bettlaken und Dekken zusammenlegte, die von der Couch gefallen waren.

»Gloria?« fragte Jascha.

»Ja?«

»Bist du sauer auf mich?«

»Nein. Auf mich vielleicht. Aber auf dich nicht.«

»Hör zu, wenn du müde bist oder nicht willst, dann verstehe ich das, aber ich glaube wirklich, wir sollten –«

»Gut.«

»Wohin möchtest du gehen?«

»Ist mir egal. Such etwas aus.«

»Kann ich mich darauf verlassen, daß man sich gegen Mittag mit dir in der Öffentlichkeit sehen lassen kann?«

»Kannst du.«

Ich ging ins Wohnzimmer zurück. »Mom«, sagte ich, »würde es dir etwas ausmachen, heute nachmittag eine oder zwei Stunden auf Curran aufzupassen?«

Sie blickte auf. »Nein, warum?«

»Ich gehe mit Jascha zum Mittagessen.«

Sie setzte zu einer Erwiderung an, schloß den Mund dann aber wieder und machte sich ans Aufräumen.

»Du brauchst die Sachen nicht für mich zusammenlegen«, sagte ich. »Wirklich nicht. Ich kann mich schon darum kümmern.«

Sie lächelte. »Es macht mir nichts aus.«

»Na gut, dann gehe ich mich jetzt schnell duschen, ja?«

Ich ging zur Tür und drehte mich dann um. »Mom«, sagte ich.

»Ja?«

»Es tut mir leid, wenn ich dich mehr wie eine Babysitterin als wie einen Gast behandle.«

»Was redest du da? Er ist mein Enkel. Wir haben eine Menge nachzuholen.«

»Ich weiß, aber –«, ich schluckte. »Ich wollte dir nur danken. Du hast mir echt geholfen.«

Sie schob sich eine Locke hinters Ohr, und einen Augenblick lang sah ich das Mädchen mit dem Wiesenblumenrock in Oxford vor mir.

»Nichts zu danken«, sagte sie.

Nach dem Duschen hielt ich, in meinen Morgenmantel gehüllt, vor dem Zimmer meines Sohnes inne und trat in die Tür. In blaßgoldenes Licht getaucht, lag er da, die Decke bis zum Kinn hochgezogen. Sein Gesicht war weich, und seine kleinen, schmalen Finger ruhten flach auf dem Laken. Beim Atmen gab er ein Geräusch von sich, wie man es von einer Blume erwarten würde, die sich öffnet. Ich wollte zu ihm stürzen und tausend sanfte Aufwachküsse auf seine Wange tupfen, aber ich blieb stehen und schlang meine Arme um mich.

Curran, dachte ich. Dich zu lieben, dich aufzuziehen, beide Eltern für dich zu sein, das ist die Feuerprobe, an der sich meine Stärke erweisen wird. Ich verspreche, daß ich jedesmal, wenn ich hungrig bin, jedesmal, wenn sich meine gefühllose Zunge auf den offenen Mund eines Fremden zubewegt, jedesmal, wenn meine Arme und Beine die Taille eines Mannes umschlingen, der nicht dein Vater ist, an dich denken will. An deine tränenerfüllten Augen, an dein schweigendes, zornentbranntes Gesicht.

Mittags führte Jascha mich in ein Lokal mit Blick auf Hampstead Heath. Wir saßen auf der Terrasse und aßen einfache Hausmannskost, Brot, Käse und Mixed Pickles. Er hatte die *Sunday Times* bei sich, breitete sie auf dem Tisch aus und blätterte das Feuilleton durch.

»Der Artikel steht da drin«, sagte er.

»So schnell?«

»Ja.«

Ich blickte weg, während er begierig las. »Du kommst im dritten Absatz. Sie schildern dich als ›zitternd, aber statuenhaft‹.«

»Ich hasse den neuen Journalismus. Ist der Artikel schlimm?«

»Nicht so schlecht. ›Bill Burgess' Arbeiten sind geprägt vom unermüdlichen Streben nach der Darstellung des Archetypischen, manchmal mit klischeehafter Übertreibung, manchmal mit erstaunlicher Kraft.‹«

»Hör auf. Ich will nichts mehr hören.«

Er faltete die Zeitung zusammen. »Gloria«, sagte er. »Wegen letzter Nacht.«

Ich starrte auf die Tischplatte und zerpflückte eine Papierserviette zwischen den Fingern. »Mein Gott, das klingt vielleicht komisch«, sagte ich. »Wie eine Zeile aus einer Seifenoper. Als hätte ein unbestimmter, unglaublicher Hauch von Leidenschaft uns gestreift. *Letzte Nacht.*«

»Aber es war nicht komisch.«

»Nein.«

Er lehnte sich in seinem Stuhl zurück, rieb sich die Stirn.

»Ich komme mir wie der böse Wolf vor«, sagte er. »Hier bist du, erst seit vier Monaten Witwe, und –«

»Ich bin kein zitterndes Kind, das schutzlos im Wald herumirrt.«

»Das weiß ich auch. Aber die bloße Vortellung, ich könnte –«

»Ich wollte –«

»Ja.«

»Wir haben beide angefangen, das weißt du ganz genau. Es war nicht wie ein Sportergebnis, das man sich sofort in der Wiederholung anschauen, das man messen kann, wo es um Zeit oder Entfernung oder was auch immer geht. ›O ja, es war ... er, er hat den ersten Schritt getan mit einem Vorsprung von zwei Tausendstel Sekunden.‹«

Er lachte. »Hat dir eigentlich schon mal jemand erzählt, daß du wirklich verdammt merkwürdig bist?«

Ich nahm einen Schluck Wasser. »Jeder außer Bill, genaugenommen.«

Wir bezahlten – besser gesagt, er bezahlte trotz meiner Einwände – und machten einen Spaziergang durch den Park.

»Eine Stimme in mir sagte immerzu: ›Na und? Ihr sitzt im selben Boot. Ihr seid beide einsam. Mach weiter. Laß dich darauf ein.‹ Eine andere Stimme in mir will die vergangene Nacht weglachen, als törichte Beschwipstheit abtun.

Und natürlich gibt es die Stimme des Eherings, die Stimme der Schuld, die flüstert: ›Oh, aber der arme Bill, der arme geliebte Bill, du darfst ihn nicht verraten.‹ Es ist nichts Ehebrecherisches an dem, was geschehen ist. Bill ist *tot*. Er liegt in einem Grab auf dem Friedhof von Lamberhurst. Er kann kaum etwas dagegen einwenden. Warum also fühlt es sich wie Verrat an?«

»Wir geloben nur Treue, ›bis daß der Tod uns scheidet‹«, sagte Jascha sanft. »Unser Ehegelübde gibt uns keine Regeln an die Hand, was wir danach tun sollen, oder?«

Wir setzten uns ins Gras. Auf dem Parliament Hill stand ein dickleibiger Vater in einem olivfarbenen Arbeitspullover hinter seinem schlanken Sohn in Jeans. Ihre Hände lagen aufeinander, während sie einen Drachen in die Luft steigen ließen.

»Hattest du seit dem Tod deiner Frau eine Beziehung?« fragte ich Jascha.

Er schüttelte den Kopf.

»Seit vier Jahren nicht?«

»Vier lange Jahre nicht«, sagte er. Er hob die Hand und fuhr mit den Fingern über meinen Scheitel. Ich ergriff seine Hand und schob sie weg.

»Du willst eine Antwort, stimmt's?« sagte ich. »Du willst es direkt und konkret und im Klartext wissen: Entweder bin ich in dich verliebt, oder ich will nur eine Freundin sein, oder ich will dich nie wiedersehen. Aber ich kann dir keine Antwort geben.«

Ich blickte zu Boden und rubbelte an einem abgewetzten Fleck auf meiner Jeans.

»Du weißt nicht, wie leicht es mir fallen würde«, sagte ich, »mich in dich zu verlieben. Du bist ein Künstler, du bist ehrlich, du bist einfühlsam, du hast Humor …«

»Du bist auch nicht so übel.«

»Aber –«

»Aber was?«

»Ich habe Angst. Angst, Bill zu vergessen – ich meine, mein Gott, es ist noch kein halbes Jahr vergangen, aber der Klang seiner Stimme –«

»– verblaßt trotzdem schon.«

»Ja. Ja.« Ich seufzte. »Das ist das Schlimmste daran. Verstehst du?«

»Aber ist das Grund genug für uns, etwas miteinander anzufangen?«

»Ich weiß nicht.«

Ich sah auf die Uhr.

»Mußt du nach Hause?« fragte er.

»Ja. Ich habe Caroline versprochen, daß ich um halb drei zurück bin.«

Wir wandten uns zueinander.

»Hör zu«, sagte ich, »ich kann jetzt – ich kann jetzt keine großen Entscheidungen treffen. Ich will Curran nicht verletzen, und ich will nichts überstürzen. Könnten wir es nicht einfach – könnten wir es nicht einfach eine Weile lang in der Schwebe lassen?«

Er beugte sich vor und umarmte mich.

»Allemal besser als in der Hölle schmoren«, erwiderte er.

Als ich nach Hause kam, saßen meine Mutter und mein Sohn auf dem Wohnzimmerteppich und spielten unsichtbare Instrumente – Geigen, Cellos, Oboen –, während aus dem Radio klassische Musik ertönte.

Curran setzte ein imaginäres Fagott ab und sagte: »War's nett beim Mittagessen, Mum?«

Ich nickte.

»Hat Jascha eine Ausgabe der Zeitung dabeigehabt? Der mit dem Artikel über Dads Bilder?«

»Ja.«

»Hast du sie mir mitgebracht?«

»Sie liegt auf dem Küchentisch.«

Er sprang auf und rannte los, um sie zu holen. Ich setzte mich neben meine Mutter. »Du siehst aus, als würde dich etwas bedrücken«, sagte sie.

Ich lehnte mich ans Sofa. »Mom«, sagte ich, »war es schwer für dich, als du David kennengelernt hast?«

»Ja«, sagte sie. »Es war berauschend, hinreißend – er besaß eine Direktheit, eine Energie, die dein Vater nie hatte –, aber trotzdem schwer.«

»Hast du dich schuldig gefühlt?«

»Ja… und nein. Du hattest vollkommen recht, als du mich letzthin angeschrien hast, Gloria. Weil ich unsere miserable Ehe, die Tatsache, daß dein Vater so unglücklich war –«

»Mehr als unglücklich. Er hat sich das Hirn aus dem Kopf gepustet.«

»Na gut, dann eben labil. Neurotisch. Selbstmordgefährdet. Was auch immer. Aber ich habe diese Tatsache als Entschuldigung, eigentlich als Begründung hergenommen. Denn nach dem Tod deines Vaters habe ich mich frei wie nie zuvor gefühlt.«

»Hast du… hast du in David Züge von Dad zu finden gehofft? Hast du versucht, David zu Dad zu machen?«

»Nein. Nein. Tatsächlich habe ich mich so zu David hingezogen gefühlt, weil er nicht wie Riordan war. Ich wußte ja zu gut, wie gefährlich es ist, wenn man versucht, jemanden umzuformen.«

»So, wie Dad es bei uns versucht hat.«

»Ja. Ich wollte nie – niemals wieder so ein Leben führen wie mit ihm«, sagte sie. »Aber wenn es Spannungen zwischen David und mir gibt oder in bestimmten Momenten, wie an diesem Nachmittag, wo wir beide in Earl's Court einkaufen waren, dann möchte ich… dann möchte ich ihn einfach zurückholen, ihm wieder Atem einhauchen. Bruchstücke von ihm möchte ich dann wiederhaben: seine aufgeregten Hände, seine Stimme, die Fingern glich, die eine Verletzung wegstreicheln konnten. Manchmal frage ich mich, ob ich etwas hätte tun können – tun sollen –, was ihn gerettet hätte.«

»Hör auf, Mom. Du warst distanziert, sicher. Aber er wäre nie zufrieden gewesen. Nicht einmal, wenn du dich ihm zu Füßen geworfen hättest. Weil du die falsche Frau warst.«

Sie wandte den Blick ab. Mozart ergoß sich in den Raum, und ihr Daumen glättete eine Falte in ihrem Seidenrock.

»Wieviel wußtest du über Adrienne?« fragte ich.

»Als wir zusammen in Oxford waren, erzählte er mir, daß seine Verlobte ein Jahr zuvor gestorben war. Es hat mich beunruhigt, daß seine Liebe zu mir einen verzweifelten Beiklang hatte, aber –«

»Du hast diese Unruhe trotz alledem beiseite geschoben.«

»Ja. Er war so voller Leben, so intensiv. Im nachhinein habe ich erkannt, daß diese Intensität gefährlich war. Ich hätte meine nagenden Zweifel ernster nehmen sollen, aber wenn man verliebt ist, fällt es einem doch nicht ein, den Liebsten zu analysieren!«

»Natürlich nicht.«

»Nach deiner Geburt sagte er, du würdest ihr ähneln, und das hat auch gestimmt. Die gleichen dunklen Haare. Die gleichen grauen Augen. ›Sie ist die wiedergeborene Adrienne‹, meinte er. Damals wurde ich wütend auf ihn. ›Um Himmels willen, Riordan‹, habe ich gesagt, ›sie ist nicht sie.‹ Er wollte dich Adrienne nennen, aber ich habe mich geweigert. Ich wollte nicht, daß du diese Last aufgebürdet bekommst.«

Ich dachte an diesen Akt der Weigerung, den sie vollbracht hatte. Wie konnte ich ihr danken? Nicht so, wie ich mich für das preiselbeerrote Kleid und das Abendessen im Le Gavroche bedankt hatte.

»Aber später«, sagte ich, »habe ich sie dann doch tragen müssen.«

Sie sah mich an.

»Ich weiß«, sagte sie.

»Hast du es damals gewußt?«

Sie machte eine hilflose Handbewegung. »Ich – ich hatte eine Ahnung«, sagte sie. »Ich meine – nach der ganzen Geschichte mit dem Namen, der Besessenheit, mit der er auf deiner Ähnlichkeit mit ihr bestand, hatte ich einen Verdacht, und ich hatte Angst – Angst, daß du... daß du in Gefahr sein könntest –«

»Warum hast du dann zugelassen, daß er zum Parasiten wurde?«

Sie vergrub ihren Kopf in den Händen, massierte sich die Schläfen, als wäre die emotionale Anstrengung, eine Antwort zu finden, ins Körperliche umgeschlagen und bereitete ihr nun Kopfschmerzen.

»Du willst diese Frage nicht beantworten, oder?« fragte ich.

Sie richtete sich wieder auf.

»Nein, aber ich muß«, sagte sie. »Ich habe es zugelassen, weil ich überfordert war und wollte, was er hatte. Ich wollte sogar das, was du hattest.«

»Was meinst du damit?«

»Ihr beide wart... einzigartig. Ihr hattet eure Leidenschaften. Ihr konntet ihnen ohne Schuldgefühle nachgehen. Chemie... verlorene Liebe... James Joyce... Punk Rock... was auch immer es war.«

»Und du konntest das nicht. Weil du zwischen Kindererziehung und Cellounterricht in der Falle gesessen hast.«

»Es war keine Falle. Sicher, ich war kulturell konditioniert und manchmal hilflos. Aber ich hätte von vornherein nein zu allem sagen können, wenn ich stärker gewesen wäre. Das ist das Schlimmste, das Wissen, daß ich gekniffen habe.«

Ich hörte, wie Curran in der Küche Schubläden zuknallte.

»Was machst du da?« rief ich.

»Ich suche eine Schere.«

»Sie ist in der Schublade links neben dem Spülbecken. Wozu brauchst du sie?«

»Ich will den Artikel ausschneiden.«

»Okay. Sei vorsichtig.«

»Du hast keine Ahnung, wie hart es für mich ist, daß ich keinen Platz in deinem Leben habe«, sagte meine Mutter.

»Was redest du da? Du bist hier, oder etwa nicht?«

Sie seufzte. »Du weißt, was ich meine. Acht Jahre. Acht Jahre lang habe ich dir geschrieben und gehofft und –«

»Und was?«

»Du hast nicht geantwortet.«

»Doch.«

»Eine hingekritzelte Seite alle sechs Monate.«

»Tut mir leid, daß mein Englischniveau dich enttäuscht hat.«

»Warum bist du so verbittert?«

»Warum bist du es?«

»Weil ich dich liebe. Weil ich Teil deines Lebens sein will.«

»Das verstehe ich, aber das kann nicht über Nacht geschehen. Es kann nicht alles Spaß und Gelächter und Zusammengehörigkeit sein.«

»Aber – aber an dem Tag – an dem Tag, als wir miteinander einkaufen gegangen sind, das hat doch Spaß gemacht, nicht wahr?« Tränen glitzerten in ihren Augen. »Nicht wahr?«

»Mom«, sagte ich. »O Gott, Mom, bitte wein doch nicht. Es *hat* Spaß gemacht. Weine nicht. Ich war gemein. Es tut mir leid.«

Ein verzweifelter, besänftigender Tonfall schlich sich in meine Stimme, und die Erinnerung an meinen Vater ließ mich verstummen. Sie erkannte meine Panik und legte eine Hand auf meinen Arm.

»Nein, Gloria«, sagte sie. »Ich bin diejenige, der es leid tun sollte.«

»Hör auf. Ich hasse diese Entschuldigungsmarathons. Es tut uns beiden leid. Reden wir nicht mehr darüber.«

Sie lachte. »Gute Idee«, sagte sie.

»Bill hat dich gemocht«, sagte ich. »›Komm schon, Liebste‹, hat er gesagt, ›sie ist deine Mutter. Du solltest mit ihr in Kontakt bleiben.‹ Okay, sagte ich, ich schicke ihr ein Kärtchen, wie es die Gynäkologen tun, um einen an einen Termin zu erinnern, damit sie weiß, daß ich noch an sie denke. Er fand das nicht sehr komisch.«

Sie grinste.

»Ich verstehe, was du gesagt hast«, sagte sie, »daß die Dinge nicht über Nacht passieren. Vielleicht erwarte ich zuviel zu schnell. Aber du wirst mir doch schreiben und mit mir in Verbindung bleiben, ja?«

Ich nickte.

»Ich glaube wirklich, daß wir uns durch dieses Zusammensein nähergekommen sind, meinst du nicht auch?«

»Ja«, sagte ich.

Danach ging ich in mein Zimmer und schlief. Ich brauchte Zeit für mich, Zeit, mich hinzulegen, in meinem eigenen Bett zu liegen und in Vergessen zu sinken, meine Gefühle für Jascha und Caroline in einem Kokon aus Dunkelheit zu verarbeiten.

Als ich wieder erwachte, war die Wohnung eingehüllt in die Sanftheit des Spätnachmittags. Ich stand auf und folgte den Stimmen meiner Mutter und meines Sohnes in die Küche. Mit verschränkten Armen lehnte ich mich an die Tür und betrachtete sie.

Meine Mutter stand am Herd, wo Bill immer gestanden hatte, sie trug die grüne Schürze, die Bill immer getragen hatte, und hatte die Ärmel ihrer rosafarbenen Bluse aufgekrempelt. Die Suppe, die sie in tiefe Teller schöpfte, dampfte und war heiß. Ich blickte auf ihre Hände, die jeden Teller am Rand hielten und ausbalancierten, und in mir rief eine Stimme, Blut schoß in meine Finger, ich wollte mich an sie lehnen. Ich wollte ihr danken. Für die Gemüsesuppe. Für ihr Bemühen. Lächelnd sah sie zu mir herüber. Ihr Gesicht war schmal, mädchenhaft, jeder Knochen trat hervor. »Du bist gerade zur richtigen Zeit wach geworden«, sagte sie.

Wir trugen unsere Teller zum Resopaltisch und setzten uns. Unsere Knie berührten sich leicht. Der Dampf wärmte unsere Gesichter. Wir aßen schweigend, überschritten zusammen eine Grenze in einen Raum, in dem das Ende erst der Anfang war.

Danksagung

Ganz besonders bedanken will ich mich bei Madison Smartt Bell für seinen gütigen Rat und seine unglaubliche Großzügigkeit; bei Jane Gelfman und Liza Dawson für ihr Einfühlungsvermögen und ihre Unterstützung; bei Carolyn Mays und Carole Blake für den Pimm's und ihre phantastische Gastfreundschaft in London; bei den Leuten von der Pennsylvania Governor's School for the Arts, vor allem bei Deb Burnham, Melissa Bender und Corinna Burns; bei Susan Dziengeleski, Nancy Springer und den vielen, vielen anderen für ihre Ermutigung und für ihre unermüdliche Kritik an meinen ersten Kapiteln; und natürlich bei S. Jane Beck-Dettinger, Barry und Bryant Dettinger, Robert, Braden und Kathy Crowell, Heather Cornell und schließlich meinen übrigen Freundinnen, Freunden und Verwandten für ihr stetiges Vertrauen und für ihre Liebe.